직장동료의 빗장수비

직장동료의 빗장수비

초판 1쇄 발행 2025년 11월 17일

지은이 박종삼
펴낸이 장길수
펴낸곳 지식과감성#
출판등록 제2012-000081호

교정 주경민
디자인 김희영
편집 김희영
검수 정은솔. 정윤솔
마케팅 김윤길

주소 서울시 금천구 벚꽃로298 대륭포스트타워6차 1212호
전화 070-4651-3730~4
팩스 070-4325-7006
이메일 ksbookup@naver.com
홈페이지 www.knsbookup.com

ISBN 979-11-392-2901-1(03810)
값 17,000원

- 이 책의 판권은 지은이에게 있습니다.
- 이 책 내용의 전부 또는 일부를 재사용하려면 반드시 지은이의 서면 동의를 받아야 합니다.
- 잘못된 책은 구입하신 곳에서 바꾸어 드립니다.

지식과감성#
홈페이지 바로가기

직장동료의 빗장수비

박종삼 지음

차례

1. 모르는 여자에 반하다   6
2. 낯선 남자의 접근   26
3. 낯선 남자에 반하다   45
4. 낯선 남자의 광란   65
5. 직장동료의 칼춤   84
6. 무법스토커를 사랑하는 여자   103
7. 칼날을 맞으며 전진 또 전진   122
8. 직장동료의 늪   141
9. 위계에 의한 직장동료의 빗장수비   160
10. 내 사랑을 찾기 위한 좀비 정신   179
11. 독거미가 퍼뜨린 독침   198
12. 직장동료 잡는 또 다른 직장동료   217
13. 먹이사슬로 무너지는 직장동료   236
14. 언니를 위한 핏빛 깃발   255
15. 사랑은 보이지 않는 유리벽   267

작가의 말   283

1. 모르는 여자에 반하다

　이 일은 2024년에 벌어진 직장동료 간, 타인 간의 접전이었다. 발단은 한 청년이 길을 지나가다가 한 여성을 보고 반한 일이었다. 이런 일은 흔한 일이다. 반대로 여자가 길을 지나가다가 한 남자를 보고 반하는 경우도 비일비재하다.
　그렇지만 안타깝게도 쓸쓸하게도 외로운 남녀 모두가 이 상황에서 그렇단 의사표시를 하긴 이 사회분위기가 그리 녹록진 않다.
　까닭은 누군지 모르면 일단 피하려는 본능이 있고 만약 그런 마음에 든다는 말을 하면 이상하다고 판단한다.
　반문을 제기하는 혹자가 "어느 남자 영화배우가 길을 지나가다가 그랬는데 여자가 피하지 않고 반기며 번호까지 알려줬는데 그게 뭐가 그래?"라고 이견을 제기한다면 이 대목은 정확한 상황 분석이 안 된 것이다.
　알려진 영화배우라는 게 그런 피하려는 의식을 잠재울 수가 있는 것이다. 결론은 누군지 모르면 그렇단 것이다. 이 남자배우는 행인 여자와 넓은 의미의 직장동료 아닌 직장동료인 셈이다. 여자가 영화관이나 유튜브에서 늘 배우를 봤기에 경계심리가 제로란 뜻이다. 같은 일을 하는 건 아니지만 그렇게 무의식적으로 동료 같은 인식으로 편하게 느낀단 것이다. 배우가 만약 직업이 배우가 아니라면 그게 수월할까?

   그래서 직장동료나 맞선, 소개팅, 어떤 모임 같은 걸로 남녀 간의 만남이 이뤄지는 게 거의 전부라고 봐도 무방할 듯하다.

   더 엄밀히 들어가면 어떤 모임도 큰 틀의 직장동료적인 요소가 많다. 분위기상 그렇게 연계되어 있는 게 많기 때문이다.

   임광준은 수원 팔달문 할로웨이마트에서 일하고 있다. 여기서 같이 일하는 이덕배는 그와 나이가 같다.

   이들은 1월 초 차가운 눈발이 내리는 어느 날 일을 마치고 화성행궁 쪽에 위치한 한 주막집에 들러 막걸리를 들이부으며 이런저런 삶의 불만을 토로하게 된다.

   광준이 그러는 이유는 엊그제 화성행궁 앞 버스정류장에서 100% 이상형을 봤기 때문이다. 가슴이 설레는 절대 이상형이라 무슨 말을 걸어보고 싶은 충동은 많았지만 괜히 그런 오해의 소지도 많고 용기가 나질 않아 꿈쩍도 못 하다가 발길을 돌린 사연을 털어놨다.

   그래서 괜히 술과 넋두리 차원의 대화로 풀며 대체하려는 심리라고 할 수가 있다. "아하! 말이야. 난 가방끈도 짧고 뭐 이것저것 내세울 게 없어 결혼 적령기가 됐어도 결혼하기가 너무 힘들어 맞선이고 소개팅이고 뭐고 나가봐야 다 그저 그래! 내 맘에 드는 여자가 없어! 뭐, 나도 별수 없는 인간이지만 말이야! 아하! 진짜 짜증 난다. 너무 피곤하다. 너무 외로워 죽겠다. 근데 하필 엊그제 화성행궁 앞에 버스정류장에서 100% 이상형을 보긴 봤지만 그걸 어떻게 하냐고? 참! 속이 터진다."

   "야, 그러니까 사람들이 직장동료들 하고 만나는 사람들이 많은 거야!

근데 우리 직장동료들은 어째 다 그저 그렇다. 인원도 별로 없고 있어 봐야 다 그저 그래! 에잇! 못난 것들."

덕배도 광준에게 스스럼없이 그대로 그런 불만을 토로한다. 광준은 막걸리에 만취되었는지 잠시 고개를 들지 못하고 잔을 우두커니 쳐다만 봤다.

그러다가 갑자기 이 사회에 대한 불만과 앙금이 증폭되어서일까! 아님, 그저 자신의 삶에 대한 불만이 폭발해서일까! 모르지만 고개를 번쩍 들면서 고함을 쳤다.

"인간은 참 더럽다. 인간은 다른 동물들보다 유난히 더 교활하고 야비하다. 첫째 직장동료를 아끼지 않기 때문이야. 직장동료면 무조건 다 지들 애인인가!"

"야야 광준아 여기서 그러면 안 돼! 여긴 영업집이잖아? 조용히 하라고."

그는 평소 고독했고 외로움에 시달렸던 울분이 막걸리와 함께 쏟아지기 시작한 것이다.

인간들의 힘든 업무를 나눠 주고 삶의 동반자적 행운과 행복을 안겨 줄 수도 있는 존재들인데도 직장동료를 무시하고 서로 비교하고 심지어 자신들의 첩 내지 애인으로 와이프 아닌 와이프로 간주해 버리는 현재 세태에 대한 통렬한 비판이 묻어나기도 하였다.

"실태조사에 의하면 전국 모든 직장동료 중 무려 75%가 넘는 남자나 여자들이 서로서로 부부 아닌 부부가 되기도 하지!"

"그래, 나머지 25%도 지금 현재 아직 그런 일이 벌어지진 않았지만 잠재적 부부 아닌 부부 사이라고 보게 된다?"

"그렇긴 한데 여자들이 너무 못생겼으면 또 남자들이 거들떠보려고도 하지 않는다. 25%가 그런 부류일 수도 있다."

"그건 남자도 그렇잖아? 남자들도 너무 못생긴 애들은 그렇잖아? 여자들이 꺼릴 수가 있다."

"그렇긴 한데 남자는 완력으로 여자를 찍어 누르려고 하니까 무력으로 성공되는 일도 많다. 문제는 이것은 시간이 많이 지나면 균열을 빚을 가능성이 크다."

"다 그렇게 애인으로 변한 경우일 가능성이 높다. 하여간 남녀는 직장이든 모임이든 뭐든 꼭 모이면 모일수록 문제에 문제를 낳고 서로서로 피로감을 준다."

"그렇지 뭐! 모인 건 서로서로 낄낄거리며 웃고는 있어도 어쩌면 좋은 것 같아도 좋지 않은 여파가 만만찮다. 남녀란 이래도 탈, 저래도 탈이다."

"그래서 남녀칠세부동석인가? 부작용이 많으니 같이 모이지 말란 건가?"

"누가 남녀칠세부동석이라 했다고 실제 부동석하나? 동석하려고 안달났는데…!"

"화학적 거세가 답인가?"

"으윽."

광준과 덕배는 심란한 사회문제에 대해 밀도 높은 대화를 나눈다. 특히 이들은 직장동료에 대해 연구해 보는 장으로 채워지고 있었다.

이들이 말하는 직장동료란 반드시 같은 사무실을 사용해야만 직장동료라는 것은 아니다. 같은 사무실이 아니더라도 동일한 일 구조를 띠고 있다면 직장동료라고 의견이 일치됐다.

일이란 서로 말이 오고 가는 관계를 뜻한다.

예를 들자면 어느 점포에 자주 가는 고객도 넓은 의미의 직장동료이고 어느 음식점에 단골로 가는 손님도 그런 의미의 직장동료가 되는 것이다.

즉, 동일한 이윤을 창출하지 않더라도 그 이윤을 창출할 수 있게끔 도와주는 관계구조를 뜻한다.

이들의 대화는 남녀 관계에 대해 아주 날카로워지고 마치 예리한 송곳과도 같았다.

"어쨌든 다 직장동료로 보는 게 맞긴 맞아!"

"하지만 여기서 중요한 것은 남자들은 여직원들이 많은 직장을 굉장히 좋아하지만 반대로 자신의 와이프나 애인이 다니는 직장에 남자 직원들이 많으면 이런 경우엔 가급적 직장생활을 하지 못하게 한다거나 아니면 불가피하게 일을 해야만 한다면 남자 직원들이 없는 직장을 다니게 하려고 부단히 애를 쓴다는 거지!"

"음, 그건 여자들이 직장생활을 하게 되면 자연스레 남자들을 접촉하게 된다는 현실을 직시하고 있기 때문이다."

"식은 죽 먹기가 된단 것을 두려워하고 골키퍼가 없는 텅 빈 공간과 같다는 것을 깊게 의식하니까 깊은 우려를 드러내는 것이지! 늘 발을 동동 구른다."

부부 간, 남녀 간 갑질 문제는 끊길 수 없는 악순환의 고리로 거듭된다.

막걸리 병이 몇 병이 줄줄이 비워지자 이들의 인생 이야기는 정말 뾰족한 죽창을 닮았다. 이들이 마트에서 일하다 보니 더욱더 예민해진 걸까!

이곳엔 수많은 고객들이 들락날락거리니까, 인간탐구가 잘되어서일까! 모르겠다. 이게 바로 인간의 본성이고 남자의 본성이다. 마트 말고도 다른 직장도 그런 것은 훤히 다 들여다보인다.

"물론 반대 경우도 많지 않을까?"

"그건 그래! 여자들이 자신은 남자 직원들이 많은 직장구조를 좋아하면서도 자신의 남편이나 애인은 여자 직원들이 없는 직장구조이길 바라고 있을 수도 있겠지! 하하하."

"그렇긴 한데 집착하고 감시하고 질투하고 어떤 행위가 드러났을 때 응징하려는 강도를 따져 봤을 때 여자들보다 남자들이 엄청 더 강하게 작용한다는 이야기가 아니겠어? 참! 더러운 새끼들이 맞긴 해!"

이들의 대화는 막걸리에 취해 갈수록 점점 더 심오해지기 시작하였다. 이런 대화가 어쩌면 굉장히 유치하고 염세주의적인 것 같아도 이게 한 인생에서 차지하는 부분이 전부라고 봐도 지나치지 않을 정도이다.

"그런데 '그래서 뭘 어쩌겠다는 것이냐? 이걸 어떻게 할 것인가?'라고 생각할 수도 있겠지만 아니면 혹은 '뭐 사람 사는 게 다 그런 거지 뭐! 어딜 가도 다 뻔한 거지 뭐!'라고 넘겨버릴 수도 있다고."

"아아! 그렇지만 뭘 어쩔 거냐? 그래 이런 대화를 나눠본들 뭘 어쩔 것인가! 이거지? 맞다. 맞아! 인간의 마음을 무슨 도구나 기계로 돌릴 수가 있나?"

"아니, 다 그런 거다. 이게 문제가 아니다. 뭐? 뭐? 뭐?"

막걸리 빈병이 10병째가 넘어가자 이들은 이젠 횡설수설거리며 방금 전에 했던 말들을 또 반복하며 뭐가 뭔지 모를 오락가락하는 것이었다.

그러다가 갑자기 주먹으로 탁자를 아주 세게 꽝 내리쳐 주변에 있던 손님들을 화들짝 놀라게도 한다. 그래서 그들이 짜증을 느껴 이들을 매섭게 쳐다본다.

이젠 광준도 더 이상 안 되겠다 싶어 "그만 일어나자 친구?"라고 덕배에게 말한다.

둘은 직장에 와서 알게 된 직장동료이다.

"그래 그러자고. 이젠 더 마셨다간 진짜 난리 나겠다."

비틀대며 일어나 밖으로 나와 걸어간다. 결국 광준은 자신이 엊그제 길을 지나가다가 마음에 드는 여잘 보고도 안타깝게 표현 못 한 사실에 대해 무척이나 답답하고 갑갑해서인지 또다시 말을 꺼내든다.

그저 에둘러 다른 얘기만 장황하게 늘어놓고 만 것이었다. 원래 인간들은 자기 자신의 기준으로만 사람과 사물을 평하곤 한다. 그렇다. 그 누구든 자신의 기준으로 봤을 때 자신이 자신을 평가할 땐 다 그런 것이다. 즉, 괜찮은 것이다. 오로지 자신의 몸 하나만을 무척 애지중지 아끼고 있으니 말이다.

그러나 남이 즉, 아내도 남이기에 남이다. 애인도 남이기에 남이다. 남이 위와 같은 주장으로 "나도 다 그런 거지 뭐! 나도 다른 남잘 만날 거야!"라고 하면 바로 날카로운 응보 화살이 날아간다.

바로 이 말 한마디이다. '뭐가 다 그런 거야? 넌 안 돼! 너 딴 남자 만나면 나한테 죽는 수가 있어.' 이것이다.

그렇듯 상대적으로 남자들의 아집과 독선이 매우 강하다. 본인들은 쥐도 새도 모르게 딴 여잘 만나고 다니며 날뛰면서도 말이다.

이토록 인간이란 언뜻 보기엔 착해 보이기도 하지만 내면으로 뚫고 들어가면 굉장히 이기적이고 사악하기 그지없다.

더 심각한 문제는 분명 매우 이기적이고 사악한 것인데도 그것이 이기적인 것인지, 사악한 것인지를 분간을 못 한다.

지극히 자연스럽고 당연하다고 생각한다.

사회는 서로서로가 굉장히 극심한 악의 파장을 일으키고 있으며 심한 물결을 이룬다. 이런 직장동료들의 문제점은 풀어도 풀 수 없는 극심한 난제가 아닐까 싶다.

묘하게도 절대적일 것 같았어도 그야말로 무소불위 다 평정된 것만 같은 호기를 내뿜어도 이것도 애석하게도 어떤 먹이사슬이라는 대법칙 앞에 속수무책으로 쓰러지는 사태를 맞이하는 일이 일어나게 된다. 왜냐하면 한 치 앞을 내다볼 수가 없어서이다.

이들은 늦은 시간임에도 불구하고 2차로 호프집으로 직행하였다.

더 많은 대화가 필요해서였다. 대화는 계속된다. 사실 대화라기보단 화풀이 잡담이다.

두 사람은 아까 막걸리에 만취된 상태라 지금 딴 데로 옮겨 또 들이붓고 있으니 제정신일 수가 없다.

"물론, 직장동료란 없어선 안 될 필수적인 존재임은 분명하다. 하지만 순기능만 있는 게 아니라 역기능이 더 많아 보인다."

"이 역기능을 최소화하기 위해선 한 가지밖에 없다. 직장동료를 동료로 생각하지 말고 자신의 가족이라 여기는 관념을 가질 필요가 있다. 절대적인 문제가 아닐 수 없다. 마음을 비우면 가능한 일이기도 한 것 같아!"

그는 잠시 쉬었다 맥주 한 잔을 더 쭉 마신 뒤 "인간이란 그리 쉬운 존재는 아니다. 하지만 이걸 해내야만 한다고 생각해!"라고 말한다.

사실 직장동료 말고도 여러 형태의 남녀가 모이는 장소엔 역기능이 압도적으로 많다.

그렇긴 한데 둘이서 호프집에서 논하고자 하는 부분은 유난히 직장동료가 더 많은 병폐를 일으키고 있는 것 같아서 핏대를 올리며 열변을 토하는 것이었다.

이들이 더더욱 그 부분에 몰입되는 이유는 직장에서 같은 일을 하다

보면 음으로 양으로 미운 정 고운 정이 들어 다 각자 자신들도 모르게 야금야금 동화되어 간다는 점이었다.

덕배는 팔달문 할로웨이마트에서 일하며 여직원 차은서와 교제 중이면서도 그리 만족을 느끼진 못한다. 욕심이 많아서이다. 여자 하나 말고도 다른 많은 여자들에게 관심이 많다. 이것은 은서를 볼 때 썩 마음에 드는 편이 아니라서이다. 그러니 자꾸만 눈이 딴 데로 돌아가고 손님으로 들어오는 어느 정도 매력적인 여자들만 쳐다봐도 심장이 벌렁벌렁거린다는 게 문제를 낳는다.

마인드컨트롤이 붕괴된 지 오래다.

말을 이리저리 돌려가며 몇 번 접근해 보기도 했지만 그리 쉽게 연결이 되진 않는다. 모든 원인은 직장구조의 문제라고 늘 그렇게 생각하고 있었다.

하지만 실체는 그 여자 손님이 덕배를 봤을 때 별로로 여겨 피했을 수도 있다. 광준도 생각은 같았다. 할로웨이마트엔 은서 말고도 여직원들이 더 있긴 하지만 유부녀들이고 또 결혼 약속이 된 여자들이 몇 있다.

그래서 넘보진 않는다. 괜히 그랬다가 그녀들의 남편들에게 걸리면 자칫 칼부림을 당할 수도 있다는 우려 때문이다.

심각한 문제는 은서는 덕배와 교제 중이긴 한데 내심 광준을 더 좋아하기도 한다.

덕배는 2021년에 입사하여 광준보다 3년 더 일을 한 경력이 있다. 덕배가 처음 들어왔을 때 그녀는 일을 하고 있었다.

그 후, 2024년 1월 광준이 마트에 취직한 것이었다. 이때 은서는 광준을 보고 반했지만 이미 덕배와 교제 중이었기에 그런 감정만 갖고 있다가 표현을 하지 못한 것이었다.

　그런데 더 큰 골치 아픈 문제는 그녀는 덕배 모르게 마트에 60이 넘은 사장과 오래전부터 은밀히 내연관계를 유지하고 있었다. 그가 남자로서 무슨 매력이 있어서 그런 게 아니라 돈 많은 사람인데 가끔 옷도 사주고 돈도 주기 때문이다.

　은서가 궁핍한 생활을 하다 보니 그 유혹에 더 잘 넘어가 버렸다. 덕배가 알면 난리가 날 것은 자명하다.

　2024년 1월 초 화성시 매송면에 위치한 정천제약을 다니는 정비희가 며칠 전 광준이 보고 반하여 사경을 헤매는 대상이다. 이 제약회사는 국내 제약회사 랭킹 5위 안에 드는 회사라 사무직, 생산직 직원 숫자가 상당히 많다.

　남자 직원은 무려 150명도 넘고 여자 직원도 150명 넘는다. 점심시간에 구내식당에 모일 때 보면 마치 벌떼를 보는 것 같다.

　"와아아아 밥 먹을 시간이다. 밥 먹으러 가자. 우후후후 다 먹고살려고 하는 짓인데. 자아 밥 먹자."

　"그래요. 빨리 밥 먹고 커피 한 잔씩 하자고요."

　여기저기에서 끼니를 때우려는 메아리들……. 이들은 자연스레 사내결혼도 무척 많이 벌어지곤 한다. 정천제약에 다니는 한 여인 정비희는 어느덧 입사한 지 2년이 다 되어 간다. 그녀는 미모는 대단한데 아직 애인이 없다. 여기서 뜻하는 애인이란 하루살이 같은 애인을 뜻하는 게 아니라 제대로 된 명실상부한 애인을 뜻한다.

　그 이유는 이 회사에서 너무 많은 남자 직원들이 달라붙어 못살게 굴기 때문이다. 또 맞선이나 소개팅 같은 것을 나가지 못하게 방해하고 서로서로 견제와 방어가 이뤄지기 때문이다. 문제는 그녀도 그런 일상을 그리 싫어하진 않고 즐기기도 한다. 변태적 공주병에 젖어 있다고 볼 수도 있다.

오늘은 3일 수요일이다. 퇴근 시간인 6시가 다 됐다.

그러자 어김없이 정천제약의 사장부터 시작하여 말단 직원들까지 비희에게 달라붙는다. 마치 서로 예약이라도 한 것처럼 그녀에게 달려와 손이며 팔을 잡아당긴다.

정비희가 그들을 피하지 않는 이유는 데이트에 응해 주면 원하는 고급스러운 옷과 디올백과 온갖 액세서리를 사주고 쥐도 새도 모르게 돈도 주기 때문이다.

그리고 그녀는 정욕을 이루려는 욕망도 남다르고 그런 즐기는 부분에 있어서 그리 개의치 않는 성향이 강해 자신이 자유인이라고 느끼기도 할 정도인데 오늘은 그녀가 몸 컨디션이 안 좋았는지 어쨌는지 완강하게 뿌리치고 얼른 정천제약 통근버스에 올라탄다.

"어휴~~ 다들 비켜, 비키란 말이야! 피곤해 죽겠다. 일하기도 힘들어 죽겠는데 이게 뭐야? 다들 굶주린 멧돼지들 같네! 아니 굶주린 늑대들! 딴 데 가서 알아보라고."

그러자 그녀의 팔을 잡아당기며 데이트를 하려고 안달을 부렸던 중견부터 시작하여 말단직원들은 닭 쫓던 개 지붕 쳐다보는 모습이 되어 버렸다.

부장이 "아니 당신들 여기서 뭐 하는 거야? 내가 여기 올 때 앞으론 나타나지 말라고 알았어? 참 나 어이가 없다."라며 죽일 듯이 노려본다.

"아아 네네, 알겠습니다."

매송에서 뺨맞고 봉담에다 화풀이하듯 부장, 팀장은 대리, 계장, 주임을 계속 노려봤다. "아니 이거 당신들 뭐야? 얼른 퇴근은 안 하고…? 에잇 기분 잡쳤다."

이런 엉뚱한 갑질이 날아와도 대리, 계장, 주임이 속절없이 당할 수밖에 없는 것은 부장, 팀장이 하위직원들에게 진급 시 근무성적을 평가하여 채점하는 권한이 있어서이다.

"아아아 이럴 땐 얼른 피하는 게 최선이다. 저는 그만 퇴근하겠습니다."

부장은 이 모든 게 못마땅한 기분이다. 잠시 기다리자 기사가 제네시스 80을 몰고 앞으로 온다.

타고 떠난다. 그녀는 통근버스에 올라타자 차량 기사가 잠시 머물다가 액셀을 밟았다.

수원 화서역까지 가는 버스이다. 아침 출근 시 화서역에서 출발하여 화성시 매송면 정천제약으로 운행하고, 저녁 퇴근 시 반대로 운행하는 노선이다. 정비희는 화성행궁 대중교통 버스정류장에서 내린다. 집이 행궁동이라서이다.

올해 나이가 30살이라 이젠 슬슬 결혼준비도 해야 할 텐데, 이렇게 직장상사나 동료들과 문란한 행동을 하고 다니니 미래가 어떻게 될지 매우 우려가 된다.

이런 문제는 우려한다고 되는 게 아니다. 원래 인간의 행동이란 타고나는 것이기에 그저 속수무책이라고 볼 수가 있다. 내일 또 출근하게 되면 이 회사의 직장상사나 동료들이 슬슬 웃어가며 비희에게 다가와 함께 커피를 먹자고 혹은 이따 퇴근 후 같이 가서 식사나 술을 먹자고 할 게 뻔한 일이다.

그리고 그 후엔 어디로 데리고 가서 애정행각을 이루려고 할 것이다. 이렇듯 어디를 가나 직장상사나 동료라는 것은 문제 중의 큰 문제이다. 뻔한 예상을 해 보는 사이에 어느새 밤 시간이 훌쩍 지나 아침이 되니 그녀는 출근길에 오르기 위해 화성행궁 버스정류장으로 나갔다.

아침 7시 15분쯤 통근버스가 도착하는 시간이다.

그녀는 여느 때와 같이 7시쯤 나와 있었다. 그녀에게 있어 행운인지 불행인지 모르겠지만 한 남자가 운동복을 입고 그 지점을 달려가고 있었다. 광준은 며칠 전에 그녀를 이곳에서 보고 반해 그 후로 체념 섞인 기분에 막걸리로 대체했는데 지금 이 시각 또다시 보게 되자 심장이 철렁거리는 것이었다.

광준의 나이도 비희와 엇비슷하게 보였다. 실제는 그녀의 나이보다 두 살 더 위 32세이다. 그는 잠시 달려가던 걸 멈추고 어떻게 몸 둘 바를 몰라 정신이 혼미해졌다.

이렇듯 남자든 여자든 길을 지나가든 건물 내에서든 어디든 상대를 보고 반하는 시간은 대개 1초 만에 판가름 난다.

반하는 시간이 1초이다. 그땐 속이 쿵 내려앉고 가슴이 뜨끔거리며 먹먹하다 그저 그렇게 몇 미터 더 걸어가며 애써 잊으려고 마인드컨트롤을 하는 것이다.

이런 절제가 싫어 상대에게 좋다는 의사표시를 하는 것은 그야말로 에베레스트산을 오르는 것처럼 어렵고 힘들다. 하는 건 용기를 내면 되긴 하겠지만 성사되기가 그렇단 것이다.

그 이유는 상대가 이를 이상하게 여기고 피하거나 도망칠 가능성이 매우 높기 때문이다. 이것은 그만큼 사회가 한겨울의 꽁꽁 얼어붙은 빙판처럼 굳어 있기 때문이고 인간들이 서로서로가 잘 믿질 않고 검은 진흙탕이기에 그렇다.

  범죄 사건도 그렇고 또 이런 문제들이 온갖 매스컴을 통해 보도되기에 무의식적으로 공포와 두려움에 빠져 있다고도 볼 수 있다.

  뭐! 그렇다고 어쩌겠는가? 그냥 눈요기나 하고 말아야지. 그러나 그는 눈요기 차원을 뛰어넘어 심장이 벌렁거리기 시작하였다. 원래 남자든 여자든 상대가 누군지 몰라도 첫눈에 반하게 되면 속이 벌렁거린다.

  자연스러운 본능이라고 볼 수 있다. 그랬을 때 그냥 묻지 마 미친 척하고 접근하는 사람도 있긴 하지만 대다수는 그렇게 하지 못하고 속만 썩다가 그냥 돌아서는 게 현실이다.

  누구의 원인이라고 단정 지을 수는 없고 이 땅에 살고 있는 모든 인간들의 책임이라고 보면 된다. 그래서 시시콜콜하게 어디 산악회나 사이클 동호회 등등 이런 곳에 기웃거리는 것이다. 직장동료 유사한 공감대를 만들어 경계벽을 허물어 접근하려는 발로라고 본다.

  이런 연장선상에서 광준은 한숨만 나올 뿐이었다. 그래서 뭘 어쩔 건가? 지금 시각은 7시이다. 그도 출근을 해야 하기에 집에 들어가 준비를 해야 하지만 첫눈에 반해버린 누군지 모르는 여인을 넋을 잃고 바라보느라 발이 떨어지지 않는다.

  시간이 잠시 흐른 뒤 15분이 되니 정천제약이라고 새겨진 버스가 들어온다.

  그녀는 그 버스에 오르는 것이었다.

  이때 광준은 집중한다. '아아! 정천제약이구나!' 통근버스에 새겨진 이름을 속으로 몇 번이나 되뇌었다.

1. 모르는 여자에 반하다 **19**

그 후, 자신도 출근 준비를 하기 위해 집으로 들어간다. 그는 들어가 씻고 밥을 먹는 중에도 온통 머릿속은 아까 화성행궁 정류장에서 본 그 여인의 영상이 계속 심장을 강타하였다. 그렇지만 일단 출근을 해야 할 일이다. 그는 팔달문 할로웨이마트 직원이라 점원 겸 배달원이기도 하다.

일터를 향하여 액셀을 밟았다. 갔는데도 일이 손에 잡히지 않고 정신이 완전히 마비가 돼버렸다. 얼른 정천제약이란 곳이 어디인지 핸드폰으로 검색하여 보자 화성시 매송면이라고 나왔다. 그런데 어떻게 할 것인가! 또다시 깊은 한숨만 푹 쉰다.

끝내 직장동료 이덕배에게 답답함을 말한다.

"덕배 씨, 난 요즘 동네에서 아침운동을 하다가 화성행궁 버스정류장에서 정천제약 회사 통근버스를 타고 출근하는 여잘 보고 완전 반했다고 진짜 내가 찾던 100% 이상형이라고 100%…. 근데 그냥 그러다 마는 거지 뭐! 뭐라고 말하기도 그렇고 좀 그래. 에잇 참!"

덕배도 한숨을 푹 쉰다. 자신이 어떻게 해결해 줄 수 있는 문제가 아니기 때문이다. 이런 얘길 하는 사이, 몇 미터 떨어진 곳에서 여직원 차은서가 다 들었다. 그녀는 현재 덕배와 교제 중이지만 내심 속으론 광준을 향한 짝사랑의 불길은 활활 타오르는 심정이다.

이런 상태에서 그 같은 말을 들으니 착잡할 수밖에 없다. 속으로 '으으 내게로 오지!'라며 갈망 중이다. 차라리 광준이 미친 척하고 은서에게 달려들어 준다면 그녀도 미친 척하고 덕배와 갈라서고 광준에게 넘어가 줄 의향이 굴뚝같다.

현실적으로 그와 어떻게 연결되긴 좀 가능성이 없지만 그가 다른 길에서 몇 번 본 낯선 여잘 보고 반했다는 사실 그 자체는 그리 유쾌하진 않다.

순간 그녀는 얼굴이 일그러지며 붉어져 버렸다.

그녀는 속 타는 심정을 가라앉히려고 얼른 휴게실로 달려가 냉수를 한 잔 확 들이켠다.

광준은 은서가 자신을 좋아한단 사실을 전혀 모른다. 모를 수밖에 없는 이유는 그녀가 그런 표현은 한 적도 없고 지금 현재 덕배와 은서가 사귀고 있기 때문이다.

덕배는 "광준 씨, 정말 너무 갑갑한 일이야! 그런 건 누가 대신해 주는 게 아니야! 그럴 수도 없고 그냥 그런 거야. 본인만 속이 터지는 거라고."라고 말한다.

광준은 "만약 덕배 씨가 이런 상황이면 어떻게 할 건데?"라 묻는다.

"그런데 광준 씨 사실 남자든 여자든 지금 광준 씨가 겪는 그런 일들을 겪는 사람들이 아마 생각보다 무지무지하게 많을 거야! 다 그렇게 비슷하게 스트레스만 받다가 마는 경우들이 대부분이고 글쎄 자세히 모르겠는데 막 달려들어 대시하는 사람들이 있을 것 같긴 한데 얼마나 될까? 또 그랬을 때 성공률은 어떨지 참 궁금한 일이야!"

덕배는 최근 마트 휴무일에 광준과 화성행궁 주변 주막집에서 막걸리를 10병 이상을 들이부으며 사회문제라든가 이성문제를 아주 신랄하게 비판조로 대화를 나누기도 했다.

지금 이 시간 광준의 안타까운 토로에 대해 뭐 이렇다 할 해법을 주지 못함을 못내 안타까워할 뿐이었다. 그저 그의 어깨를 툭툭 쳐줄 뿐이다. 이게 전부였다.

광준은 이런저런 번민에 휩싸이다가 퇴근을 맞이하게 된다. 그러다가 오늘도 그럭저럭 시간은 흘러 퇴근 시간이 되어 다시 액셀을 밟아 장안구 영화동 집으로 향한다.

　내일 아침 7시쯤 화성행궁 버스정류장에 나가 볼 마음을 품는 건 기정사실이 되어 간다.

　그만큼 눈이라는 것이 무서운 것이다. 모든 일은 눈에서 시작하여 눈으로 끝난다. 세상사 돈으로 시작하여 돈으로 끝나는 것과 같다. 좋은 일이든 안 좋은 일이든 말이다.

　광준에게 오늘 밤은 너무너무 길게만 느껴진다. 문제는 내일 아침에 그곳에 나간다고 특별히 뾰족한 수는 없다. 핵심은 그녀가 그를 누군지 모른다는 점이다.

　그럼 그가 자신을 그녀에게 알리려고 애를 쓸 일인데 뭘 어떻게 알릴 것인가!

　뭐든지 모르면 힘든 것이다. 반대로 뭐든지 알아서 힘든 것도 많다. 그러나 지금 현재 그가 겪는 아픔은 누군지 몰라서 일어나는 시련이라 보겠다.

　몰라도 탈, 알아도 탈, 이 세상은 온갖 탈들과의 시간이고 또 세월이 흘러 시간이 많이 흘러가 버리면 낫겠다! 하고 생각할지 모르지만 또 탈이 기다리고 있다.

　한 줄, 두 줄 주름이 생기지 않는가? 이게 바로 탈이다.

　어쨌든 광준 입장에선 먼 훗날 아쉬움이 남지 않게 다각도의 연구가 필요할 것으로 보인다. 그러다가 여의치 않으면 어쩔 수 없는 거고 인생이 원래 그런 거니까! 인생은 원래 어쩔 수 없는 일들이 너무너무 많다.

　그렇지만 매 순간에 자기 자신의 삶에 최선을 다하는 자세는 절대적으로 필요하다.

1월 초라 추운 날씨지만 그는 늘 어김없이 새벽 5시 반이면 자리에서 일어나 여기저기 뛰어다니는 너무 좋은 습관을 가지고 있는 것 같다.
  오늘은 매교 쪽으로 뛰어갔다 오려고 생각한다.
  오다가 7시쯤 또 화성행궁 버스정류장에 서성이며 이름 모를 그녀를 바라보며 뭔가 다각도로 연구하면서 계획을 수립하리라! 결국엔 또 그 시간에 그 지점에서 그녀를 바라보는 서글픈 영혼의 그림자. 그는 오늘도 가슴이 쿵 하며 내려앉는다.
  더욱더 쓰린 장면은 오늘은 그녀가 어제와 달리 옆에 어떤 남자와 서로 손을 잡고 있었다.
  그가 봤을 때 그녀는 자신과 나이가 엇비슷하다고 느끼는데 그러니까 대충 30대 초반 정도, 그런데 그녀가 지금 이 시각 손을 잡고 있는 상대방은 나이가 50대 후반으로 보였다.
  그런 상태에서 그들의 대화가 광준의 아픈 영혼으로 파고들어 온다.
  "아아…… 너무 춥다. 빨리 통근버스가 왔으면 좋겠다. 너무 춥지 않니? 비희야?"
  "아이, 뭘 그렇게 춥다고 그래요? 부장님, 난 부장님 손을 잡고 있으니까 따뜻한 걸요. 이히히히."
  "아아…… 그런가? 우하하하하. 난 너무 행복한 남자야! 와우우."
  이 상태에서 정류장 뒤편에서 그녀를 바라보는 광준을 더욱더 속 쓰리게 하는 장면이 나타났다. 그것은 바로 그 부장이란 남자가 그녀를 향해 "야야 비희야 이렇게 너무 추울 땐 우리 뜨겁게 포옹을 하면 돼! 추위를 녹여야지!"라며 자연스레 끌어안고 자신의 입술을 그녀의 입술에 대고 꾹꾹꾹 누르고 한참 동안 유지하는 것이었다.

1. 모르는 여자에 반하다

어쨌든 광준은 자신의 애인도 아니고 누군지 모르는 여자이긴 하지만 그래도 어제 아침 이 장소 이 시간에 그녀가 홀로 서서 출근을 기다리는 모습을 보고 첫눈에 반했던 상황이라 지금 이 순간의 그 장면은 불쾌함이 엄습하고 충격이다.

눈을 휘둥그레 뜨며 온몸이 굳어져 버렸다. 그렇지 않아도 엄청 추운 날씨에 몸과 마음이 더 추워져 꽁꽁 얼어 버렸다.

그러던 시간도 잠시 7시 15분이 되자 정천제약 통근버스가 들어오고 있었다. 그러자 이들은 계속 서로 누르고 있던 입술을 그제야 떼고 버스에 오르는 것이었다.

그것도 계속 손을 잡고 말이다. 둘은 꽤 오랫동안 사귀어 온 사이로 보였다.

광준은 어제처럼 오늘도 한숨만 푹 쉰다.

그 여자의 나이에 맞지도 않는 직장상사인 부장과 통근버스가 오기 전 서로 입술을 부딪치다니!

광준은 힘없이 들어와 또 팔달문 할로웨이마트로 출근한다.

출근을 하며 직장동료라는 것이 얼마나 높은 산이고 거대한 장벽이라는 것을 다시금 느낀다. '직장동료, 직장상사면 저렇게 막 이루어져도 되는가 보다!'라고 느꼈다.

광준의 오늘 결심은 무엇인가. 두말할 것도 없이 뺏는다는 데에 초점을 맞춘다. 어제는 그녀의 회사, 화성시 매송면에 있는 정천제약에 한번 가 보리라 생각도 들었지만 뭐, 간다고 무슨 뾰족한 수가 있겠는가!

애타게 속으로 생각만 하는 것보단 한번 가서 부딪쳐 보는 게 낫지 않을까 생각도 해 본다. 원래 인생의 승부는 어떻게든 부딪쳐야 해결이 나지 그저 그냥 가만히 있으면 아무것도 아닌 무가 되는 것이다.

그래서 할로웨이마트 일을 멈추고 오후에 차를 몰고 화성시 매송면 정천제약으로 달려간다.

2. 낯선 남자의 접근

  그곳에 위치한 정천제약은 굉장히 큰 대기업이었다. 가긴 갔는데 묘수가 없다. 그저 넋을 잃고 먼 산을 바라보듯 수위실만을 바라보며 힘이 쭉 빠져 버리는 맥 빠진 영혼의 흔들림…….
  별 생각 없이 스마트폰을 꺼내어 만지작거린다. 원래 사람들은 이것도 저것도 아닌 몹시 혼동을 일으킬 때 그냥 쓸데없이 폰을 만지작거리는 습성이 있다.
  순간 시간을 보니 6시가 다 되어 퇴근 시간이 된 것 같다. 정천제약이라고 새겨진 버스가 6대나 세워져 있다.
  저 6대 중 한 곳으로 올라탈 것으로 예상된다. 오늘은 그냥 탐색만 하리라! 내 사랑을 차지하기 위한 워밍업 차원이다.
  이윽고 5시 50분이 되자, 이 회사 직원들이 우르르르 쏟아져 나오고 있었다. 그런데 그녀는 보이지 않았다. 그래서 계속 자신의 차 썩은 모닝 안에서 그는 안절부절못하고 불안하기만 하다.
  6시 20분이 정각이 되자 통근버스 6대는 일제히 떠나고 있다. 이때까지 그녀는 보이지 않았다. 그 후 10분 정도 더 지나자 그녀는 어떤 남자 직원과 나오고 있었다.

 오늘 아침 화성행궁 정류장에서 서로 입술을 부딪친 그 남자, 부장인가 하는 이가 아닌 다른 남자였다. 광준은 자신의 승용차 문을 조금 열어놓은 상태라 소리가 조금은 들릴 정도였다. 둘이서 이렇게 말하며 걷고 있다.

 "아아, 팀장님 오늘은 불금인데 우리 오붓하게 소주나 한잔하기로 해요."
 "그래 뭐, 그래야지 소주 좋지! 원래 우리 사이는 소주를 먹는 사이잖아!"
 "이히히히히, 그렇지요. 소주만 먹는 사이인가요?"
 "야 이런 데서 너무 그렇게 말을 막하면 누가 들어. 그럼 피곤하기도 해! 야야 얼른 내 차에 올라타 가자고?"
 "그래요. 호호호."

 이렇게 말을 하더니 그 남자의 차를 타고 유유히 떠나고 있었다. 지금 이 시간에 그녀를 태우고 떠난 남자는 이 정천제약 팀장 이선구이다. 나이는 52세이다.

 그리고 오늘 아침 광준이 출근 지점에서 본 남자는 이 회사 부장 차두수이다. 56세이다. 오늘만 해도 광준이 그런 쪽으로 본 남자만 해도 2명이나 된다. 부장과 팀장이다. 일단 차를 타고 함께 갔다는 것은 유희를 즐기러 가는 경우가 대부분이기에 아침에 이어 지금 이 시각에도 직장동료, 직장상사라는 물살이 얼마나 강한 것인가를 절실하게 실감하는 시간이다.

 출근하는 아침에는 부장하고 데이트하고, 퇴근하는 저녁에는 팀장하고 데이트를 하니 말이다. 그녀는 애인들이 이 회사의 부장, 팀장뿐만이 아니라 더 많다.

정천제약에서 그녀가 애인으로 지내는 사람들은 공광천 사장 63세, 김양식 대리 50세, 조철화 계장 46세, 배동석 주임 41세이다. 앞서 적은 2명까지 합쳐 총 6명이 정비희의 애인들이다.

이들 6명의 공통점은 그녀와 데이트를 즐기고 그녀가 요구하는 옷이나 액세서리, 핸드백을 선물하는 경우도 있고 기본적으로 15만 원에서 20만 원 정도의 돈도 준다는 것이다.

가끔 그녀는 더 달라고 땡깡을 부리기도 하지만 그들은 "그만 좀 뜯어가라, 어디 돈이 하늘에서 떨어지냐? 땅에서 솟냐? 우리도 먹고살기 힘들다."라며 단호히 거절하기도 한다.

광준은 또 그렇게 맥이 풀린 채로 액셀을 밟는다. 직장동료도 아니고 직장상사도 아니고 누구의 소개도 아닌, 그저 아무것도 아닌 상대가 누가 누군지 모르는 상태에서 접근하여 애인이 된다는 것이 이렇게 험난한 난관이라는 것을 다시금 느낀다.

게다가 그 여자가 광준 자신과 엇비슷한 나이인 것 같은데 대략 30대 초반 정도, 아침, 저녁으로 왜 나이가 꽤 든 남자들과 진한 데이트를 즐기는지 한심하기도 하고 괴롭기도 하고 고통과 짜증과 분노가 치밀어 오르기도 하였다.

이 문제는 이 시점에서 그런다고 해결될 일이 아니다. 이런 상황을 극복하고 반전시켜야 하지 않겠는가! 곱씹었다.

오늘은 금요일이라 주말은 그냥 넘겨야 하고 그녀를 보기 위해선 월요일 아침 7시가 되어야 한다.

이런 시간 자체가 지긋지긋하다. 그렇다면 다음 주 월요일이 되면 그녀가 그곳에서 통근버스를 기다리고 있을 때 다가가 무슨 말이든지 뭐라고 의사표시를 할 수 있는가!

 지금만 답답하니 그럴 수 있을 거라고 생각하지만 막상 그때 그 순간이 되면 또 우두커니 머뭇거리지 않겠는가?

 어쨌든 지금 이 순간의 마음만 같으면 그날 월요일 아침이 찾아오더라도 저놈 과감히 용기를 내어 말할 수 있으리라! 다짐도 해 본다.

 그러면서 그는 장안구 영화동에 다다랐다. 그녀가 통근버스를 타는 위치로 볼 때 정확히는 모르지만 팔달구 행궁동일 것 같단 생각이 든다. 그의 집 영화동 양철오피스텔 6동 101호에 들어와 이런저런 상념 속에 잠기니 어둠은 더욱 짙게 드리워졌다.

 그는 연습장을 꺼내어 이것저것 낙서를 한다. 일기 같은 무엇인가 아무거나 막 쓴다. 그러다가 그녀를 어떻게 차지할 것인가에 대해 연구를 하며 정리를 한다.

 제목은 〈이름 모를 그녀를 어떻게 내 것으로 만들 것인가!〉이다. 이런 제목을 만들긴 했는데 글쎄 사람을 내 것으로 만든다는 표현이 매우 비뚤어져 있음이 느껴진다.

 왜냐하면 사람이란 그 누구도 누구의 것이 될 수 없고 그렇게 되어서도 안 된다. 사람은 그저 고유의 인격과 사상을 지닌 독립된 주체이므로…….

 그가 이렇게 깊은 철학을 알 수 있겠는가? 인간인데…. 아무튼 위와 같은 〈이름 모를 그녀를 어떻게 내 것으로 만들 것인가!〉라는 제목으로 만들어 놓고 시를 써본다.

 난 그대가 누군지 모릅니다. 왜 모르는지도 모르지만 모릅니다. 하지만 처음부터 다 아는 사람이 있겠습니까? 같은 초, 중, 고, 대학을 나오든가 아니면 직장동료가 아닌데 알 길이 없지요. 무슨 스포츠센터나 클럽 같은 데라도 가며 본 일도 아닌데 말이죠. 난 그대가 누군지 모르지만 왜 그대는 그들 직장동료들을 얼마나 안다고 온갖 데이트를 즐기는 것입니까? 직장동료면 그렇게 막 나가도 됩니까? 출퇴근 시 다 지켜봤습니다.

나나 그들 직장동료들이나 처음 이 땅에 태어났을 때부터 이름 모를 그대를 알았겠습니까? 당연히 몰랐겠지!

그런데 왜 난 지금 이 시간, 지금 이 순간도 그대가 누군지 모르는데 그들 직장동료들은 그대가 누군지 알아서 데이트까지 즐긴단 말입니까? 내가 그대와 데이트하기 위해선 그 회사 정천제약에 입사하기 위해 이력서를 내야만 합니까?

그놈의 직장동료가 그 무엇이길래! 그리도 내 마음을 이렇게 아프게 한답니까?

이 세상에서 살아가고 있는 것도 어쩌면 동료가 아닌가요?

이를테면 대한민국 동료 말이죠.

난 그런 동료이기에 직장동료가 아니라고 굴복할 것도 없고 두려워하지 않고 그런 동료로서 다음 주 월요일 아침에 나의 그대를 향한 분명한 선언이 있을 것입니다.

난 그날이 오면 나의 독립선언문을 낭독하는 것으로 애인이 되는 신호탄을 쏘아 올리겠습니다. 나는 그대와 대한민국 동료이니까!

그는 이걸 시라고 생각하고 썼지만 그저 막가파 일기에 가깝다. 어찌됐든 그만큼 결기를 다진다고 보면 된다.

이 시를 몇 번 더 읽어 보며 그는 자정이 되어 꿈나라로 들어갔다. 꿈나라 여행을 하는 도중에도 그녀의 모습을 떠올리는 상상을 하는 시간들로 채워진다.

이렇게 주말 내내 그런 시간들로 자리매김했다. 토요일도 일요일도 똑같은 글자가 적힌 종이가 수북이 채워졌다.

이젠 대망의 월요일 아침이 밝았다. 그는 막연히 그녀가 엊그제 아침 저녁으로 보았던 2명의 직장동료만이 애인이라고 생각하고 있는데 이건 아직 뭘 모르기 때문이다. 더 있다.

오늘은 늘 하던 아침조깅도 생략한다. 그 이유는 금요일 저녁부터 어제까지 결의에 결기를 다진 그 시인지 일기인지를 실천할 것이기에 그렇다. 만반의 정신무장이 필수라서이다. 깊은 호흡을 들이쉰다. 마치 종합격투기 선수가 경기에 임하기 전 깊은 호흡을 하며 이리저리 몸을 움직이며 극도의 긴장을 푸는 워밍업이랄까! 체조 같은….

바로 그 선언문을 낭독해야 된다. 바로 그 역사적인 그 지점인 그곳에서 바로 그것이다. 혹시 오늘도 그때처럼 어떤 나이든 남자, 그녀의 직장 상사 부장과 함께 있을지도 모른다.

그래도 개의치 않으리라! 마음먹는다. 그런 해파리는 우습게 여긴다.

그런 인간이 있더라도 그는 그냥 밀고 나가면 된다고 주먹을 불끈 쥔다.

그는 그냥 자신의 독립선언문 낭독문을 낭송하리라! 이를 꽉 깨문다.

아침 7시가 됐다. 화성행궁 정류장에 나왔다. 그녀는 통근버스를 기다리고 있었다. 그런데 이게 웬일인가!

오늘은 엊그제 아침에 본 남자도 아니고 또 그날 그녀가 저녁 때 퇴근할 때 같이 차에 오른 남자도 아닌 또 다른 제3의 남자였다. 광준은 그들의 소리를 잠시 듣고 있었다.

"아이, 김 대리님 오늘은 왜 대리님 차를 안 타고 가고 회사 통근버스를 타고 가려고 나왔어요? 저하고 같이 가는 게 그렇게 좋아요? 이히히히."

"아아, 당연하지 난 우리 비희를 너무너무 좋아하니까! 크크크."

"저도 김 대리님을 좋아하지요."

"아! 그래 우리 서로 좋아하는 사람들끼리 날씨도 추운데 내가 안아 줄게."

둘은 서로 끌어안더니 입술에 대고 꾹꾹꾹 누르고 한참 동안 유지하고 있었다.

아니 이게 도대체 어떻게 된 일인가! 엊그제 아침엔 부장과 이곳에서 입술을 부딪치더니, 그날 저녁엔 팀장과 차를 동승하면서 소주를 먹으러 가자고 말을 하더니, 또 오늘 월요일은 대리와 입술을 부딪치고 있다니! 이거 완전히 날라리 아닌가! 그것도 초특급 날라리!

일단은 부장과 대리와 며칠 간격으로 이곳에서 출근 시간에 끌어안고 입술을 부딪친 걸로 봤을 땐, 두 남자의 집이 이 동네 주변 행궁동인 것으로 보인다.

엊그제 저녁 퇴근 때, 그녀가 팀장과 차를 동승했으니 그 팀장의 집은 어딘지 짐작이 되지 않는다.

사실 이 순간에 그런 것이 그리 핵심사항은 아니지만…….

아무튼 그는 지금 이 순간, 이름도 모르고 아무것도 모르는 여자를 향해 그가 준비한 낭독문을 저들의 회사 통근버스가 오기 전에 낭송하기만 하면 되는 것이다.

그것도 아주 크게 우렁차게 말이다. 그들이 미친놈이라고 하든 말든 그것은 중요한 게 아니다. 자기 자신의 인생의 앞길만 걸어가면 된다.

어서 빨리 금요일 밤, 자신의 방에서 비장한 결기로 작성한 〈이름 모를 그녀를 어떻게 내 것으로 만들 것인가!〉라는 시를 아주 크게 외칠 순간이 왔다.

그래서 광준은 그 여자가 김 대리와 입술을 부딪치고 있는 지점으로 거칠게 달려갔다. 그 후, 그렇게 썼던 그 독립선언문 일기인지 낙서인지 시를 소리 내어 외친다.

드디어 최초로 의사표시를 하는 역사적인 순간이다. 그러자 둘은 깜짝 놀라 눈을 휘둥그레 뜨며 얼굴이 완전히 굳어진다.

"아아, 뭐, 놀라실 것 하나도 없습니다. 난 이 동네 사는 사람입니다. 이곳에서 그대를 몇 번 보게 되었는데 완벽한 나의 이상형입니다. 나하고 데이트를 합시다?"

너무 황당하다고 느낀 김양식 대리가 응수를 한다.

"이거 뭐야? 이봐요. 이상한 사람이네! 저리 가요."

비희도 마찬가지였다. "어어 이거 뭐지!"

몹시 어이없고 황당하단 표정을 동시에 자아내며 말이다.

"김 대리님 더 말하지 마세요. 저기, 저기 통근버스가 들어오고 있어요. 얼른 타요."

"아아. 그래 알았어."

15분이 되자, 정확히 회사 통근버스가 들어온다. 둘은 황급히 차 안으로 들어간다. 그 후, 차는 화성시 방향으로 떠난다. 떠나가는 버스 뒤를 물끄러미 바라보며 광준은 발길 돌려 집으로 향한다.

둘은 버스 안에서 서로 옆자리에 앉아 방금 전에 차에 오르기 전에 있었던 일에 대해 얘길 나눈다.

"나 원 참! 살다 살다 보니 별 미친놈을 다 보네! 세상이 어지러우니까 미쳐 날뛰는 놈들이 너무 많아! 어휴~~ 정말 재수 없는 새끼."

"그런 것 같아요. 대리님. 그 새끼 정신병자 같은데요."

집에 들어가 출근 준비를 하는 광준은 마음속으로 결기를 외친다.

'저놈의 부장, 팀장, 대리로 이어지는 직장동료들의 깊고 높은 빗장수비와 늑대 고개를 내가 반드시 넘고야 말겠다. 저 세 명의 늑대 동료, 늑대 상사들을 어떻게 따돌릴 수 있단 말인가!'

하지만 그도 이상형인 여자에게 오늘 1월 8일 월요일 아침 7시 10분 최초의 방점을 찍었다. 뭐든지 시작이 반이다. 앞으로 펼쳐질 연애전선이 난관의 연속일지 아니면 일들이 나름의 방점으로 될 것인지는 이 세상 사람 아무도 모르고 하늘만이 그걸 알고 있다.

복잡한 상념 속에 출근길에 오른다. 팔달문 할로웨이마트에 출근을 했으나 일이 손에 잡히질 않았다. 이 세상 사람 그 누구나 직장동료라는 것이 있다. 같은 사무실에서 일하는 것 말고 업무와 조금이라도 관련되어 있으면 그것도 직장동료이다.

광의로 봤을 때 즉 포괄적 직장동료 말이다. 포괄적 직장상사도 있다.

광준은 자신이 그녀를 길에서 출근하는 시간대에 보고 반했고 그래서 만나고 싶은 마음이 꿈틀거리지만 난관에 봉착한 부분을 어떻게 풀어나갈 것인가!

특별한 것은 없다. 그냥 부딪히고 계속 끊임없이 부딪히는 것밖에 없다. 이런 생각을 그는 오후에도 계속 이어간다.

그러다가 안 되겠다 싶어 오늘도 또 쇠뿔도 단김에 빼라는 말을 떠올리며 일을 멈추고 그녀가 퇴근하기 전 시간대에 정면으로 부딪히기 위해 화성시 매송면으로 차를 몰고 달려간다. 그야말로 무데뽀 막가파식이었다.

대략 5시쯤 달려간다. 지난번에 회사에서 저녁 6시 20분에 통근버스가 떠나는 것을 봤기 때문이다. 드디어 그곳에 도착했다.

수위실을 주시한다. 속이 답답하니 주변 편의점에 들러 음료수를 하나 사서 먹는다. 그럭저럭 시간을 때우다 보니 6시가 넘었다. 이 회사 직원들이 퇴근하기 위해 삼삼오오 나오고 있었다. 저번처럼 통근버스는 6대가 세워져 있었다.

드디어 그녀가 나오고 있었다. 아! 근데 이게 어떻게 된 일인가! 오늘은 저번과 달리 그때 그 남자의 승용차에 타지 않고 통근버스에 타려고 하는데 광준이 이곳에 올 때 예상했던 인물인 부장도 아닌, 팀장도 아닌, 대리도 아닌, 또 다른 그 누구와 서로 손을 잡고 함께 통근버스에 오르고 있었다.

그렇지 않아도 직장동료, 상사들의 늪이 3명이라 큰 장벽이었는데 1명 더 있단 말인가! 그는 이곳의 그녀에 대한 직장상사들의 정확한 구도를 몰라서 그러는 것이다. 3명에다 1명을 더해 4명이 아니라 실은 총 6명이나 된다.

6명의 남자 직장동료, 상사들이 그녀를 좋아하면서 사랑하기도 하면서 애인으로 지내고 있는 중이다. 광준의 귓가에 살며시 스며드는 소리가 들렸다.

"조 계장님, 오늘은 월요일인데 월요일은 원래 맥주를 먹는 날이란 말도 있는데 오늘 내게 맥주를 사주시죠. 호호호호."

"그래, 그럼 나도 비희에게 월요일은 맥주를 사주고 후끈 달아오르고 싶다."

통근버스에 오르려는데 광준이 세차게 그들이 차에 오르려는 순간 막아버린다. "아아. 잠시 잠깐 멈추시죠. 내가 당신들 직장동료들에게 도전장을 던진다. 저리 비켜… 비켜 비키란 말이야."

통근버스에 오르려는 둘은 깜짝 놀란다. 그녀는 그를 쳐다보며 가슴이 쿵 내려앉으며 더더욱 놀라며 아연실색하여 버렸다.

오늘 아침 출근할 때 화성행궁 정류장에서 갑자기 나타나 무슨 종이를 들고 크게 소리를 질렀던 남자가 아닌가! 정신병자 아닌가!

"아니 아아… 아까 아침에 그 그 그 사람이 여기에 또… 어어 흑흑흑."

"이름도 모르고 잘 모르는 그쪽에게 이렇게 내가 너무 무례하게 굴어 조금 죄송합니다만 통근버스에 오르지 말고 나와 얘기를 나누어요. 내 심장이 당신을 보고 단 1초 만에 반한 그런 남자입니다."

"아니 이건 뭐야! 저리 가요."

조철화 계장은 그를 아주 세게 밀어 버리고 비희를 얼른 버스 안으로 들어갈 수 있게 손을 잡아 올려주며 자신도 뒤따라 들어간다.

"에이, 이런 시발…. 이게 정말 어휴~~ 확, 비켜."

"아이, 살았다. 기사님 얼른 운행을 하세요. 저기 이상한 사람이 와 있으니까요."

"아 네."

조 계장은 광준을 밀어 버렸고 비희는 기사에게 얼른 운행할 것을 요구했다. 직원들이 다 탄 것 같아서 출발시각이 조금 안 됐는데도 재빨리 시동을 걸어 액셀을 밟았다. 차가 회사 정문을 나와 큰 도로로 나가 우회전을 하려는 찰나에 광준은 이를 악물고 달려가 버스 앞을 가로막는다. 이판사판이다.

"차 세워! 차를 세우란 말이야. 너희들이 죽나, 내가 죽나 해보자. 난 여기서 한 발짝도 움직이지 않을 테니까! 한번 해봐! 어디 해보라고…."

기사는 그가 큰 도로에 서서 가로막자 매우 당황해하며 어쩔 줄을 몰라 한다. 그러면서 계속 노려보며 아주 크게 클랙슨을 누르고 떼질 않는다.

'빠아아아아앙앙앙. 빠빠아아아아앙앙앙.'

그래도 그는 꿈쩍도 하지 않고 조금도 물러서질 않고 눈을 부릅뜨고 있다.

"아니, 차로 날 날려봐! 그렇게 클랙슨을 누른다고 내가 비킬 줄 알아?"

"뭐야? 아니, 이봐 저리 비켜."

기사가 아주 크게 고함을 쳤다. 아무리 소릴 질러도 그는 아예 꿈쩍도 하지 않고 완전히 철옹성이었다.

게다가 더 강력한 메아리를 울렸다. "야, 너희들 차 안에 있는 이 회사 직장동료 새끼들 다 덤벼. 야 이 자식들아 직장동료면 다 그렇게 한 번씩 애인이 되어도 돼? 저 여자가 무슨 너희들 몸종이야? 너희들 다 나와. 직장동료 자식들 한판 뜨자고? 이런 직장상사 동료 새끼들 다 죽여버릴 거야! 다 나와. 어서 나오지 못해? 이 더러운 새끼들아!" 통근버스 안에 있던 많은 직장동료들은 일부는 조금 두렵다는 표정을 지었고, 일부는 너무 웃긴다며 웃기도 했다.

"아니 저건 뭐야! 어디 미친놈이 와서 깽판치고 난리네! 진짜 웃긴다. 푸하하하."

"정신이 이상한 사람 같은데."

광준은 목이 터져라 소릴 지른다. "차 세우란 말이야! 이 자식들아."

그가 지금 소리를 지른 이유는 최근 들어 지금까지 그녀가 이 회사와 관련된 꽤 나이든 동료, 상사들 4명과 애정행각을 이뤘기 때문이다.

그의 입장에선 엄청나게 짜증 나고 배가 아플 수밖에 없었다. 왜냐하면 자신이 그녀를 처음으로 길에서 보고 반했기 때문이다. 그러나 여기 동료들은 어느 정도 늙은 남자들인데도 그녀와 애인 구도를 이루기 때문이다.

그들과 맞서 사랑 게임에서 밀린다는 게 불쾌한 것이었다. 어쨌든 지금 이 상황에서 정천제약 통근버스 6대는 광준이라는 무법 낯선 남자 때문에 지나가지 못하고 있다.

차 안에서 아까 그녀의 손을 잡고 들어갔던 조철화 계장은 경찰을 부를까 하다가 그냥 회사수위실로 전화를 건다.

"아 네, 경비 아저씨, 여기 말이죠. 어떤 정신 이상한 것 같은 미친놈이 와서 통근버스가 지나가지 못하게 막고 있는데 어떻게 좀 조치를 취해주세요. 부탁입니다."

"아 네, 알겠습니다."

경비 2명은 정문 밖으로 뛰어나와 그를 아주 세게 밀어버리며 소리를 지른다.

"어이, 이거 당신 뭐 하는 사람이야? 저리 비켜. 저리 가라고……."

"이거 놔요. 난 이 회사 직장동료들과 전쟁을 치러야 하는 사람이란 말이오."

"이런 이런 당신이 뭔데, 우리 회사 직원들과 전쟁을 해? 가, 가란 말이야! 이상한 사람이네."

"놔 놔 놓으라고… 놔 이씨."

"가만있어 봐, 이거 안 되겠는데. 경찰을 불러야겠는데."

광준은 밀려나지 않으려고 몸부림을 쳤지만 경비 2명은 있는 힘을 다해 그를 밀어붙였다.

그러나 그는 끝까지 밀려나지 않으려고 온 힘을 다 쏟으며 더욱더 거칠게 마구 이리저리 움직였다. 그러자 경비 2명으로 역부족임을 느껴 한 경비가 이 주변에서 청소 중인 회사의 용역 청소부 3명을 더 부른다. 그래서 다 해 5명이나 됐다. 그들은 일제히 온 힘을 다해 그를 막 밀어붙였다. 어느 정도 밀려나자 기사는 재빨리 액셀을 밟아 지나가 버렸다.

그는 그들에게 밀려 더 이상 이 회사 직원들과 일전을 치르지 못하고 돌아설 수밖에 없었고 그녀를 좋아할 수 있는 교두보를 쌓는 일도 다음으로 미룰 수밖에 없었다.

"이봐, 앞으로 절대 이곳에 나타나지 말라고, 또 그러면 정말 경찰을 부를 거야!"

그는 자신의 차는 그냥 이곳에다 세워 두고 천천히 걷고 걸어 인근 산길 쪽으로 간다. 고요히 소나무들을 바라보며 전열을 가다듬기 위함이다.

어떻게든 정천제약의 남자 직장동료들을 섬멸시켜 버려야겠다는 깊고 굳은 마음만이 온몸을 뚫고 지배해 들어온다.

날이 갈수록 이곳 직장동료, 상사들 중, 그녀와 애인으로 지내는 남자들이 하나씩, 하나씩, 더 발견이 되고 있다. 오늘까지만 해도 부장, 팀장, 대리, 계장까지 총 4명이다. 왠지 느낌으로 봤을 때, 4명이 아닌 더 있을 것 같다는 예감이 세게 든다.

아! 앞으로 이 많은 남자 직장동료, 상사 애인들을 어떤 식으로 허물어뜨릴 것인가!

산책하던 중, 이제야 제대로 현실을 파악하고 있었다. 그녀의 애인은 이곳에 2명 더 있다. 바로 공광천 사장 63세, 배동석 주임 41세이다.

그런데 총 6명인데 그냥 사이가 좋아서 그런지 그저 집단의식이 강해서인지 직장동료애인지 모르지만 물론 때론 심하게 대립하며 싸울 때도 있긴 하지만 또 어쩔 땐 서로서로 그런 사실을 알면서도 다투지 않고 사이좋게 서로 환한 미소를 보내며 그녀를 만나 성적인 관계를 맺은 스토리도 스스럼없이 얘기도 하고 아주 크게 웃기도 한다.

이들은 그렇듯 막 웃어가며 서로서로 그녀가 자신들의 우상이라 부르며 호프라 부르기도 한다.

도대체 이들은 왜, 여직원 하나 놓고 이러는 것일까? 더 웃긴 건 이게 바로 끈끈한 진정한 동료의식이라고 생각하고 있는 것이었다.

아주 핫한 뜨거운 직장동료들이다. 그러다가 때로는 여러 가지 일로 서로 안 좋은 일이 생기면 예민해지며 그녀를 혼자서 독식하려고 방어벽을 치기도 하며 이랬다저랬다 하는 것이었다.

공광천 사장 63세, 차두수 부장 56세, 이선구 팀장 52세, 김양식 대리 50세, 조철화 계장 46세, 배동석 주임 41세이다.

최근에는 공 사장이 음주운전 단속에 걸려 면허정지 처분을 당해 구속 위기에 처하자 부장, 팀장, 대리, 계장, 주임이 비희에게 귀띔하기 시작하였다.

부장이 "야야 비희야 사장님이 음주운전을 하다가 걸려들게 생겼다. 너 앞으론 절대 사장 차를 타지 마라, 너 그러다가 사고 나면 큰일 나잖아!"라고 조언했다.

"어! 그래요. 사장님이 음주운전을 했다고요. 어휴~~ 진짜 큰일 나겠네! 네, 알겠어요."

물론 이들 말고도 그녀를 좋아하는 남자 직원들은 셀 수 없이 많지만 그리 과감하게 전면에 나서진 않는다.

그런 변태적 진흙탕 사랑 게임은 싫어하는가 보다. 핵심 멤버가 위의 6명이란 것이다.

서로서로 한 사람씩, 그녀를 만날 때는 응원의 카톡도 넣어 주기도 한다. 이렇게 말이다.

〈홧팅. 잘해 봐! 신나게 놀고 놀자! 우리의 정천제약 직장동료들이여 영원하라!〉

일종의 변태에 가까운 사이라고도 볼 수 있다. 평범한 사랑 노선에서 변형을 일으켰으니 변한 형태가 될 수 있다. 그러나 진흙탕 물에서 허우적거리는 인간들 입장에선 그게 아니라고 생각하면 아니기도 하겠지만 결국은 탈선이라 할 것이다.

이런 험난한 구조하에서 임광준이 그 직장동료, 상사들을 어떻게 쓰러뜨리며 자신의 애정 쟁탈전을 승리로 이끌어 우승트로피를 손에 번쩍 들고 환호성을 터뜨릴 것인지.

미래의 일이 사뭇 궁금하기도 하다. 그냥 이 선에서 단념하고 다른 조신한 여잘 찾아보는 게 낫긴 한데 처음으로 본 날 너무 깊게 빠지는 바람에 그리 쉽진 않아 보였다.

그는 한겨울 꽁꽁 얼어붙은 어두운 색깔의 소나무들을 물끄러미 바라보다가 자신만의 결의의 구호를 외쳤다.

"파이팅, 파이팅, 파이팅, 또 파이팅 아싸싸."

너무 추워서 다시 돌아서 자신의 차 썩은 모닝이 세워져 있는 정천제약 정문 앞으로 걸어와 차를 타고 장안구 영화동으로 돌아왔다. 그래도 시작이 반이라는 말을 새긴다.

　누군가를 짝사랑하며 속으로 끙끙 앓느니 오늘 이렇게 아침저녁으로 시작의 종을 울렸으니 반은 된 것인가? 그 반이 도로 반이 될 것인지?

　오늘 아침저녁으로 나름의 큰 방점을 찍었으니 내일도 아침저녁으로 더 큰 방점을 찍어야겠다는 각오를 다진다. 광준이 현재로서 할 수 있는 최선은 그녀가 출근할 때와 퇴근할 때, 찾아가 집중 공략하는 방안이다. 그야말로 홀로 외롭고 고독하고 참담한 사랑 게임을 펼쳐 나가는 것 같다. 직장동료, 상사들은 손쉽게 데이트하고 커피 같이 먹고, 밥 같이 먹고, 차에 동승하고 하는데 길을 지나가는 낯선 행인들이나 누군지 모르는 잘 모르는 사람들은 그림의 떡이니 말이다.

　뭐든지 환경이나 구조가 불리하면 고달프고 힘들다. 마치, 장기 게임에서 차포마상 4개 기물을 떼어 주고 게임을 하는 거나 마찬가지가 아닌가?

　오늘도 아까 정천제약 직원들 퇴근 시, 그 통근버스를 자신의 승용차로 맹렬히 뒤따라갈 생각도 안 했던 것은 아니지만 어차피 그녀의 출퇴근 지점을 알고 있기에 조금 여유를 가지고 대응한다는 복안도 깔렸었다.

　당연히 내일 그녀의 출근 지점으로 향하는 것은 기정사실인데 여기서 돌발변수가 벌어지고 있었다.

　그건 바로 오늘 아침저녁으로 웬 낯선 남자가 자신의 출퇴근길에 나타나 심각한 위기의식을 느낀 그녀가 안전 자구책을 구사하기에 이른다.

　너무 기이한 일은 그녀는 두려움의 위기감이 감돌았지만 다른 측면, 즉, 그 낯선 남자가 어떤 본능적인 느낌으론 100% 이상형이란 걸 느끼는 이중성이 나타나기 시작한 것이었다. 게다가 계속 보고 싶어지는 마음도 끊임없이 꿈틀거리는 현상도 나타났다.

즉, 누군지 모르는 낯선 남자가 아닌 어떤 경로든 아는 사람이라면 한 번쯤 대화를 해보고 싶단 생각도 가슴속 깊숙이 드리워지고 있는 것이었다.

비희는 저녁 식사를 마친 시간, 연습장을 꺼내어 펜을 들고 뭐라고 막 휘갈긴다.

아하, 그 낯선 남자가 내가 아는 사람이라면 얼마나 좋을까! 바로바로 내가 찾던 이상형이긴 해! 내가 다니는 직장 말이야, 아님 누가 아는 사람이 소개시켜 줘서 만나는 그런 사람이라면 말이야!
그럼 내가 얼른 재빨리 반길 수도 있을 텐데 말이야! 너무 아쉽긴 해, 그냥 그 남잘 받아주고 싶기도 해.
하지만 그의 묻지 마 식 대시를 받아주긴 너무 무서워, 왜냐면 그 남자가 누군지 모르잖아!
그래서 무섭고 곤란한 거란 말이지! 그래서 안 되는 거고 그래서 난 그를 피해야 하는 거고, 겁에 질려 도망 다녀야 하는 거야!
난, 나의 정천제약 사장님부터 시작하여 주임님까지 이분들을 믿고 따를 거고 이분들이 하라는 대로 그대로 하기만 하면 되는 거야!
왜냐면 직장상사고 동료니까 날 지켜 줄 테니까 말이야, 직장상사나 동료는 믿을 수 있는 분들이잖아! 늘 내 곁에 있어 날 지켜주는 고마운 분들, 힘든 업무도 도와주고....
아하, 그러나 그렇지만 그 낯선 남자의 모습이 왜 이리 자꾸만 떠오르는 걸까!
그래서 너무 괴롭고 짜증 나 죽겠다. 그 누군지 모르는 낯선 남자가 보고 싶어진다.

왜냐면 이상형이기 때문에….
그러나 두렵다. 피해야 한다. 누군지 모른다.

이런 내용을 연습장에다 막 휘갈겼다. 이 내용을 그대로 카톡으로 행궁동 로데오 거리에서 카페를 운영하는 절친한 친구인 홍나빈에게 보냈다.
나빈은 친구를 위로하려고 잠시 만나자고 비희에게 전화를 넣었다.
이렇게 둘은 만나게 된다.
화홍문 쪽에 파전을 파는 집이었다. 그녀들은 들어가 동동주와 꽃파전을 주문하여 들이붓기 시작하였다.
"야 비희야 네가 보낸 문자를 봐서 대충 무슨 일인지 알긴 알 것 같다. 참 나 그런 일이……."
"야 나빈아, 내가 속이 터져 미칠 것만 같아서 널 불렀다. 여기 옆에 화성행궁 정류장에 내가 회사로 출근하는 지점이 있는데 거기에 낯선 남자가 나타나 내게 접근하여 내가 도망은 다니지만 하필 내 100% 이상형이란 게 문제라면 문제다. 그 남잔 우리 회사까지 쫓아오고 난리인데 우리 회사 직장동료들이 집단 린치를 가했지! 으으 그렇긴 한데 내가 속이 갑갑한 건 내가 그 남잘 보면 볼수록 너무 마음에 들어 매일매일 보고 싶어져 상사병에 걸릴 정도로 미쳐 죽겠다는 점이다. 아악 이를 어쩌지 무슨 소개팅으로 만난 사이이면 몰라도 그 남자가 누군지도 모르는데 받아줄 수도 없고 그냥 피하기엔 너무 괴롭고 만약에 네가 이런 상황에 처하면 어떻게 할 건데? 그것이 알고 싶다? 나빈아?"

3. 낯선 남자에 반하다

나빈은 잠시 멍하니 무엇인가 생각에 잠긴 뒤 서서히 말하기 시작하였다.

"이 문제는 내가 네게 뭐라고 내 생각을 말한다고 하여 네가 지금 겪는 고민이 해소되진 않아! 대부분 사람들은 고정된 형식적인 사고의 틀에 갇혀 있으니 말이야!"

"아니 그런 건 너무 추상적인 말이고 구체적으로 네가 이런 일이 닥치면 어떻게 할 것인가? 이거야?"

"글쎄, 사실 나 같아도 그렇게 쉽게 마음을 열긴 어려울 것 같기도 해! 아무리 내 마음에 들어도 말이야! 최소한 어디 동호회라도 이런 데서 보게 됐으면 몰라도 길거리에서 본 것은 어째 뭐라고 그게 좀 그러네! 솔직히 나도 너처럼 피할 것 같다."

"그 사람 혹시 정신병자 아닐까? 사이코?"

"글쎄 그것도 꼭 그렇다고 하기도 조금 그래? 어디서 어디까지가 사이코이고 어디서 어디까지가 그게 아닌지 구분하기도 쉽진 않아! 그냥 정신과 의사들이 떠드는 소리도 명확하진 않아! 그냥 이론이 그렇단 것이지 뭐! 만약에 마약을 하는 사람들을 정신병자로 간주할 것인가! 또 다른 무엇으로 구분할 것인가! 난해하지! 내가 볼 땐 사람은 그 누구나 완전히 온전한 사람은 없다고 생각해! 종류가 달라서 그렇지 조금씩 이상증세는 지니고 있다고 생각해! 또 일정 나이가 들면 치매 같은 것도 그렇고….”

비희는 절친한 나빈을 만나 동동주와 파전을 먹으며 자신의 최대의 고민거리를 토로하였으나 돌아오는 말은 그저 그런 형식적인 답변이었다.

이게 원래 아무리 절친한 사이라 하더라도 대화의 무용론에 해당되는 영역이다. 결국은 비희 자신이 결정해야만 하는 고독의 버튼이 기다리고 있는 점이다.

파전집 벽시계를 보자 늦은 시간으로 기울어 그녀들은 각자 들어가야 겠다는 생각을 하게 된다.

둘 다 집이 행궁동이라 횡단보도를 건너 걸어갔다.

집에 들어가자 더더욱 낯선 그 남자가 보고 싶어져 몸을 가눌 길이 없어 또 멍하니 앉아 있다가 이젠 졸음이 쏟아진다. 쏟아지는 졸음을 이겨내려 냉커피를 한잔 타서 먹는다. 그러다가 그녀는 친구와 술을 먹으며 대화한 게 무색하게 자정이 지난 시간에 엉뚱하게 장안구 연무동에 사는 공광천 사장에게 구원의 카톡을 날린다.

〈사장님, 음주운전으로 조사받으신다고 들었는데 어떻게 잘 해결하셨나요? 많이 걱정됩니다. 오늘 아침저녁으로 제가 출근, 퇴근할 때 다가와 날 괴롭혔던 인간이 내일 또 나타날지 몰라, 노이로제가 걸릴 지경이에요. 내일 아침에도 출근할 때 또 그럴 수도 있으니 이걸 막아주세요. 그래서 부탁입니다. 사장님이 통근버스가 도착하는 7시 15분보다 더 일찍 약 5분쯤, 화성행궁 정류장 말고 수원문화원 쪽에서 기다리세요. 그럼 제가 그쪽으로 갈게요. 쪽쪽쪽쪽….〉

이런 내용이었다. 이에 공광천 사장은 〈야 음주운전 문제는 잘 해결했다. 네가 보낸 내용 다 알았다.〉라고 답장을 했다.

비희는 잠에 들었다. 그 후, 날이 밝아 일어나자 공 사장은 자신의 차, 벤틀리를 몰고 수원문화원 앞으로 간다.

그곳에 도착하니 비희가 서 있었다. 공 사장은 왔다는 신호로 클랙슨을 누른다.

그러자 비희가 얼른 차 문을 열고 옆자리로 들어간다.

"휴우~~ 아니 사장님, 사장님 차를 타려니 혹시 음주운전 하실지도 모르니 어디 겁나서 탈 수 있겠어요?"

"야 비희야, 나도 이번에 음주운전 하다가 크게 사고 날 뻔해서 아찔하고 트라우마가 와서 이젠 술 먹고 운전은 안 하려고 한다. 경찰조사는 다 끝났다. 적당히 해결됐다. 뭐 피해자는 없었으니까! 내가 그냥 술 먹고 운전하다가 걸린 거니까 조금 낫지 뭐! 진짜 큰일 날 뻔했다."

"어제 저쪽에서 출근할 때 나타나 이상한 짓 한 놈이 어떻게 저희 회사 위치까지 알아내 퇴근할 때도 와서 행패를 부렸어요. 에잇, 재수 없어! 정말 못 살겠다니까요."

"야, 비희야, 너무 재수 없게 생각하지 마라! 원래 세상은 재수 없는 일들이 너무 많으니까 말이야! 원래 산다는 건 재수 없는 거야! 하하하하."

"그렇긴 해요. 호호호."

이들은 화성시 정천제약으로 가기 전에 봉담읍 수원대 후문 쪽에 잠시 차를 세워두고 차 안에서 서로 카섹스를 펼치고 조금 쉬었다가 회사로 간다.

오늘도 광준은 화성행궁 정류장에서 7시에 나와 15분, 정천제약 통근

3. 낯선 남자에 반하다 47

버스가 오는 그 시간까지 눈이 빠지게 그녀를 기다리고 있다.

그러나 그녀는 보이지 않았다.

그녀는 그가 나타날 것을 대비하여 출근 장소를 바꿔 버린 상황이라 보이지 않을 수밖에 없다.

광준은 직감했다. 그녀가 피했다는 것을 말이다.

그녀가 피했다고 여기서 호락호락하게 물러설 그가 아니었다. 이미 어젯밤 그녀가 퇴근할 때 승부를 보려고 찾아갔다가 불발이 된 뒤, 홀로 그 제약회사 뒤쪽 야산으로 올라가 소나무를 보며 파이팅을 여러 차례 외치지 않았던가?

그 파이팅은 그냥 단순한 파이팅이 아니다.

왜냐면 꿋꿋한 절개를 나타내는 소나무를 보며 외친 파이팅이라서이다. 꿋꿋한 절개란 놀러 다니는 유흥을 뜻함이 아니라 호전적인 그만큼 비장함과 냉정함이 깃든 의미이다.

냉혹하고 인정사정없고 얼음처럼 냉정하게 돌진한다는 뜻이다.

오늘은 비희가 다른 사람도 아닌 공광천 사장에게 구원의 승용차 콜을 요청한 까닭은 부장, 대리, 두 사람도 행궁동에 살긴 하지만 그들은 통근버스를 타고 출퇴근을 하는 사람들이라 그랬다.

공광천 사장이 오늘 이 시간부로 그녀의 출퇴근을 맡게 될 것인지, 아님, 다른 어떤 수단을 강구할 것인지, 그녀가 판단할 것 같다.

광준은 집에 들어가 씻고 밥 먹고 자신의 차 썩은 모닝을 타고 팔달문으로 향하였다.

이따가 저녁 6시가 되기 전에 정천제약 앞으로 또 달려갈 것은 안 봐도 뻔하다.

할로웨이마트 사장은 점원인 광준에게 묻는다.

"광준 씨, 요즘은 자꾸 어디로 일찍 가는 것 같아? 근무를 제대로 해야지? 왜 일하기 싫어? 그렇게 일하기 싫으면 관둬."

"아 네, 사장님, 몸이 좀 안 좋아서 병원에 가느라고 그래요."

"그래 그럼 어쩔 수 없지 뭐! 갔다 와. 난 또 광준 씨가 일하기 싫어서 그러는 줄 알고."

원래 뭐든지 핑계 대기 딱 좋은 게 몸이 아파서 병원 간다는 것 아닌가! 광준은 얼른 오후 5시쯤 되자, 이렇게 말하고 자신의 차, 썩은 모닝을 타고 목표를 이루기 위하여 번개같이 화성시 매송면 정천제약으로 거칠게 달려간다. 도착하니 35분쯤 됐다.

정문 밖에서 차를 세워두고 궁리에 궁리를 거듭한다.

오늘도 그때 같은 전법을 펼 것인가! 아니면 다른 전법을 펼 것인가! 일단 저번의 전법처럼 막무가내로 도전장을 내겠다며 달라붙는 것은 상당히 무모한 도전임에 틀림없다.

이곳 직장동료들이 벌떼처럼 빗장수비가 일어날 것이기 때문이다. 그렇다면 전법을 수정하리라! 그냥 내버려뒀다가 자신의 차, 썩은 모닝으로 뒤를 따라가리라! 이 차는 몸집이 매우 작아 이리저리 잘 빠져나갈 수 있는 차량이 아닌가!

더 좋은 시나리오는 만약에 그녀가 퇴근할 때 통근버스에서 내리는 지점인 화성행궁 정류장에 내렸을 때, 바로 이 상황이 온다면 더 없이 좋은 상황이다.

그럼 그도 얼른 모닝을 주차장에 세워두고 그녀의 뒤를 따라가 더 강력한 의사표시도 할 수 있고 금상첨화라면 화성행궁 그녀의 집을 알아

두는 거라고 생각하고 있다.

이것은 여러 가지 경우 수를 대비한 장기전을 대비하는 측면이 강하다.

그렇다면 모든 게임은 끝난다. 이렇게 매일 정천제약으로 오는 번거로움이라든가 아침에 7시경에 출근할 때, 기다려야 하는 번거로운 일이 없어지기 때문이다.

그의 집 영화동, 그녀의 집 행궁동이라 인근이라 그렇다.

만약 그녀가 저번처럼 어느 직장동료, 상사인 남자의 승용차를 동승하고 떠나 버리면 어려워질 수 있다. 어떤 운이 작용할 것 같다.

이윽고 6시가 넘자, 이곳 직원들이 퇴근하기 시작했다. 비희도 나오고 있었다. 광준 입장에선 너무 운이 좋은 걸까! 그녀가 통근버스를 타고 있었다. 그녀는 어제 그와 실랑이가 있었기 때문에 여기저기 주변을 둘러 보긴 하지만 또 다른 가슴 한구석에 그를 생각하면 할수록 가슴이 설레고 자꾸만 보고 싶어지는 마음을 품으며 이리저리 주변을 훑어봤다.

혹시라도 그 무법스토커가 또 왔나 해서이다. 그러다가 보이지 않자 안도의 한숨을 '푹' 쉬며 또 걱정도 하는 이중적인 마음을 품으며 통근버스에 오르는 것이었다.

이 광경을 정문 밖, 모닝 차 안에서 지켜보고 있던 광준은 회심의 쾌재를 불렀다.

사실, 어제 이 시간에 그녀는 통근버스에 오르면서 그가 나타나 객기를 부리는 모습만을 보았을 뿐, 이 근처에 그의 차, 낡은 모닝이 세워져 있는 것은 못 봤다.

지금 이 시간도 정문 밖, 대기하고 있는 녹슨 모닝의 실체를 알 리가 만무하다.

통근버스 6대는 천천히 정문을 빠져나가고 있다. 이것을 기다렸다는 듯이 광준은 자신의 차, 썩은 모닝의 액셀을 힘껏 밟는다.

광준은 생각한다. 그녀가 어디에서 내릴지는 모르지만 아무튼 내리는 지점에 자신도 차를 세우고 그녀에게 다가가 더 강력한 접근을 시도하여 어떻게든 애인으로 만들고야 말겠다는 굳은 각오를 되새기며 운전대를 잡고 돌린다.

손에선 긴장의 식은땀이 줄줄 흘렀다.

광준은 정천제약 통근버스를 뒤따라가며 콧노래를 불렀다. 그의 입장에서 운이 좋았을까, 통근버스가 화성행궁 정류장에 다다르자 그녀가 내리는 것이었다.

그의 시나리오대로 됐다.

그는 얼른 모닝을 어느 골목 공간에 세워 두고 세차게 달려가 그녀를 뒤따라갔다. 그녀는 횡단보도를 건너 행궁동 전통한옥집들이 늘어선 지점으로 간다.

그는 더 빠르게 달려가 그녀의 앞을 가로막는다. 그러자 그녀는 깜짝 놀란다.

"아니, 이이이, 아아아."

당황스러운 표정과 굳은 모습이었다. 그는 최대의 기회라고 생각하고 말하기 시작하였다. "아아, 저, 오늘 아침도 그쪽이 출근하시는 그곳에 나갔었습니다. 근데 안 보이시더군요. 흑흑흑. 제가 그쪽을 얼마나 좋아하는지 아십니까? 길에서 보고 1초 만에 반해버린 남자입니다. 저쪽에 가면 전통한옥 카페가 있습니다. 가서 얘길 나눕시다."

이 말을 듣자마자 그녀는 피하려고 몸을 재빨리 옆으로 움직인다. 그러자 그는 그녀를 또 가로막는다.

"아니, 사람이 무슨 말을 하려고 하면 들어보기라도 해야 하지 않겠어요?"

"……."

아무 말 없이 가만히 있다가 그녀는 아주 크게 소리를 지른다.

"아! 무슨 말입니까? 아니 아저씨 내가 누군지 아세요?"

그러면서 또 피해서 지나가려고 몸부림을 친다. 그러나 광준은 물러서지 않는다.

"이판사판 합쳐 육판 철판입니다. 내 사랑을 놓칠 수 없습니다. 그댄 제 여자가 될 겁니다. 어서 가서 오붓하게 돈가스나 한 그릇 먹는 게 어떻겠어요? 원래 러브 스토리 사랑이란 이렇게 시작하여 발단 전개 갈등 절정 결말로 가는 소설이고 영화의 대본이 되는 것입니다."

그녀는 안 되겠다 싶어 급기야 아주 크게 비명을 지르고야 만다.

"저, 자꾸 그러면 소리를 질러 버릴 거예요. 아아, 지나가는 수원시민 여러분, 여기 무법스토커가 나타나 행패 부립니다. 빨리 절 구해 주세요. 아악!"

광준은 요즘 그녀를 따라다니는 과정에 그녀가 직장상사나 동료들과 애인으로 지내는 것을 포착했기에 더더욱 화가 치밀어 오르고 분노를 느끼는 중이다.

나이 차이도 엄청 나는 남자들과 그렇게 지내는 것에 대한 시샘도 작용하고 있다. 그렇기에 순간 격분이 포화된 채 통제가 되지 않아 막말을 퍼붓기 시작하였다.

"뭐, 나 보고 무법스토커라고…. 이봐 아가씨 당신은 기생이야? 몸종이야? 뭐야? 당신 직장상사나 동료들에게 그렇게 몸을 막 주고 다니냐고…? 그런 새끼들에게 옷, 디올백이나 선물 받고 뭐야 뭐? 뭐? 이런 이상한 여자야…. 당신이 막 주는 그놈들은 지들 부인들이나 딸들이 만약 당신처럼 그러고 다니면 그냥 가만히 있을 것 같아! 남자 놈들을 반 죽인다고 쳐들어간다고 펄쩍펄쩍 뛰며 난리 칠걸! 더러운 직장동료 새끼들."

그러자 그녀는 얼굴이 완전히 굳어지며 붉게 변해 버린다. 그녀는 위기탈출용으로 느닷없이 아주 크게 비명을 지른다.

이때 시간이 저녁 7시가 조금 넘은 시간인데 한겨울이라 춥기도 하고 꽤 어두웠다.

전통한옥마을로 가는 다리 위에서 가로막는 자와 피하려는 자가 엄청난 접전이 벌어지고 있었다.

광준은 그녀가 지나가지 못하게 어깨를 잡기도 하였다. 바로 그 순간, 그 길, 그 다리를 지나가는 행인들이 몇 명 있었다.

그들은 그가 그녀를 지나가지 못하게 하고 그녀가 비명을 지르고 있자 혹시 성희롱이나 납치, 성폭행을 당하는 게 아닌가 하여 나서기 시작하였다.

"이봐요. 왜 그래요? 혹시 이 사람이 성폭행이라도 하려는 건가요?"라고 그녀에게 묻는다.

그러자 그는 "아니 아닙니다. 내 여자 친구입니다. 무슨 일로 말다툼이 있었거든요. 그렇게 알고 그냥 지나가세요. 하하하하."라고 따돌리려고 하였다.

행인들 몇 명은 그를 위아래로 쳐다보더니 그냥 지나가려고 했다. 그녀는 더 크게 소리를 지르며 비명을 질렀다.

"아니 아저씨 이 사람 말이 아니에요. 사실이 아니에요. 전, 이 사람의 여자 친구가 아니에요. 납치범입니다. 누군지도 몰라요. 빨리 경찰에 신고를 해 주세요. 흑흑흑."

"아니 아저씨, 아니 아니니까 그냥 가세요. 낄낄낄낄."

행인들 몇 명은 조금 이상하다는 생각은 들었지만 그리 대수롭게 여기지 않고 지나갔다. 이때 광준은 회심의 미소를 지었다.

"왜, 어제도 아침 출근할 때도 저녁 퇴근할 때도 따라와서 날 괴롭힙니까? 당신 도대체 뭐 하는 사람이야?"

"이봐요. 지금이라도 기회를 드릴 테니 그냥 112를 누르려면 누르세요. 내가 진짜 납치범으로 보입니까?"

그랬으나 그녀는 정작 신고를 하지 않고 멍하니 그를 바라본다.

"이봐요. 아가씨 혹시 내가 무슨 사이비 광신도나 전도사로 보입니까?"

"누가 그렇다고 했나요? 누군지도 모르는 사람이 나타나 괴롭히니까 도대체 뭐 하는 사람이냐고 물은 거예요."

광준은 너무 갑갑하고 답답한 나머지 딴 곳을 쳐다본다. 그가 방심한 틈을 타 그녀는 쏜살같이 옆으로 빠져나갔지만 또 번개같이 그는 그녀를 가로막았다.

그리고 외치고 또 외쳤다.

"이봐요. 수도권에서 가장 예쁘게 생긴 이름 모를 여인이여! 왜, 당신은 당신의 회사 출퇴근할 때 직장동료, 늙은 상사들과 끌어안고 입술을 이리저리 부딪치면서 그것도 한둘도 아닌 여러 명과…. 왜, 제겐 그런 기회는 둘째 치고 말할 기회조차 주지 않나요? 당신의 직장동료, 상사가 그 무엇이길래, 그렇게 절대적인 존재입니까? 그것도 늙은 늑대 동료들과 말이죠? 왜 그런 추태를 보입니까? 당신은 엽기도 아니고 그냥 웃기고 그냥 막 날라리에 불과합니다. 왜 인생을 그렇게 삽니까? 나 같은 묵직하고 정직하고 우직한 남자 제대로 만나 교제하다가 결혼도 하고 해야지 말이야!"

이 말에 그녀는 심한 충격에 빠진다.

그녀는 다리에서 빠져나가지 못하고 포로가 된 채 계속 비명을 지르다가 머리를 굴린다. 어떻게든 이 상황에서 빠져나가려고 말이다.

우회적 온건책을 빼들었다. 이젠 꽤 부드럽게 말하기 시작한다.

"호호호호, 그 직장상사와 동료들은 저와 사귀는 사람들이 아닙니다. 그냥 직장동료일 뿐입니다. 그래요. 그리고 나는 그쪽이 누군지 모르잖아요. 그래서…."

"아니, 이 세상에 처음부터 알게 된 사람도 있나요? 그쪽의 직장동료들하고 그런 식으로 그러지 말고 나는 그들처럼 직장동료는 아니지만 날 그 직장동료라고 간주하고 알고 지내면 되지 않을까요? 지금 이 시간부터 나를 당신이 다니는 회사의 주임이라고 생각하십시오. 자, 이제 저를 불러보세요. 주임님이라고… 아니면 대리님이라고. 그렇게 부르면 지금 이 순간부터 나는 당신과 서로 애인이 되어 버리는 것이지요. 푸하하하."

그녀는 이 말을 듣자, 매우 어이없다는 표정을 지으며 말한다.

"호호호호. 근데 사실 직장동료가 아닌데 어떻게 그렇게 될 수 있어요? 실제 주임님, 대리님이 아니잖아요?"

광준은 멈칫거리다가 다른 계책을 끌어들인다. 바로 소개팅이나 맞선 같은 케이스를 예를 든다.

"좋아요. 직장동료가 싫으시면 차선책으로 나를 그냥 소개팅이나 맞선, 중매로 만난 사람이라고 생각하세요. 그럼 지금 이 시간, 우리가 서 있는 이 다리가 맞선 장소가 되는 것입니다. 그렇게 간주하고 묻겠습니다. 오늘 이 시간 맞선남인 제가 마음에 드시나요? 그렇다고 생각하면 더 큰소리와 비명 한번 질러……."

그녀는 이 말을 듣자, 조금 웃긴다는 표정을 짓는다. 그렇지만 일단 그가 누군지 모르기에 별다른 반응을 내놓진 않는다.

하지만 그녀가 봤을 때 속으론 그의 외모가 100% 마음에 든다. 완벽한 이상형임엔 틀림없다. 그래서 겉으론 불안해하고 비명도 지르곤 있지만 속으론 지금 이 시간이 너무너무 황홀한 시간이고 흥분의 도가니로 빠져드는 순간이었다. 금방이라도 그가 자기에게 달려들어 끌어안아 주기라도 하면 얼마나 좋을까! 잔뜩 갈망하고 있다.

싱숭생숭하긴 하다. 그러면서 그녀는 '어어! 이 남자가 진짜 내가 찾던 스타일이긴 하다. 와아! 너무 마음에 들어 으으. 어서 빨리 날 안아줘!'라고 속으로 되새겼다.

그러나 절대 마음을 열 수는 없다. 왜냐면 누군지 모르기 때문이다.

"그런 것도 조금도 와닿지 않으십니까? 그럼 어떻게 해야 되는 겁니까?"

"일단 저는 그쪽을 본 적이 없고 더 중요한 건 누군지 모른다는 게 중요합니다. 너무 낯설어 무섭습니다."

"저를 무서워하지 마세요. 양아치나 어떤 도를 믿는 사람으로 생각하시나요? 그건 아닙니다. 저는 그쪽이 너무 마음에 들어 반해 버린 남자입니다. 순수한 남자입니다. 저는 영화동에 살고 있습니다. 팔달문 쪽에 할로웨이마트에서 일을 합니다. 대화를 하다 보면 차차 누군지 알게 될 거고요. 실제로 할로웨이마트에 한번 오면 알 수 있지 않겠습니까?"

"……."

지금 이 시각, 저녁 7시 20분쯤, 그녀는 다리를 건너지 못하고 봉쇄되어 있을 때, 때마침 그 옆길로 김양식 대리가 차를 타고 지나가고 있었다.

잠시 신호대기 중에 김 대리는 그녀를 보게 되었다. 둘은 서로 두 눈이 마주쳤다.

그러자 김 대리는 차 유리문을 연다. 그러자 그녀는 그에게 소릴 지른다.

"김 대리님! 구해 주세요. 어서요. 빨리빨리요."

"아니 무슨 일인데 그래…?"

김양식 대리는 비희를 보니 뭔가 위험한 일이 있는 것으로 생각하고 차를 갓길에 세우고 다리 쪽으로 걸어온다. 비희는 구세주를 만난 그런 표정을 지으며 얼굴이 환해졌다.

"아니 무슨 일이야? 비희야, 왜 그러는데….“

"대리님, 여기 옆에 누군지 모르는 이 사람이 또 나타나 날 괴롭게 해요. 으윽흑흑."

"뭐야? 이건 뭐야…."

김양식 대리는 광준을 노려본다. 광준도 조금도 움츠러들지 않고 그를 노려본다. 김 대리는 그를 빤히 바라본다. 어두운 시간이었지만 가로등에 비치는 그의 얼굴을 집중하고 보니 바로 어제 아침 출근할 때, 그 지점에 나타나 비희를 보고 이상형이라고 크게 소리를 지른 낯선 남자였다.

"아아, 어제 아침 그 사람이구만! 이게 정말 또 나타나 행패를 부리는 거야? 저리 가라고, 가란 말이야. 이런 정신 이상한 인간아!"

김 대리의 선제공격적인 말에 광준도 맞받아쳤다.

"아아, 어제 아침 당신 회사 통근버스 기다리다가 이 여자와 무식하게 키스하고 난리친 사람이구만, 그러니까 직장동료, 상사 말이야! 그래 직장동료가 구해 달라고 하니 구출하러 왔어? 근데 진정한 구출은 내가 이 여잘 너희 놈들 직장상사 굴레에서 벗어나게 해 주는 게 제대로 된 구출이라고 생각한다. 그러니까 가짜 구출할 생각 말고 얼른 꺼져 버려…. 지금부터 진짜 구출이 시작된다. 이 난봉꾼들아."

"……."

김양식 대리는 이 말을 듣자, 너무 한심하고 괘씸한 듯이 비웃는 표정을 짓는다. 김 대리는 여직원 비희를 구출해야겠다는 생각밖에 없다. 그래서 광준을 가로막으며 비희에게 말한다.

"야, 비희야 내가 이 새끼를 막고 있을 테니까, 넌 얼른 빠져나가라고…. 얼른 도망치라고 어서 빨리."

"알았어요. 대리님."

김 대리가 광준을 가로막자, 광준은 저항했고 그 틈에 그녀는 쏜살같이 빠져나갔다. 그녀가 빠져나가자 심한 불만을 느낀 광준은 김 대리를 확 밀어버린다.

"아니 이걸 확…. 아저씨, 왜 남의 사생활에 끼어들어 방해하는 거야? 이 시발…."

"어어, 이게 어린놈이 말을 막하지! 이 자식아, 너 우리 회사 직원을 괴롭히고 또 우리 회사까지 오고 너 자꾸 이렇게 굴면 경찰에 신고해 버릴 거야! 그런 꼴 당하고 싶지 않으면 얼른 꺼져 이 새끼야…. 어휴, 이걸 그냥 확…."

"뭐, 새끼라고… 이 직장동료 나이 많은 새끼야…."

"어어어, 이런 버릇없는 자식 봐라! 이런 개자식이구만!"

"뭐야, 개자식이라고? 그래 우리 개자식들끼리 한판 붙어볼까? 뭐, 이런 게 있어! 이렇게 되면 이젠 개싸움이 되는 건데. 자, 덤벼 봐."

김 대리는 자신이 봤을 때, 한참 어리다고 생각되는 사람에게 거친 욕설을 얻어먹으니 기분이 몹시 나빴다. 물론 거친 욕설의 시초는 자신이 먼저 했어도 그렇다.

순간적으로 흥분이 포화되어 버렸다. 금방 격한 감정이 터질 것만 같다. 비희는 2미터쯤 김 대리 뒤쪽으로 가 서 있다.

"대리님 경찰을 부를까요? 그래야 될 것 같은데……."

"아니 아니야! 이런 놈은 내가 직접 해결해 주겠어. 그럴 것 없어."

"뭐, 네가 날 해결하겠다고? 그래 한번 해봐! 늙은 직장동료 대리님, 먼저 공격하시죠? 그럼 난 당신을 카운터로 한 방 먹여 버릴 테니까!"

"어어, 끝까지 내 나이를 들먹거리지. 에잇."

김양식 대리는 아무리 자신이 먼저 거친 욕설을 했다 하더라도 자기보다 훨씬 어려 보이는 녀석이 막 날리는 멘트에 완전히 이성을 잃고 말았다.

급기야 격분을 제어하지 못하고 오른손 스트레이트를 먼저 퍼부었다. 광준은 갑자기 날아오는 그 주먹을 보고 피하긴 했지만 스쳤다. 그래도 조금 아팠다. 이젠 반격할 차례가 됐다.

광준은 오른발로 그의 옆구리를 찼다. 김 대리는 심한 충격을 받고 주춤거렸다. 더 강한 데미지를 주려고 광준은 달려들었다. 김 대리는 위기를 느끼고 그를 꽉 끌어안았다. 클린치를 했다. 이젠 레슬링 형태가 됐다. 서로 몸을 이리저리 비틀며 공격의 물꼬를 트려고 안간힘을 다했다.

그녀는 이 장면을 보고 몹시 당황했다. 어떻게 해야 할지 몰라 발만 동동 굴렀다. 그 순간 광준은 밭다리를 걸어 그를 쓰러뜨리고 묵직한 얼음 파운딩을 작렬시킨다.

김 대리의 입이 찢어져 피가 흐르고 있다.

바로 이때, 길 건너편에서 그녀의 아버지와 여동생이 걸어오고 있었다. 그들은 비희가 발을 동동 구르고 있자, 무슨 일인지 놀라 재빨리 길을 건너 다리 쪽으로 달려온다.

"아아, 언니 이게 무슨 일이야? 이 싸우는 사람들과 언니가 어떤 사인데 이러고 있는 거야?"

"아아, 어어, 한 사람 젊은 사람은 모르는 사람이고 다른 사람은 우리 회사 대리님이야, 저기 위에서 때리는 사람이 날 괴롭혀서 이렇게 됐어."

비희는 몹시 불안하고 떨리는 목소리로 그녀의 여동생에게 이 상황을 알렸다. 아버지가 나서서 폭력을 말리려고 하자 여동생 라희는 아버지를 막았다.

"아빠 위험해요. 비켜 있어요. 내가 다 해결할 수 있어요."

비희의 친동생 라희는 올해 나이 24세, 오로지 무에타이 수련만을 전념해 왔다.

전국 무에타이 선수권대회에 참가하여 우승을 할 정도로 공격력이 가공할 만하다.

특히, 두 손으로 상대를 꽉 잡고 무릎으로 옆구리라든가 얼굴 부위를 집중공격을 가하는 기술이 그녀의 강력한 주특기이다.

이 기술은 너무 강력하여 웬만한 힘센 남자들도 한두 방 걸리면 나가떨어진다.

그녀는 빠르게 주먹을 휘두르고 있는 광준의 어깨를 세게 확 잡아당긴다.

광준은 뒤로 쓰러졌다. 심한 폭력을 당한 김 대리는 쓰러진 채 심한 통증을 느끼고 있다.

"아아아아⋯."

동생 라희는 광준의 멱살을 움켜잡는다. "당신 말이야, 왜 이렇게 날씨도 추운데 여러 사람들 피곤하게 하는 거야?"

"어어어, 이건 뭐야? 웬 여자가 그래? 저리 가라고⋯."

"난, 우리 언니를 구출하러 온 동생이다. 넌 오늘 죽는 날이다. 에잇."

라희는 더 볼 것도 없이 그를 향해 자신의 가공할 필살기 기술인 두 손으로 상대의 뒷목을 움켜잡고 잡아당기며 옆구리나 얼굴 부위를 집중적으로 찍는다. 넥클린치 니킥 작렬.

이 전율의 니킥 연타를 맞고 광준은 그 자리에 '퍽' 쓰러진다. 광준은 쓰러진 채 옆구리를 잡고 심한 통증을 느끼며 신음소리를 낸다.

"으윽, 어어억, 너무 아파. 죽을 것 같다. 아아악."

김 대리, 비희, 라희, 아버지는 그가 쓰러져 끙끙거리는 걸 보면서 발길을 돌려 유유히 횡단보도를 건넜다. 이때 광준은 어차피 아까 그녀를 따라왔을 때, 이판사판 합쳐 육판이라고 밝혔듯이 사생결단 식으로 덤빌 각오였지만 지금 이 순간 여동생에게 얻어맞은 통증이 너무 심해 도저히 자리에서 일어날 수 없었다.

완전히 KO패를 당하고 말았다. 아픈 부위를 움켜쥐고 눈물을 흘린다.

어쩔 수 없이 사라져만 가는 그들을 바라보고만 있을 수밖에 없었다. 당초 계획은 뒤따라가 그녀의 집이라도 알아놓을 생각이었지만 지금은 뒤따라갈 힘도 없고 걸을 수도 없는 지경이다.

김 대리는 자신의 차를 타고 떠났다.

비희, 라희, 아버지는 그들의 집, 행궁동 주택으로 들어갔다. 32살이나 먹은 청년이 그것도 마트에서 점원 일을 하며 배달업무도 할 정도면 나름의 근력도 있을 텐데, 24살밖에 안 되는 여자에게 일대일로 맞서는 상황에서 힘 한번 써 보지도 못하고 추풍낙엽으로 쓰러진 부분이 의아할 수도 있지만 그럴 것도 없다.

그 비희의 여동생 라희는 일반 평범한 여자가 아니다.

예외적으로 여자가 남자를 육박전으로 이기는 경우도 종종 벌어진다. 방금 전, 광준이 김 대리를 때린 것은 김 대리가 그냥 넘어가기로 했다.

비희의 여동생이 철저히 짓밟아 줬기에 대리 응징을 했다고 느낀다. 라희가 광준을 때려 쓰러뜨린 것은 그가 그냥 넘어가려고 한다. 신고할 명분이 없어서이다.

남자가 여자에게 얻어맞았다고 신고해 봐야 좋을 것도 없고 또 자신이 여자를 따라다녔던 일도 문제가 될 수도 있기에 그렇고 추후 이름 모를 그녀를 최종적으로 애인으로 만드는 데 어려움도 생기기에 그랬다.

광준은 현재 비희를 좋아하는 데 있어서 그녀의 직장상사와 동료들 6명의 험난한 고개를 넘겨야 하는 난관이 존재했는데 오늘부로 그녀의 친동생 무에타이 최고수 라희까지 추가되어 첩첩산중을 넘어야 하는 상황이 돼버렸다.

광준은 생각한다.

그가 아까 그녀에게 토로했던 그대로 직장동료, 맞선 아니면 여기서 확대된 넓은 의미의 업무관계, 동호회까지 포함하여 이런 형태가 아니면 남녀가 연인이 되는 일이 바위에다 계란치기 하는 것만큼이나 가능성이 희박한 일이라는 것을 실감한다.

그런 생각을 하며 통증을 이겨가며 자신의 집, 영화동 양철오피스텔 6동 101호로 들어가 누웠다. 옆구리 쪽에 심한 통증이 몰려와 안 되겠다 싶어

파스를 찾다가 책상 서랍을 열어 보니 파스가 있어서 꺼내어 붙였다.

그리고 아무 생각 없이 누워 있다가 눈을 감는다.

광준의 성격으로 봤을 때 여기서 포기할 것 같진 않아 보인다. 또 내일부터 맹공을 퍼부을 것으로 보인다.

그렇다면 그녀의 회사, 정천제약 남자 직장상사와 동료 6명에다 그녀의 친동생 라희와 엄청난 대혈투가 벌어질 것은 기정사실이 됐다.

그래도 어쩌겠는가! 한 여자를 좋아하는데 그 정도 아픔은 감내해야 하지 않을까?

이 세상 뭐든지 거저 굴러들어 오는 공짜는 없는 법이니까….

서로가 누군지 모르면 만남이 이뤄지기가 하늘의 별 따기니 인간들이 서로서로가 이성 교제에 혈안이 되면 얼굴을 익히려고 여기저기 각종 모임, 예를 들어 산악회, 배드민턴클럽, 테니스클럽, 사이클 같은 데 가서 기웃거리고 하다못해 1회성인 나이트클럽이라도 가서 얼굴을 부딪쳐야 그래도 그냥 도망치는 사태까진 발생하진 않기 때문이다.

하지만 이것도 문제는 이 세상사 뭐든지 과유불급으로 그렇듯 유리한 멍석이 깔리긴 하는데도 그 속에 독버섯들이 숨어 있다는 현실 또한 섬뜩하기만 하다.

지금 현재 광준이 겪는 어려움도 누군지 모른다는 얼굴을 익히지 않았기에 나타나는 현상이 아닌가? 그런데 똑같은 횟수로 부딪쳤어도 앞서 나열한 모임, 클럽 같은 곳에서 부딪친 거와, 길에서 부딪친 것은 느끼는 인식은 하늘과 땅이다.

똑같은 물건 상품도 백화점에 진열된 것과, 길거리에 진열된 것에 대한 인식은 하늘과 땅인 것과 유사한 심리 같다.

3. 낯선 남자에 반하다

똑같이 누군지 모르더라도 전자 같은 모임이나 건물에선 경계심이 많이 허물어지지만, 길에선 웬만해선 잘 안된다. 어쩌다가 극소수 되는 경우도 있긴 있다. 굉장히 드물게….

 # 4. 낯선 남자의 광란

물론 위와 같은 모임 같은 경우도 얼굴은 익혔다고 무사통과되는 것도 아니긴 하다. 서로 마음에 들어야 하기에 서로 반해야만 하기에 그렇다. 100%까진 아니더라도 70%라도 마음에 들어야만 되는 것 아닌가?

쉬울 수도 있고 상당히 어려울 수도 있는 게 남녀 관계 교제이다. 그렇다고 그런 교제를 안 할 수도 없지 않은가? 안 하면 고독과 외로움이 기다리고 있으니까 그런 걸 탈피하려고 이리저리 부단히 노력하는 것이다.

그런데 설사 교제가 이뤄져도 그 속에 고독과 외로움은 또다시 꿈틀거린다. 왜냐하면 싫증이 나기 때문이다. 한번 싫증을 느끼기 시작하면 이 또한 여간 피곤한 게 아니다. 심지어 극심한 고문을 당하는 느낌을 받는다.

사실 인생사 좋은 것은 단 하나도 없다. 언뜻 보기엔 좋은 것 같아도 그게 그리 좋은 것도 아니기 때문이다. 그저 태어났으니 굶을 수는 없으니 뭐라도 먹고 영양 보충하고 그렇게 이렇게 시간 때우며 살다가 때 되면 홀연히 떠나가는 것이다.

그런 과제, 난제 속에 광준은 아픈 옆구리 통증을 참아 가며 꿈나라로 들어간다. 꿈을 꾸게 됐는데 내용은 처음엔 자신과 그녀가 어려운 난제로 힘들었지만 결국엔 애인이 되는 그런 스토리를 꾸게 된다.

　내용은 서로가 애인이 되어 손을 맞잡고 야릇하게 웃어가며 모텔로 들어가 서로 부둥켜안고 섹스를 나누는 것이었다.

　한참 이리저리 관계를 맺다가 그만 무슨 이상한 소음으로 인해 잠에서 깼다. 그는 못내 아쉬워했다.

　꿈이라서 그렇다. 그냥 꿈을 더 꿨으면 좋았을 것이라는 아쉬움 같은 마음이 물밀 듯이 밀려왔다. 그런데 그의 깊은 잠, 꿈을 깨워 버린 주범은 바로 길 건너 호수 빌라에 남녀가 요란한 섹스를 하는 신음소리가 들려 깬 것이었다.

　그 소리는 고요한 밤 시간이라 심한 굉음을 울리며 울려 퍼졌다. 참, 기이한 일이다. 자신이 그런 내용의 꿈을 꿨는데 그 꿈 스토리가 진행 중 깨어나게 된 원인이 집 앞 길 건너 빌라에서 울리는 신음 소리였다니…….

　잠시 앉았다가 일어나 냉장고 안의 석수를 꺼내 마시고 다시 잠이 든다. 날이 밝자 그는 어제 결의했던 그대로 자리에서 벌떡 일어나 또 그녀가 출근하는 통근버스를 기다리는 화성행궁 정류장으로 달려 나갔다.

　어제 아침은 그녀는 공광천 사장에게 구원 요청을 하여 다른 지점에서 그의 승용차를 타고 갔지만 오늘은 원래대로 통근버스가 오는 지점으로 나왔다.

　자기 여동생에게 강력한 니킥을 얻어맞았기에 충격을 받아 더 나타나지 않을 거라고 생각했는가 보다.

　그것은 그녀의 단순함이었다. 광준은 무척 끈질긴 성향을 지닌 성격이다. 아침에 또 왔다. 오늘은 광준에게 있어서 매우 큰 호재가 나타났다.

　바로 그녀의 출근 지점에 7시부터 옆에 아무도 없다는 것이다. 직장상사, 동료가 1명도 없었다.

큰 호재가 찾아올 수 있단 말인가! 그는 그녀에게 다가가 미소를 짓자 그녀는 깜짝 놀라며 어리둥절해한다.

"안녕하세요. 어제는 그쪽의 동생한테 니킥을 맞아서 엄청 아팠지만 잠자고 일어나니 괜찮은데요. 뭐, 형부가 처제한테 그렇게 니킥을 맞을 수도 있지요. 뭐! 하하하하."

"아니, 이 사람이 또 나타나서 뭐라고요. 처제라니…."

그녀는 몹시 당황한 상태에서 얼른 통근버스가 오기만을 간절히 기다릴 뿐이었다. 얼른 정류장 전광판의 시간을 본다.

7시 10분이다. 15분에 차가 들어오니까, 아직도 5분이나 남았다. 왜 이리 시간이 더디 가는 것일까!

그러다가 다른 곳으로 잠시 피했다 가려고 발길을 움직이는 순간 광준은 느닷없이 강제로 그녀의 입술에 대고 꾹꾹꾹 눌러버렸다. 그녀는 빠져나가려고 몸부림을 쳤지만 그의 완력에 눌려 꼼짝없이 있을 수밖에 없었다.

"아아악, 이게, 이게 지금 뭐 하는 짓이야!"

그런데 너무 묘하게도 그녀는 강제로 당하는 것이지만 속으론 기분이 너무 좋아 몽롱한 무아지경으로 빠져든다. 왜냐하면 그가 누군지 몰라서 경계심이 드는 현상은 있지만 어떤 남자로서 매력적인 측면에선 완벽하고 괜찮다고 느끼고 있기 때문이다.

그녀가 그를 볼 때 100% 이상형으로 마음에 드는 부분이 묘한 파장을 일으키며 그녀의 가슴을 울렁거리게도 만드는 요소로 작용한다.

정말 알다가도 모를 심리 상태가 지속되던 중 통근버스가 들어오고 있다. 그 버스가 다다랐는데도 그는 그녀의 입술을 강제로 뺏고 있었다.

"아아, 통근버스가 왔단 말이야, 에잇."

그제야 그는 얼굴을 뗀다.

그녀는 온 힘을 다해 그를 확 밀어 버리고 소리를 지르고 버스 안으로 올라간다. 문제는 기사가 그들의 그 장면을 생생히 다 봤다. 약간 갸우뚱거린다.

유유히 화성시 방향으로 운행을 이어간다.

그는 약 5분 간 그녀의 입술을 강제로 뺏은 것에 대해 무한한 기쁨을 느끼며 갑자기 환호성을 터뜨린다.

"와아! 나는 할 수 있다. 나도 할 수 있다고…. 와아아아… 나도 이젠 저들 직장동료, 상사들에게 뒤지지 않을 거야! 오늘 아침은 나도 강력한 일점을 찍었다. 다시 한번 나는 할 수 있다. 나도 할 수 있어!"

이것은 그가 그녀를 내 것으로 만들 수 있는 진일보한 선에 진입한 것이나 다름없다. 그런 미래를 위하여 그는 자신을 위한 파이팅을 외친다. 그렇게 파이팅….

그녀는 통근버스가 화성시 매송면까지 가는 사이에 한편으론 짜증도 나고 다른 한편으론 황홀함이 몰려오기도 하고 그 무엇인지 몰라 얼떨떨한 기분 내지 야릇한 행복감도 몰려오고 있었다.

게다가 짜릿한 기분도 몰려온다. 이상하게 자꾸 좋아지는 감정이 싹튼다. 하지만 끝까지 경계를 하리라, 마음먹는다. 왜냐하면 누군지 모르니까… 모른다. 몰라… 몰라.

통근버스는 정천제약 안으로 들어선다. 그녀는 내리자마자 사무실로 달려 들어가 그곳의 부장, 팀장, 대리, 계장, 주임, 상사나 동료들에게 고해바친다.

"아니 부장님, 왜, 오늘은 통근버스를 타고 출근을 안 하셨어요? 부장님이 오늘 그곳에 있었으면 그 미친 무법스토커가 그런 짓을 못 했을 거라고요. 흑흑흑."

"어어, 그게 무슨 말이냐? 비희야 그놈이 그런 짓이라니…?"

"부장님 엊그제 우리 회사에 와서 행패 부렸던 놈 말이에요. 그 무법스토커 그놈이 아까 출근하는데 나타나서 내 입술을 강제로 그만… 흑흑흑."

"뭐, 네 입술을 어떻게 했는데? 그래 울지 말고 말해 봐! 조치를 취하게…."

"빼앗아 버렸어요."

부장은 충격적인 표정을 지었고 옆에서 이 말을 듣던 팀장, 대리, 계장, 주임도 충격적인 얼굴로 변해 버렸다.

"뭐야? 비희야, 그 자식이 네 입술을 그랬단 말이야, 이거 안 되겠는데…. 그 자식을 그냥 확, 어휴~~ 그런 개자식 봐라! 뭐! 그런 새끼가 다 있어."

"어떻게 조치를 좀 취해 주세요. 이 팀장님, 흑흑흑. 진짜 미칠 지경이에요."

"그래, 연구 좀 해보자. 성추행 같은 걸로 경찰에 신고하는 방안을…."

팀장, 대리, 계장, 주임도 일제히 그녀에게 다가와 위로를 하였다. 그녀는 벌떡 일어나 화장실로 달려가 자신의 입술을 보며 야릇한 미소를 띤다. 무법자에게서 강제로 키스를 당한 그 감미로운 기억이 떠올라 다음에 보면 자신의 번호라도 그에게 확 알려줘 버리고픈 충동에 사로잡힌다.

그녀의 아침 출근길에 나타나 기습적으로 입술을 빼앗은 광준은 너무 황홀하고 기쁜 나머지 집에 들어가 입술 부위만 세수를 안 하고 다른 부

4. 낯선 남자의 광란 69

위만 씻고 팔달문 할로웨이마트로 출근한다.

  자신의 입술에 묻은 그녀의 미세한 침이라도 닦아내고 싶지 않고 오래토록 간직하고픈 애처롭고 가련한 청년이다. 그만큼 그녀와 부딪친 입술이기에 그 흔적을 오래오래 간직하고 싶어서 그런 것 같다. 그와 그녀는 지금 이 시간 너무 들떠 어쩔 줄을 모르는 구름에 둥둥 떠 있는 기분이다. 그의 입술에 묻은 그녀의 침은 그래 봐야 곧 지워질 텐데 말이다. 할로웨이마트에 들어서자마자 너무 몸에 엄청난 활력이 생겨 일에 탄력이 붙었다.

  마트 일을 하는 것도 예전과 달리 펄펄 날아다닌다. 이제 그녀를 향한 사랑 쟁탈전이 9부 능선 중의, 7부 능선은 넘어가고 있다고 김칫국물을 마시며 너무 섣부른 판단을 내린 그는 또 이런저런 핑계를 대고 잠시 일을 접고 화성시 매송면으로 달려간다.

  이참에 아예 뿌리를 뽑겠다는 복안이었다.

  "사장님, 제가 병원에 좀 가봐야겠는데요. 너무 몸이 안 좋아요."

  "그렇긴 한데 요즘 광준 씨가 너무 매일매일 아픈 것 같아! 아프다니 뭐 내가 뭐라고 할 말은 없지만 너무 그러면 조금 그렇네! 앞으로 일을 할 수가 있을까? 어쨌든 가봐, 아프니까 아프잖아! 더 계속 아프면 그냥 관두고 나가. 왜냐하면 우리 마트 일이 마비가 되니까! 그래."

  강제로 입술까지 빼앗았으니 이젠 거의 다 자신의 것으로 만들 수 있을 거라고 확신이 생긴 모양이다. 그녀가 다니는 정천제약 직장동료들의 행동 또한 무척 비뚤어져 있었다.

  물론 광준 또한 별 차이가 없다. 왜냐하면 남녀 관계든 그 무슨 관계든 자신의 생각만 갖고 행동하는 것은 몰상식한 행동이기 때문이다.

자신이 그들 직장동료들에 비해 그녀에게 접근하는 부분이 어려운 것은 사실이고 현실이지만 상대방에 대한 예의와 존중을 하면서 의사표시를 해야 될 텐데, 무차별적으로 하는 행동은 또 다른 원한과 응징이 기다리고 있다.

자연의 이치이다. 이런 이치를 망각한 그는 아침부터 낡아 성능이 무딘 모닝을 타고 정천제약으로 내달린다. 그가 팔달문에서 화성시 매송면으로 달리는 모닝은 제네시스고 벤츠고 벤틀리고 뭐고 다 추월해 버린다. 그러나 너무 날뛰는 것으로 보인다. 인생은 뭐든지 너무 날뛰면 안 된다. 늘 침착성을 유지해야 할 텐데….

그가 정천제약에 도착하고 정문 안으로 들어가진 않고 밖에서 혹시 그녀가 무슨 볼일로 나오지 않을까! 해서 기다린다.

점심때나 나올 것 같다. 만약에 구내식당에서 밥을 먹는다면 나오지 않을 수도 있다. 그는 그녀가 점심때 정문 밖으로 나와 밥을 먹기를 고대한다. 그래야만 한 번 더 볼 수 있고 접근할 수 있으리라 생각하기 때문이다.

그렇게 빌었더니 실제로 정오 12시가 되자 그녀가 어떤 남자 직원과 식사를 하러 나오고 있었다.

지금까지 광준은 이 회사에서 그녀의 직장상사나 동료 애인들이 4명인 것으로 알고 있다. 자신이 본 걸 기준으로 생각할 테니 말이다. 그런데 2명 더 있다.

지금 이 순간 그녀와 함께 나오는 배동석 주임이 그중 1명이고 또 다른 1명은 공광천 사장이다.

어쨌든 이곳에 직장상사 동료 애인이 4명이든 6명이든 인원이 중요한 게 아니라 그가 이들 직장상사 동료들을 완전히 제압하고 명실상부하게 단독으로 그녀의 애인으로 우뚝 설 수 있겠느냐가 중요하고 핵심이다.

그의 입장으로 볼 때… 그걸 위해서 지금 이 순간도 긴장의 끈을 놓지 않고 있는 것이다. 다른 것은 더 이상 생각할 것도 없다. 그녀와 주임이 정문을 나와 식당 쪽으로 걸어가고 있는데 광준은 차 안에서 재빨리 뛰쳐나와 그녀에게 달려가며 소리를 지른다.

"안녕하세요. 또 왔습니다. 아침 출근할 때 쏟았던 그 키스가 그 후로 도저히 잊질 못해 정신이 돌 것만 같아 헤매다가 이렇게 또 나타날 수밖에 없었습니다. 그 후로 내 입술은 세수도 안 했습니다. 당신의 기온을 유지하고픈 것이지요. 푸하하하하. 이해하세요. 그쪽은 이젠 완전히 내 것입니다. 옆에 있는 남자 직장동료와 식사하러 가지 말고 나와 같이 밥 먹으러 갑시다."

그가 이 시간에 여기까지 나타나 또 그러자 그녀는 당혹스럽고 심한 충격에 빠진다.

"아아… 이거 봐요. 배 주임님, 바로 그 성추행 했던… 그 사람이 또 왔어요. 어떻게… 흑흑."

"아아, 이 사람이야? 오늘 아침에 얘기했던 그 새끼 말이지? 어휴~~ 진짜 골치 아프다. 내 이걸 그냥 팍 이걸 죽여 버려야겠다. 이런 새끼는."

광준은 배동석 주임에게 경고를 가한다.

"아! 여보세요. 난 당신이 이 회사에 무슨 직책인지 무슨 직장동료, 직장상사 관계인지는 모르나 그 여직원과 같이 밥 먹으러 가지 말고 그냥 혼자 가시죠. 그 여직원은 나하고 같이 식사를 하러 가게 될 것이오. 그러니 얼른 다른 데로 가시오. 어서 꺼져 버려 이 새끼야!"라고 고함을 친다.

"뭐라고, 이게 내게 욕도 하고 경고도 하네! 이거 정말 안 되겠는데 안 되겠어! 비희야 내가 이 새끼를 막고 있을 테니까, 넌 얼른 직원들에게 도와 달라고 요청을 하라고… 얼른…."

"네에, 알겠어요. 주임님."

그녀는 다급히 핸드폰을 꺼내어 부장, 팀장, 대리, 계장에게 구원 요청을 한다. 전화를 받자 그들은 지금 밥을 먹으려는 중이지만 일단 알았다고 말하면서 식사를 중단하고 그 지점으로 번개같이 달려온다.

회사 정문에서 약 30미터쯤, 떨어진 시비가 일어난 지점으로 위의 4명은 금세 왔다.

도착하자 정비희, 배동석 주임이 그 낯선 남자와 얼굴을 붉히며 고성이 오고 가며 심한 언쟁을 하고 있었다.

이젠 그야말로 직장동료들의 텃세 집합이 되어 버렸다.

이 많은 직장동료들의 집중공격을 광준 혼자 막아낼 수 있을 것인지, 이 사회는 직장동료는 남녀 관계가 무척 수월하고 부드럽게 연결 진행되고 또 스스럼없이 애인이 되기도 하고 그렇게 된다.

거듭된 반복이지만 비희도 무법스토커라 칭하는 광준을 볼 때, 100% 이상형이고 성격 또한 잘 맞을 것 같은 느낌인데도 그저 그렇게 속절없이 직장동료의 굴레 속에서 그들이 하라는 대로 분위기에 편승해 버리는 안타까움을 간직한 채, 속으론 관심을 품고 있긴 해도 제대로 된 의사표시 한번 하지 못하고 술에 술 탄 듯, 물에 물 탄 듯, 그렇게 이렇게 시간만 흘러간다.

광준처럼 누군지 모르면 진정으로 호감을 느껴 이성에게 관심을 표명해도 괜한 오해나 받고 이상한 사람으로 몰리고 또 그 기득권 집단인 직장상사나 동료들이 마치 여직원의 남편, 보호자라도 되는 양, 그들에게 연합공격을 받기도 하는 게 이 사회의 현실이기도 하고 그만큼 굳어 있기도 하고 모르는 사람에 대한 불신풍조가 하늘을 찔러 버린다. 직장동료들의 깊은 늪이라고 느낀다.

그처럼 모르기에 이를 불식하고자 길에서 애써 자주 부딪쳐도 그래도 모르는 사람으로 남는다. 한번 모른다는 강한 관념이 꽉 들어차면 끝까지 모르는 것으로 굳어지고 무서워한다. 이 카르텔은 그야말로 가공할 만하다.

도대체 어디에서부터 어디까지가 문제인가? 매우 갑갑하고 답답한 사회의 현주소이다. 더더욱 한심한 건, 지금 이 순간 직장동료들과 무법스토커가 그렇듯 첨예하게 대치된 상태에서도 그녀는 속으론 스토커를 쳐다보며 100% 반한 가슴 때문에 속으로 심장이 계속 벌렁벌렁 뛰고 있는 것이었다. 그녀의 온몸에 전율이 느껴질 정도이다.

스토커인 광준도 무척 애처롭고 가련하지만, 그 남자를 보고 100% 반하고도 누군지 모른다는 이유 하나만으로 이러지도 저러지도 못하고 직장상사나 동료들이 하라는 대로 꼭두각시 노릇만 하는 비희란 여자도 무척 애처롭고 가련하면서 딱하다.

자기 자신의 사랑의 감정도 자기 마음대로 선택 버튼을 누르지 못하고 직장동료의 뜻에 따라 움직인다.

그러다가 그녀는 퇴근 후 홀로 집에 들어가 무법스토커를 떠올리며 그리워하며 일기나 쓰고 있으니까 말이다.

"당신 말이야, 여기에 또 왔어? 우리 회사의 체면도 있고 해서 그냥 좋게 좋게 넘어가려고 했는데 더 이상 안 되겠는데…."

이선구 팀장이 광준에게 일침을 날리며 노려보자 광준도 맞서서 노려본다.

"그래 좋게 넘어가지 못한다면 어떻게 하려고…?"

"우리 회사의 직원들이 힘을 합쳐 너 같은 시건방진 놈은 손을 봐야겠어! 널 패 죽여 버릴 수도 있어!"

"어어, 내게 손을 본다고. 음… 그래 마음대로 해봐, 당신들 직장동료 5명이 다 덤벼도 난 당신들을 한 손으로도 그냥 가볍게 해결할 수 있어. 한번 해봐. 이 직장동료 걸레 같은 자식들아?"

광준은 이 회사 정문에서 조금 떨어진 곳에서 이들 5명의 정천제약 남자 직장동료들에 정신적으로 밀리지 않고 당당히 맞섰다. 강력한 도발 그 자체였다.

그럴 수 있었던 정신적 원동력은 바로 눈앞에 보이는 그녀가 있었기 때문이다. 하지만 그녀는 직장동료들 5인 뒤로 가서 숨는다.

순간, 그렇지만 무법스토커를 쳐다보는 그녀의 눈빛은 황홀감에 빠져 촉촉이 젖어 있었다. 가슴이 벌렁벌렁 뛰는 100% 이상형이라 그렇다.

광준의 선전포고는 계속 날카로워진다. 남자 직장동료 5명을 한 손으로 해결할 수 있다고 엄포를 놓긴 했는데 이것은 그만큼 그녀를 차지하고 싶은 강한 의지의 발로라고 봐야겠다.

그가 한 말은 현실성은 없어 보이지만 때론 어떤 반칙, 길에 굴러다니는 병이든 쇠파이프든 흉기 같은 것을 쓰게 되면 실현 가능하기도 하겠지!

이런 엄포에 대해 5인 직장동료들은 가소롭다는 듯이 그를 노려본다. 김양식 대리가 제일 먼저 그에게로 다가가 멱살을 잡는다.

"너 말이야, 보아하니 나이도 굉장히 어린 놈인 것 같은데 정신이 이상한 것 같다. 우리에게 죽도록 얻어맞기 전에 얼른 꺼져 이 자식아… 이런 미친 새끼야."

"이 시발, 그래 해보자고…. 정천제약 직장상사 동료 새끼들아!"

광준은 김 대리가 잡은 멱살을 아주 세게 뿌리치며 고함을 지르며 눈을 부릅뜨고 그를 확 밀어 버린다.

김 대리는 밀려서 뒤로 주춤주춤거리자 옆에서 지켜보던 부장, 팀장, 계장, 주임이 그에게로 막 달려든다.

"아니 안 되겠어! 이게 정말 너 정말 죽고 싶어? 에잇."

"뭐, 이런 새끼가 있어, 이 새끼 그냥 죽여 버려."

"어어어… 억억억."

부장, 팀장, 계장, 주임은 그가 직장동료 김 대리를 밀어 버리자 격분을 참지 못하고 막 달려들기 시작하여 그를 막 후려쳤다.

직장동료 연합군의 집중공격에 그는 속수무책으로 얻어맞을 수밖에 없었다. "에잇 이런 건달 같은 새끼, 이씨, 확, 어휴~~"

그는 매우 격분된 목소리로 울분을 토하며 말한다. "어어, 날 쳤지? 그래 좋다. 내가 분명히 너희들을 한 손으로도 다 해결할 수 있다고 했지? 내가 너희들 직장동료 패거리들에게 터졌으니 이젠 내가 너희들을 터뜨려 버리는 전율 타임이지! 하하하. 푸하하하."

광준이 되레 개의치 않고 웃어 버리자 그들은 무척 당혹스러워한다. 광준이 공격을 취하려고 자세를 잡자 그에게서 밀려 자세를 잃었던 김 대리도 다시 전열을 가다듬는다. 이젠 완벽한 직장동료 5명이 동시공격을 시도할 것으로 보인다.

그녀는 그들의 뒤로 더 멀찍감치 달아난다. 너무너무 아이러니하게도 그녀는 지금 이 순간, 속으론 무법스토커를 응원하는 그런 마음도 생겨나고 있다.

정말 인간이란 정말 알다가도 모를 존재인 것 같다. 왜 그리 속 다르고 겉 다르단 말인가?

그녀는 직장동료들에게 굉장히 격앙된 목소리로 그냥 경찰을 부르는 게 어떻겠느냐고 묻는다. 이 심리는 무법스토커가 다칠까 봐 보호하고픈 충동이 작용하고 있다.

"차 부장님, 여기서 이러시지 말고 그냥 경찰을 부르는 게 어떨까요? 그게 낫겠어요?"

"아아, 그냥 둬, 우리 정천제약의 직장동료들이 힘을 모아 똘똘 뭉쳐 이런 놈 하나 해결 못 하겠어? 이젠 더 이상 앞으로 우리 회사에 나타나 널 괴롭히지 못하게 확실하게 밟아 줄게, 걱정 마, 더 멀찌감치 떨어져 있기나 해. 우리 직장동료들의 강함과 위대함을 보여 주겠어! 우린 여직원을 아끼고 보호하는 마음을 이 자식에게 보여 줘야 돼."

"그래요. 파이팅, 완전 패대기쳐 버리자고…."

5인 직장동료들은 일제히 광준에게 달려들어 공격을 가한다. 주먹과 발, 무릎, 팔꿈치 공격에 일부는 잡고 늘어지는 역할도 한다.

다양한 공격루트였다.

아무리 깡다구로 무장한 광준이라 하더라도 많은 인해전술 앞에 순간 무릎을 꿇게 됐다. 그가 쓰러지자 그들은 위에서 더욱더 거칠게 발로 짓밟아 버린다.

광준의 얼굴에선 피가 줄줄줄 흐르기 시작했고 몸은 너무 아파 심한 비명 소리와 함께 움찔거렸다. 그의 얼굴에서 그렇게 피가 흐르자 그녀는 못내 안타까워 속으로 눈물을 흘린다. 왜냐면 자신이 좋아하는 100% 이상형이라서 그렇다.

또 홀로 집에 있을 때 그를 생각하고 그리워하며 일기도 썼기 때문이다. 그렇지만 지금 이 순간 가만히 관전하고 있다.

광준의 도발은 그저 말뿐인 도발로 그칠 것인가! 아님, 실신당한 몸을 추스르고 가까스로 일어나 전율 타임을 만들 수 있을 것인가!

그렇다. 그는 5인에게 융단폭격을 맞고 실신당했지만 다시 이를 악물고 일어서고 있었다. "그래 그래 일어서자! 으으흑. 일어서자. 악으로 깡으로 일어서자. 그래야만 내가 저 여잘 차지할 것이다. 직장동료 악당들에게 굴하지 않으리라!"라고 피를 토하며 혼잣말로 결기를 외쳤다.

그는 일어선 후, "그래 조금 기다려라, 본게임은 아직 끝나지 않았다. 너희들이 날 때린 것보다 수천 배로 되갚아 주리라! 난 일어나리라! 이 직장동료 새끼들 가만두지 않겠다. 와아아아아!"라며 고함을 쳤다.

그는 얼굴에 피가 흐르는 걸 손으로 닦아 가며 그 피를 입에 대고 빨아 먹기도 한다.

"우하하하하. 내 피 맛이 그래도 괜찮네! 달달한데…."

그러자 그들은 아연실색하며 소름이 돋는 표정으로 변한다. "어어, 이게 일어나네, 이걸 더 눌러 줘야지."

"그래요. 피하지 말고 더 거세게 밀어붙여 버려요."

그런 힘은 5인 직장동료들 뒤쪽에 숨어 있는 절대 이상형인 이름 모를 여자가 눈에 선명하게 들어왔기 때문이다. "내 저 여잘 차지하기 위해서라면 무슨 짓을 못 하겠나! 이 정도 고통과 수고는 감수해야만 하지 않겠는가!"

방금 전 그는 이들에게 한 손만으로도 끝낼 수 있다며 전율 타임이라고 떵떵거렸지만 집단공격을 방어하기란 전혀 가능성이 없었다.

그가 그렇듯 어렵게 일어나는 모습을 뒤에서 지켜본 그녀는 이젠 못내 곁으로 눈물을 흘리고 만다. 그렇지만 그 어떤 말 한마디 하질 않았다.

직장동료 집단이란 굴레는 사뭇 바위섬만 같았다. 그는 그러나 그들의 엄청난 공격에도 불구하고 심지어 옷이 찢기는 상황에서도 다시 공격 자세를 취한다.

일어나기 전에 이들이 더 강력한 집중공격을 했더라면 거기서 완전히 실신됐을 것이다. 이들은 그가 일어나 봤자 그리 별다른 힘을 발휘하지 못할 거라고 생각하여 그냥 그대로 됐다.

그런데 문제는 그것은 엄청난 불찰이었다.

구사일생으로 살아난 상대는 죽기 살기로 더 강력한 공격을 할 게 뻔하다. 바로 그런 순간을 맞이한다.

그는 그냥 포기하고 돌아가는 척 뒤로 걸어가더니 느닷없이 눈에 보이는 인도 가로수 아래에 있던 빨간 벽돌을 집어 들고 그들에게 마구 휘둘렀다.

"야아아아, 이 새끼들아, 직장동료 개돼지들아!"

깜짝 놀란 그들은 겁에 질려 다급히 도망치기 시작했는데 그가 악착같이 쫓아오자 부장, 주임은 그의 다리 한쪽을 잡고, 팀장, 대리, 계장은 그 사이에 주먹, 발, 무릎, 팔꿈치로 내리찍고 휘두르고 찼다.

광준 한 사람은 빨간 벽돌을 막 휘두르고 5인 직장동료들은 그 벽돌을 빼앗으려고 하면서 그 틈에 위와 같은 공격을 내뿜는다.

한참 뒤에서 이를 지켜보던 그녀는 더 이상 가만히 있어선 안 되겠다 싶어 얼른 폰을 꺼내어 경찰에 신고를 한다.

그러자 5분이 지나자 경찰관이 출동했다. 경찰들은 대혈투가 벌어진 남자들과 옆에 있던 여자를 태우고 파출소로 가 조사에 들어갔다.

"아! 이 싸움이 어떻게 벌어진 일입니까?"

이들 직장동료 중, 정천제약에서 가장 직급이 높은 차두수 부장이 사건의 상황을 설명한다.

"그러니까 말이죠. 여기 옆에 있는 여자가 우리 회사 여직원인데 저쪽에 있는 저 남자가 자꾸 따라다니고 못살게 굴고 괴롭힙니다. 그래서 우리 직장동료들이 힘을 모아 저 남잘 혼내 주려다가 벌어진 일이지요. 저, 자식 좀 엄벌에 처해 주세요. 성추행범이고 무법스토커이기도 합니다."

이 말을 전해들은 경찰은 광준에게 묻는다.

"이쪽에서 하는 말이 사실입니까?"

"내가 뭘 못살게 굴고 괴롭힌 게 있겠어요? 나는 저 여자가 마음에 들어 정식으로 프러포즈를 계속 시도했을 뿐이죠. 총각이 처녀에게 접근도 못 합니까? 유부남인데 총각이라고 속이고 접근하는 놈들도 있는데…. 그보단 엄청나게 정직한 거 아닌가요?"

"아니 근데 여기 여러 명의 회사 직장동료들은 당신이 여직원을 괴롭혔다고 말하고 있잖아요? 사실대로 말하시오."

광준은 잠시 집중하며 생각한다.

이걸 어떻게 설명할 것인가에 대해서 말이다. 문제는 그런 것도 있지만 그에게 유리할 수도 있는 부분은 저들은 5명이나 되는 집단이고 그는 1명이다.

그리고 폭행 부분에 있어선 저들이 먼저 공격을 가한 것이다.

광준 입장에선 저들이 먼저 집단 공격으로 들어왔기에 이에 방어차원에서 정당행위로 빨간 벽돌을 들고 휘둘렀다고 주장하면 된다고 생각했다.

"아아 말이죠. 다시 말하지만 난 저 여자에게 반해서 접근한 게 전부이고 최대한 예의를 갖췄죠. 근데 저 남자 직장동료들이 주제넘게 무슨 자기들의 와이프라도 되는 것처럼 저렇게 달라붙어 난리를 치는 겁니다. 또 내가 저 여자의 회사에 찾아가 기다리다가 접근한 건 뭐 그렇게 잘한 일이라고 볼 순 없지만 그렇다고 저 남자들이 세트로 몰려들어 날 이렇게 집단 구타를 가한 건 도대체 누구 잘못입니까? 하나 더 기가 막힌 건 저 사람들 나이를 보세요. 다 가정이 있는 사람들도 보이지 않으세요? 근데 지들이 무슨 저 여자의 남편이라도 되는 것처럼 보호자 역할도 합니다. 출퇴근할 때 데이트도 하고 길거리에서 서슴없이 키스도 하고 난리를 칩니다. 저렇게 직장동료면 다 막무가내로 애인이 되어 버려도 되는 겁니까? 이것도 한번 조사해 보시죠."

나름으로 장황하게 광준은 경찰에게 상황을 설명했다.

경찰은 5인 남자 직장동료들의 그런 무분별한 타락, 사생활에 대해선 특별히 뭐라고 말을 하지 않는다.

왜냐하면 현재 이 사건의 본질이 아니기 때문이다.

본질은 광준이 여직원을 어느 정도 괴롭혔는지 이게 핵심이고 그 후에 그가 이 회사로 찾아왔을 때, 남자 직장동료들이 한 행위가 어떤 목적이 있는지 이것이다.

그리고 광준과 5인 직장동료가 서로 난타전이 벌어졌을 때, 누가 먼저 폭행을 시도했는지 이 부분과 기타 피해 정도, 여러 가지 상황을 따져 보는 것이었다.

일방폭행인가 쌍방인가 이런 것이다.

이렇듯, 파출소에서 상황조사를 받는 과정에서 서로는 옥신각신하며 고성이 오고 가고 있었다.

"야, 이 자식아, 뭐야 인마."

"뭐, 뭐, 뭐 당신들이 뭔데? 이 시발."

피해의 정도는 서로 엇비슷한 걸로 판단했다. 처음엔 직장동료들이 수적으로 우위라 일방적이었지만 광준이 쓰러졌다가 일어나 빨간 벽돌로 마구 휘둘렀기에 그리 밀리지 않았다.

그러는 중에 경찰차가 도착하여 끌려갔으니 말이다. 원래 이렇든 저렇든 쪽수가 문제가 아니라 서로 치고받으면 그냥 두루뭉술하게 쌍방이라 해버린다.

누가 더 아픈지 피해의 정도를 면밀히 분석하질 않는다. 원래 법은 얼렁뚱땅 처리하는 속성이 있다. 문제는 그가 그녀에게 한 괴롭힌 행위가 어떻게 될 것인지 따져 봐야 한다. 최근 연속으로 따라다닌 건 확실하다. 이 조사과정에서 그녀는 귀찮아서 그런 건지, 아님 왜 그런 건지, 연민의 정 같은 게 느껴져서인지 경찰에게 말한다.

"아! 저 사람이 날 괴롭게 한 건, 내가 그냥 넘어가려고 합니다. 다 귀찮거든요."

"아 예, 그 부분은 정말 그렇게 하실 겁니까?"

"아 네, 그럴 거예요."

그러자 직장동료들은 펄쩍펄쩍 뛰며 "야야, 비희야 너 지금 뭐 하는 거야? 저거 미친놈을 스토커로 처벌해 달라고 여기 경찰에게 말하라고! 그냥 넘어간다는 게 말이나 돼? 너 지금 제정신이야? 어서 빨리 처벌해 달라고 하란 말이야! 어서 말을 해!"라고 고래고래 윽박질렀다.

그래도 그녀는 꿈쩍도 하지 않고 입을 꾹 다물고 있을 뿐이다.

이렇듯, 이 부분은 일단락됐다.

그녀의 원인 모를 그에 대한 동정의 향수가 작동한 것인가! 그녀도 그를 볼 때 누군지 몰라서 그렇지 감정으로 느낄 땐 100% 이상형이라 이런 심리가 움직이고 있었다. 그다음으로 광준과 5인 직장동료들 간의 폭행 부분에 있어서도 조기에 수습이 됐기에 서로의 피해의 정도가 엇비슷하기에 더 골치 아프게 진행하지 않고 끝내기로 합의한다. 쌍방폭행으로 됐다.

실은 광준의 피해가 더 엄청 크긴 하다. 처음에 무지무지하게 얻어터졌기 때문이다.

그래도 합의를 했다.

이들 모두 나오게 됐다.

나오자마자 5인 직장동료들은 그녀를 보호하며 그들의 회사로 돌아갔고 광준도 자신의 직장으로 돌아갔다.

5. 직장동료의 칼춤

　점심 식사 시간이 금세 지난 시간이었다. 그래도 밥을 안 먹을 순 없지 않은가! 그녀와 5인 남자 직장동료들은 식당으로 들어가 허기를 채웠다.
　1시 30분이 지나 정천제약 사무실로 들어갈 수 있었는데 얼굴이며 목 같은 데가 상처가 나 있었다. 아무래도 병원에 가 봐야 하지 않을까, 생각도 한다. 그냥 연고만 발라도 될 것 같다.
　어쨌든 사무실 안에 서랍 속에 들어 있는 연고와 밴드를 꺼내어 붙인다. 직장동료들이 그러고 있을 때, 공광천 사장이 옆쪽에서 걸어오면서 깜짝 놀란다.
　"아니 다들 왜 그래? 점심때, 무슨 일이 있었는데 그래? 웬 상처가 나 있냐고…."
　"아 예, 사장님 점심 먹고 오다가 넘어져서 그만…."
　"아니 어떻게 다 같이 그렇게 넘어졌지? 아이, 조심해야지!"
　공 사장은 별것 아니라고 생각하고 돌아서 갈 때, 비희가 갑자기 공 사장에게 달려가 사실대로 말을 한다.
　"사장님, 아니에요. 그게 아니에요. 절 괴롭히는 남자가 정문 밖에 나타나 행패를 부리는 바람에 부장님, 팀장님, 대리님, 계장님, 주임님이 절 보호하려다가 이렇게 다친 거예요. 으윽흑흑."

"뭐야? 그 자식이 또 왔었단 말이야? 이거 정말 안 되겠는데…. 이거 사설 해결사라도 불러야 되나! 나 원 참, 진짜 엄청 짜증 난다."

"아니, 사장님, 그 자식이 이젠 더 이상 오지 않겠죠?"

"아, 글쎄 그건 모르는 거야! 그런 놈은 또 올 수도 있어. 뭔가 완벽한 대책을 세워야겠다."

공광천 사장은 무척 예민해지고 날카로워지고 있다. 이따 저녁 퇴근 시간이 되면 더 구체적인 대책 마련을 위한 대화가 오고 갈 것으로 보인다.

이윽고, 퇴근 시간이 되자, 사장은 비희에게 오라고 살짝 부른다.

"야, 비희야, 주먹을 쓰는 폭력 업체 해결사를 부르는 건 어째 좀 그렇고 자칫 알려지면 골치가 아파! 아무래도 너 행궁동 집에서 회사를 다니는 건 쉽지 않을 것 같다. 그 자식이 또 출근할 때 행궁동 정류장에 나타나 극성을 떨면 어떻게 하니? 그래서 말인데 여기 가까운 봉담읍 쪽에다 내가 원룸을 하나 얻어줄 테니까, 너 거기서 다녀라. 야, 생각해 봐라. 법적조치도 한계가 있어, 원래 한국 법은 맹물이잖아! 우리가 잘 생각하여 피하는 게 상책이지! 그리고 너 출퇴근할 때마다 우리 부장부터 주임까지 매일 교대로 널 지켜주는 보디가드가 되면 될 것 같다. 회사에서 그런대로 가까운 원룸으로 말이다. 그래야 얼른 왔다 갔다 할 수 있잖아! 안 그래? 비희야?"

"오우, 나를 위해서 사장님이 원룸까지 얻어주신다고요? 와아 역시 우리 사장님은 나를 너무너무 사랑하셔, 쪽쪽쪽쪽."

공광천 사장은 그녀를 데리고 나가 봉담읍 쪽에다가 원룸을 하나 얻어준다. 재빠른 대응이다. 또 그녀에게 얼른 행궁동 집에 들러 짐을 챙겨 놓고 기다리라고 말한다.

"야, 비희야, 난 잠시 연무동 집에 좀 갔다 올 테니까, 넌 얼른 옮길 짐을 챙겨놔, 그럼 내가 다시 네 집으로 와서 짐 싣고 봉담읍으로 가서 정리하면 되지!"

"그래요. 알겠어요."

그녀는 행궁동에 내리자마자 집에 들어가 짐을 챙긴다. 공 사장은 연무동 집에 갔다가 다시 그녀의 집 앞으로 온다. 짐을 싣고 봉담읍으로 내달린다.

이렇듯, 그녀가 누군지 모르는 낯선 남자에게 시달린다는 부분에 대해 사장부터 시작하여 주임까지 일사천리로 대응수를 쓰는 것이었다.

공 사장은 그녀의 짐을 봉담읍 쪽의 원룸에 정리해 놓고 이선구 팀장에게 전화를 넣는다. 이 팀장이 전화를 받는다.

"퇴근하고 집에서 쉬고 있을 시간인데 전화해서 미안하네. 이 팀장?"

"아아, 아닙니다. 사장님 아이 별 말씀을 다 하십니다. 아닙니다. 근데 뭐 중요한 일이라도 있으신가요?"

"아아, 말이야, 오늘 그 우리 회사에 나타나 극성을 부렸던 놈 때문인데 그 무법스토커 자식 말이야, 그놈 때문에 우리 정비희 직원이 근무를 제대로 할 수가 없어서 출퇴근도 제대로 못하고 그래서 내가 지금 우리 회사 근처에다 원룸을 하나 얻어줬어. 그래서 말인데… 혹시라도 그놈이 또 회사 근처에 와서 추근거릴지 모르니까 그런 걸 막아야 하니까 우리 이 팀장을 위시하여 다른 직원들이 비희가 원룸에 왔다 갔다 할 때, 경호원 역할 좀 해줘, 그래야 할 것 같은데…?"

"아 예, 그럼요. 알겠습니다. 사장님."

"오늘 밤은 내가 비희를 보호해 줄 테니까, 내일 아침 출근부터 꼭 이 팀장이 비희를 잘 경호를 해 줘, 이 팀장은 믿음직스럽고 든든하지, 하하하하."

"아 예, 저는 동탄이 집이라 가까워서 그 경호 업무를 수행하기에 딱 좋습니다. 우리 직원 비희에게 완벽한 경호 서비스를 제공하겠습니다."

"내가 사비로 직원들에게 경호 특별 수당은 지급할 거야!"

"아이, 그런 건 괜찮습니다. 별말씀을 다 하십니다. 최선을 다해 보호하겠습니다."

이렇듯, 공 사장은 바로 이날 저녁에 봉담읍 회사 근처에다 그녀에게 도피처 격인 원룸을 얻어주고 곧바로 이 팀장에게 전화까지 하여 경호에 만전을 기해 줄 것을 신신당부를 했다.

그 후, 그녀와 그 주변 숯불갈빗집으로 들어가 소주, 맥주, 오겹살을 먹었다. 그리고 시간이 늦은 밤으로 기울자 둘이서 노래방에 들어가 노래를 부르고 나와서 저녁 때, 얻은 그 원룸으로 돌아와 커피를 한잔 마시고 오늘 이렇게 이곳으로 나름으로 안전하게 피신한 것에 대한 기념으로 진한 애정표시를 하며 서로 부둥켜안고 꿈나라로 빠져든다.

날이 밝자. 또 그렇게 화성행궁 정류장 아침 7시 15분 정천제약 통근버스는 어김없이 오는 시간인데 오늘도 광준은 지칠 줄을 모르고 또 그녀에 대한 구애차원의 공세를 펴기 위해 그 지점으로 나왔다.

그러나 보일 리가 없다. 엄청나게 허탈한 표정을 지으며 돌아갔다. 지금 이 순간, 굉장히 허탈했다고 그가 완전히 돌아설 리는 없어 보였다.

이따 그녀가 퇴근할 때 이 지점에 또 올 가능성은 100%가 된다. 그는 집요한 측면이 강하다. 그 많은 직장동료들은 그녀를 손쉽게 애인으로 세컨드를 만들어 데이트를 즐기고 다니는데 그는 누군지 모른다는 취약점으로 말미암아 끊임없이 의심과 경계를 받으며 또 하루가 그렇게 속절없이 흘러가고 있는 것이었다.

아직까지 사랑 게임에선 완패를 당하는 것이었다. 그러나 미래의 일은 이 세상 사람 아무도 모른다.

이렇듯, 서로 직장동료나 소개팅, 맞선, 동호회 관계가 아니면 계속적인 의심, 경계를 받을 수밖에 없는 게 우리 사회의 현실이다.

그래서 잘 모르는 사람들은 남녀가 서로 눈이 맞았어도 속으로만 애틋한 감정만 품을 뿐 겉으론 서로 경계나 하다가 속으로 침이나 꿀꺽꿀꺽 삼키고 만다.

즉, 그림의 떡이 되어 버린다. 광준은 자신의 일터, 팔달문 위치한 할로웨이마트로 썩은 모닝을 몰고 출근길에 오르며 또 생각한다.

이따 그녀가 다니는 정천제약에 퇴근 무렵에 가서 기습번트를 대리라! 원래 삶이란 정석대로만 이뤄지진 않는다. 변칙, 반칙이 난무하지 않던가?

여기서 그가 속으로 생각하며 말하는 기습번트란 이 세상 사람 아무도 모른다. 원래 기습번트라서 알 수 없는 것이다. 원래, 야구경기에서도 기습번트란 그냥 강공으로 치려고 자세 잡다가 선수와 관중들 아무도 모르게 자신 혼자만 알고 갑자기 대고 1루로 죽기 살기로 뛰어나가는 것 아닌가?

이 지긋지긋한 직장동료들의 거미줄 수비를 뚫기 위해선 그 작전밖에 없다고 생각한다. 창과 방패의 대결이다. 직장동료라는 방패를 뚫기 위해 그는 홀로 창을 든다.

사실, 그가 생각하는 기습번트란 별다른 뾰족한 수는 없다. 그냥 부딪치고 그녀에게 눈을 익히고 말을 걸고 가로막고 더 가망이 없어 보이면 무력으로라도 어제 아침에 화성행궁 정류장에서 그랬던 것처럼 입술을 훔치는 정도가 될 것 같다.

그것으로도 빛이 보이지 않으면 아예 몸 자체를 훔치는 수준의 아주 강도 높은 무력행위도 있을 수도 있겠다.

즉, 겁탈을 말한다. 육체를 빼앗아 그 후 정신을 흔들리게 하는 초강수라 볼 수 있겠다. 물론, 엄청난 위험한 전법임엔 틀림없다. 더 큰 범죄가 된다. 이래선 절대 안 된다. 그런데 그는 이런 짓을 감행할 생각도 조금씩 조금씩 하고 있는 것이다.

글쎄 사실 이 세상에 여자는 굉장히 많은데 꼭 그렇게 정천제약 여직원 그녀를 차지하려고 이렇게 발광을 떨며 또라이 짓을 해야만 하는 것일까?

너무 단단히 홀렸기 때문이다. 인간은 뭐든지 너무 지나치게 어떤 대상에 홀리면 이성을 잃고 만다. 그래서 맹목적 맹신이 나오기도 한다. 복잡하고 변화가 심한 세상이고 시끄러운 사람들이 너무 많아 뭐라고 단정 짓기엔 좀 그렇다.

광준 본인이 그렇다고 생각하면 그것도 그런 역사로 흘러간다는 게 문제이다. 그런데 문제는 그녀가 그를 끝까지 누군지 모른다는 이유로 기피한다는 게 심각하다.

그녀는 그러면서 자신이 다니는 회사의 사장부터 시작해 주임까지 다 애인으로 지내며 유희를 즐기고 있다.

그 직장동료들은 모두 다 유부남들이다. 그렇지만 서로 알기 때문이다.

그러니까 서로 누군지 모르면 애인이 될 수 없고, 누군지 알면 애인이 되는 것이다.

이런 점이 광준의 엄청나게 불만이 증폭되는 점이다.

어쨌든 광준 입장에서도 지금은 다소 미온적으로 나올지 모르지만 계속 부딪치는 과정에서 그 직장동료들과 끊임없이 격돌하게 되고 점점 가열되면 너 죽고 나 죽고 식의 그녀에 대한 최후의 사랑의 도발이자, 큰 한 획이 될 수도 있는 무력으로 몸을 빼앗아 버리는 즉 성폭행을 시도하여 감금을 시켜 버릴지도 모를 일이다.

그는 이 정도 수위의 도발 정도는 충분히 고려를 하고 있는 중이다. 그렇듯, 그는 실패를 거듭하자 겁탈이란 위험천만한 무리수를 두는 공상으로 빠져든다.

그것을 시도한 후, 상대가 분하고 원통하게 여기면 지울 수 없는 큰 상처를 주게 된다. 즉, 엄청난 모험이 되는 것이다.

그즈음 비희는 방구석에 틀어박혀 무법스토커에게 한없이 원망하는 마음을 품는다.

일기장을 꺼내어 끄적끄적 끄적댄다.

아아! 진짜 그 무법자 말이야! 한번 제대로 칼을 뽑았으면 제대로 내게 돌진을 해야지! 그게 뭐야? 하는 듯 마는 듯 계속 그렇게 내 침만 꿀꺽꿀꺽 삼키게 만드는 거야!

이거 기다리다가 내 심장이 완전히 망부석이 되겠어! 나를 좋아하면 더 거칠게 달려들어 어디론가 데리고 가서 감금이라도 하고 애걸복걸해야 될 거 아냐? 제발 나를 붙잡아가 줘! 그럼 내가 못 이기는 척하며 그냥 넘어가 줄 수도 있을 텐데 말이야! 날 확실히 잡고 늘어지란 말이야! 나는 지금 그 남자의 아주 센 용기와 패기와 광기와 객기를 간절히 원하고 있으니까! 으으.

자신이 여자로서 나서진 못하고 그저 그 남자가 더 강한 객기와 호기를 발휘해 주길 기원하는 일기를 쓰며 상사병에 걸려 빠져나오질 못하고 있다.

광준은 할로웨이마트에서 일을 하면서 온통 머릿속은 그녀에 대한 기습번트에 대한 궁리나 연구, 묘책, 이런 생각으로 꽉 차 있다.

원래 뭐든지 자꾸 지속적으로 생각을 하다 보면 그 방향으로 움직여지기도 한다. 원래 어떤 범죄도 우발적인 것도 있지만, 자꾸 지속적으로 생각하다가 발생하는 것도 많다.

한편, 어제 저녁에 봉담읍 정천제약 근처에다 사장으로부터 원룸 선물을 받은 비희는 사장과 그곳에서 방 얻은 첫날밤을 함께 그렇게 오붓하게 지내고 회사로 출근을 했는데 마음만은 조금은 안정이 되어 가고 있었다.

회사는 매송면이긴 하지만 봉담읍 원룸의 거리와 상당히 가까운 편이다. 바로 옆이다.

비희는 새로 얻은 원룸에서 깊은 밤 고요한 시간이 되자 이런저런 상념 속으로 빠져든다. 이 새로운 방 하나에서 무법스토커와 둘이서 살을 맞대며 동거생활을 하면 얼마나 좋을까! 꿈도 꿔본다.

아! 그 남잔 내 100% 이상형, 스타일이야! 여기서 나랑 같이 살면 너무너무 행복할 것 같아! 그 남잔 지금 이 시간에 내 생각을 하고 있을까! 무얼 하고 있을까!

난 어떤 땐 그 남자가 날 좋다고 막 따라올 때 내가 무섭다고 막 피하면 그가 주춤거리지 말고 더 강한 용기를 내어 더 세게 막 날 따라와 날 강제로라도 어디라도 끌고 들어가 내 몸을 빼앗기라도 했으면 좋겠어! 그럼 난 못 이기기는 척하며 그 후에 막 웃으며 미소를 띠며 그의 완력에 넘어가 서로 애틋한 사이가 될 수 있을 것 같기도 해!

그는 도대체 왜 더 강한 더 센 용기나 객기를 부리질 않는 걸까! 너무 갑갑하고 답답하기도 한 것 같아! 어휴~~ 정말 진짜 갑갑하고 답답한 남자야! 날 더 세게 접근해 달란 말이야! 애 새끼가 남자 새끼가 그 정도 용기와 패기와 객기는 좀 있어야지 이게 뭐야? 뭐냐고? 으윽 확. 내가 가끔 그 남잘 보며 야릇한 미소도 보냈는데 왜 이 속뜻을 간파하질 못하는 걸까! 아아! 너무 신경이 무딘 바보 같은 남자인가?

정말 속 터져서 더 이상 못 봐주겠어! 내가 그냥 미친 척하고 그 남자가 나타나면 내가 그 남자에게 다가가 당신의 사랑을 받아주겠다고 승낙하고 그를 꼬드겨 여기로 데리고 올까! 그 남자가 허슬 플레이를 펼치지 않는다면 내가 여자지만 허슬 플레이를 펼쳐버릴까!

그것도 너무 좋을 것 같다. 이게 내 심경 상태이다. 그러려면 내가 객기를 발휘할 힘이 있어야 하는데 아직 내겐 그럴 만한 에너지가 없다. 왜일까! 내가 나약한 여자라서일까!

왜일까! 그것은 내가 그를 누군지 모르기 때문이다. 제아무리 마음에 들더라도 누군지 모르면 두렵고 무섭다. 그렇지만 누군지 몰라도 내가 여자지만 확 객기를 발휘하여 그 남자에 대해 알려고 노력을 하면 되는 것 아닌가! 그래서 그 남잘 내 것으로 만드는 것이지! 그래도 사람을 모른다는 것, 그렇기에 난 내 감정을 철저히 숨긴 채 앞으로도 그가 나타나면 철저히 몸을 피하고 내 마음도 피하리라! 그게 바로 내가 살 길이다. 내가 살아갈 운명이다.

때론 이 운명이 몹시 가혹하게 느껴지기도 하지만 그래도 이게 나의 삶을 지탱하는 수단임을 확신하다. 그가 누군지 몰라 일단 피하는 거라 무슨 후회고 뭐고 이런 건 있을 수가 없다. 왜냐하면 앞으로도 그의 실체 그의 정체 그가 누군지 모르는 낯선 사람으로만 남을 것이기 때문이다.

만의 하나 그가 여기 원룸 위치한 봉담읍 사거리에 엘지 24시 편의점 알바로 일하는 사람만 같아도 내가 자주 무어라도 사러 왔다 갔다 하다가 눈이라도 몇 번 마주하면 그래도 완전하진 않지만 조금은 내가 그를 누군지 알게 된 거라 그땐 내가 먼저 윙크를 보낼 수도 있으련만…. 와아! 오늘따라 난 왜 그렇게 그 무법스토커가 보고 싶지!

스토커에게 사랑에 빠져 버린 것 같다. 내일은 그 남잘 볼 수 있을까!

그녀는 이렇듯 오락가락하며 무법스토커를 좋아하는 마음, 보고 싶어지는 마음이 간절하게 싹텄다.

지금 이 현실 구조하에선 그녀로선 좀체 받아들일 수는 없는 철저히 도망쳐야만 하는 운명적 굴레에 쌓였다. 이게 바로 나의 안전한 나를 보존하며 우리 직장의 안전과 나의 생계의 보금자리를 지키는 유일한 방편으로 굳게 믿는다.

그렇기에 앞으로도 더 철저히 사장님, 부장님, 팀장님, 대리님, 계장님, 주임님 말을 더 잘 듣고 이행해 나가리라! 다짐한다. 이런 원룸 선물까지 선사한 우리 사장님이 날 얼마나 아끼고 사랑하고 있단 말인가! 마음의 일기를 쓰며 안정을 취한다.

　자신을 추근거렸던 남자에게서 완벽하진 않지만 그래도 어느 정도 벗어난 도피처 원룸으로 나름의 안정감 내지 평온함이었다.

　이 팀장이 그녀에게 천천히 걸어온다.

　"야, 비희야 내가 어제 사장님에게 전화로 말씀은 다 들어서 아는데 이 근처에다 원룸을 얻었다고…? 사장님이 네게 방을 하나 얻어줬다고 말씀하시던데…."

　"맞아요. 팀장님 그러셨어요. 저를 괴롭게 하는 그 무법스토커 그놈 때문이지요."

　"어제 사장님께서 나한테 네 경호원이 좀 되어 주라고 하시더라고…."

　"호호호호, 그러셨군요. 역시 우리 사장님은 날 너무너무 아끼시는 것 같아요."

　이날 퇴근부터 그녀가 원룸으로 들어가는 순간까지, 그리고 내일부터 출근 시에도 이 팀장이 그녀의 원룸 앞에 와서 대기하고 있게 됐다.

　지금 이 팀장은 자신이 혼자서 그런 경호 업무를 전담하기란 여러 가지 시간문제라든가 이런 문제로 다른 대리, 계장, 주임, 그리고 부장에게도 하루씩 돌아가면서 하자고 제안을 할 생각이다.

　이 팀장은 일일이 부장, 대리, 계장, 주임을 만나 가며 얘기를 하자 그들은 우리는 집이 멀어서 그 경호 업무를 이행하기가 좀 어려울 것이라고 설명을 했다.

　다 어렵다는 난색을 표하자 이 팀장은 그렇다면 어쩔 수 없는 일이라며 그냥 내가 혼자 경호 업무를 해결하겠다고 말했다.

　경호 업무는 이 팀장이 완전히 전담하게 됐다.

"야, 비희야 다른 직원들이 다 힘들대…. 집이 멀어서 그렇다는 거야! 그냥 내가 네 전속 경호원이 됐어."

"그것도 좋지요. 전, 원래 이 팀장님을 더 좋아했었어요. 호호호."

"어어, 그랬어? 다른 직원들보다 날 더 좋아했었다고…. 하하하. 진짜 믿을 수 없는 말이지만 기분은 엄청 좋다."

"이따가 퇴근하고 제가 화끈하게 한턱 쏠게요. 팀장님."

"그래라, 너무 좋다."

이선구 팀장은 다른 직원들에 비해, 그녀의 원룸에서 가깝다는 이유로 전속 경호원이 되어 버렸다. 이 팀장 집은 동탄이고, 이 원룸 위치는 봉담읍 사거리이다.

그 기념으로 그녀는 퇴근하고 이 팀장에게 뜨거운 회식을 제공하려고 생각한다.

이윽고 그 시간이 되자, 이 팀장은 전속 경호원답게 회사 정문을 나서면서부터 혹시 무법스토커가 나타나지 않았는지 동서남북을 이리저리 훑어보며 삼엄한 경계 태세를 유지한다.

이들이 술을 먹기 위해 숯불갈빗집으로 향하고 있을 때, 눈앞에 나타난 한 남자, 바로 낯선 그 남자, 무법스토커 임광준이었다.

어제 점심때도 이곳에 와서 이 직장동료들과 대혈투를 치르고 파출소로 함께 끌려갔었던 그 남자가 또 나타난 것이었다.

이 팀장은 깜짝 놀란다, 어제 점심때, 그 정도 조치를 취했으면 이젠 어느 정도는 주춤했을 거라고 생각했는데 이에 아랑곳하지 않고 또다시 도발해 들어오는 행동에 대해 몹시 경악스럽고 개탄스럽기도 하다.

이 팀장은 문득 생각한다.

어제처럼 다른 직원들을 또 부를 것인가, 아니면, 경찰을 부를 것인가, 아님, 자신이 혼자서 스스로 초전박살 낼 것인가! 이것이다.

물론 자신이 전속 경호원이니만큼 스스로 해결해야 하는 게 맞긴 한데 50이 넘은 나이라 30대 초반과 맞대결을 한다는 것은 역부족임도 실감한다. 이 팀장이 격투 능력이 엄청나게 뛰어나면 몰라도 그렇지가 않기에 다른 궁리를 한다.

차선책으로 어제처럼 경찰에 신고를 한다.

경찰이 오기 전에 광준과 이 팀장은 서로 격하게 멱살을 잡고 흔들며 격돌했다.

광준은 비희를 바라보며 아주 크게 절규하듯, 고래고래 소릴 질렀다.

"이봐요. 내 말을 잘 들어봐요. 당신이 여기 어떤 직장동료든 상사든 몇 수십 명과 이렇게 애인으로 지내고 매일 데이트를 해도 난 그런 것은 개의치 않을 거요. 난, 무조건 당신이 내게 오기만을 원하고 오게 되면 이 회사의 직장상사나 동료들보다 수백 수천 배로 당신을 더 사랑하고 행복하게 해 줄 자신도 있고 용기도 있고 그렇게 실천에 옮길 것입니다. 당신의 마음이 편할 수 있게 해 주는 게, 바로 나의 소원이오. 날 선택해 주시오. 무소속 후보에게 한 표를 던져 주시죠. 난 소속이 없으니 무소속입니다. 날 보이스피싱 후보로 오해하거나 의심하진 마시고요."

그러던 중, 금세 경찰차가 도착했다. 세 사람은 또 경찰차에 실려 가게 되었다. 어제와 같은 상황이 벌어진 것이다.

어제 이곳 파출소에서 조사를 했던 그 경찰관이었다.

어제 충분히 그녀에게 추근거린다거나 괴롭히지 않겠다는 약속을 받고 광준을 풀어 준 건데, 연일 동일한 일이 발생했으니 이젠 더 이상 봐

줄 수 없는 상황으로 치닫는다.

물론, 이것도 피해자인 그녀의 의사가 중시될 것으로 판단된다. 그런 차원에서 경찰은 그녀에게 묻는다.

"아가씨, 이 사람 어제에 이어 오늘도 또 회사 주변에 나타나 괴롭혔는데 어떻게 했으면 좋겠습니까? 피해자의 의사가 중요합니다."

"……."

그녀는 별다른 말을 하지 않았다. 그러자 느닷없이 광준이 나서서 말하기 시작하였다.

"남자가 여자를 좋아하는 건 당연한 것 아닙니까? 왜 저들은 보아하니 유부남들인데 직장동료인 여직원을 무슨 자신들 와이프나 애인이라고 여기고 막 만나고 밥도 먹고 커피도 먹고 진하게 선팅한 차에 태우고 돌아다니며 서로 별짓을 다 하고 모텔도 들어가고 카섹스도 하고 난리를 치는데 이 부분은 뭐라고 할 겁니까? 경찰은 대답하시오?"

그는 어제 이곳 파출소에 끌려왔을 때도 이와 유사한 멘트를 한 적이 있다. 오늘 재차 똑같은 말을 되풀이할 뿐이다.

경찰은 다소 답답한 표정을 짓는다.

"아니 이봐요. 직장동료들의 그런 부분이 그게 잘된 일이라는 게 아니라 지금 현재 벌어진 이 사건과는 무관한 부분이란 말이오. 그 문제는 만약에 저 직장상사나 동료 남자들의 부인들이 법적으로 문제제기를 하게 되면 여러 가지 민사소송 위자료문제라든가, 이혼 문제로 진행되어 민사상 손해배상청구로 될 것이오. 형사로는 문제가 없겠죠. 형법상 간통죄는 사라졌으니 말이오. 하여간 여기에 당신들이 오게 된 원인은 특히 이 여성이 다니는 회사 주변으로 당신이 찾아와 괴롭히고 행패를 부리고 있다는 게 핵심입니다. 사생활 침해, 스토커가 된다는 것입니다. 어제는 이 여성이 처벌의 의사가 없음을 내비춰 그냥 돌아갔는데 오늘 또 그런 일이 발생했는데…. 더 이상 쓸데없는 소린 하지 말고 아무튼 지금 현재로선 이 여성이 어떤 의사를 갖고 있냐가 중요합니다. 이 건의 본질만 가지고 말하세요."

경찰이 이렇게 설명을 했는데도 불구하고 광준은 조금도 개의치 않고 또 자신의 주관만을 고집한다.

"순수하게 저 여자에게 나의 마음을 전하는 과정일 뿐입니다. 그 과정에 조금 불미스러운 일들이 생기고 있지만 이것은 다 내가 저 여자와 애인으로 되어 가는 하나의 시련의 아름다운 과정일 뿐이지요. 나는 저들처럼 직장동료가 아니라 엄청나게 불리하지만 이렇게 조금씩 조금씩 한 순간 한 순간, 내 모습을 나타내고 그러다 보면 이 여자도 나의 마음을 알게 되고 또 내가 누군지 알게 될 테니까, 결국엔 내게로 오게 될 거고 그땐 제대로 된 애인이 될 겁니다. 내가 저 여자와 애인이 되기 위해선 저 여자가 다니는 회사에 이력서를 제출해야 할까요?"

그가 자꾸 이렇게 나오자 경찰도 얼굴이 일그러지며 몹시 불쾌한 표정으로 굳어져 버린다.

"아니, 이봐, 그렇게 자꾸 동문서답하지 말란 말이야! 굉장히 엉뚱한 사람이긴 해! 여기가 무슨 당신이 저 여자에게 구애하고 사랑 타령하는 그런 장소인 줄 알아? 저 여자가 스트레스를 받았으니까 여기로 신고를 한 게 아니겠냐고…? 이젠 당신은 됐고 이 건에 대해 그만 말하고… 됐습니다. 아니, 피해 여성에게 묻겠습니다. 결론적으로 어떻게 할 겁니까? 일단 어제에 이어 오늘 또 그랬으니 사적침해, 충분히 죄가 됩니다. 대답하세요? 처벌 의사가 있습니까? 접근금지 가처분신청을 하거나 아니면 협박죄가 될 수 있는데 무엇보다 중요한 건, 피해 여성의 처벌의지입니다. 반의사 불벌죄이지요. 다시 묻겠습니다. 이 남잘 어떻게 처리할 겁니까?"

"……."

그녀는 계속 말을 못 한다. 그러자 옆에 앉아 있던 이 팀장은 비희의 허벅지를 주무르고 있다.

그러다가 그녀의 손을 꼬옥 잡으며 이 팀장이 나서기 시작한다.

"야, 비희야, 저 남자를 그냥 처벌해 달라고 말을 해 버려! 그게 낫지 않겠어? 우리 회사 직원들이 이 문제로 여간 피곤한 게 아니잖아? 언제까지 계속 이렇게 이 문제로 시달릴 거냐고…? 저런 놈은 콩밥 좀 먹어봐야 뭘 좀 깨달을 거야!"

"……."

"그냥 그렇게 하겠다고 말해, 비희야? 얼른 그러겠다고 말하라고. 음?"

그가 처벌해 달라고 의사표시를 하라고 거듭 제안해도 그녀는 어제처럼 또 꿈쩍도 하지 않았다. 그만큼 스토커를 100% 마음에 들고 좋은 감정이 가득해서이다.

이 팀장은 그러면서 계속 손으로 그녀의 손이라든가 허벅지나 허리를 누르기도 하고 만지기도 하고 그러는 것이었다.

이 장면을 지켜보던 광준은 순간 속이 뒤집히는 것만 같았다. 마치 이 팀장이 그녀의 남편이나 보호자라도 되는 듯한 행동 말이다.

이렇듯, 동일한 장면에 대해서도 각자 각자의 입장차가 있는 것이다. 그래서 격분이 포화되어 갑자기 아주 크게 고함을 친다.

"이봐, 당신 말이야, 당신이 저 여자의 남편이야? 애인이야? 뭐야? 왜 이래라저래라 하는 거야? 이 시발, 그리고 어서 그 더러운 손을 떼지 못해, 이 개자식아! 더러운 자식, 이봐요. 경찰, 저것 보라고, 그렇게 막 저놈 직장상사 새끼들이 저 여잘 막 만지고 누르고 그러잖아! 이것도 뭐라고 좀 해 봐라? 이런 경찰아?"

광준은 경찰에게 훈계한다. 그러나 경찰은 꿈쩍도 하지 않는다.

이번엔 이 팀장이 "이거 보세요. 경찰관님, 저 인간이 이렇게 난폭합니다. 법대로 처리해 주세요."라고 제안한다.

"뭐야? 법 같은 소리하고 있네! 아니, 저런 유부남 새끼들은 저 여자와 같은 직장동료라고 저렇게 막 부부처럼 행동하고 그냥 애인으로 지내고 저렇게 막 나가는데…. 나는 누군지 모른다는 이유로… 사실 내가 저런 유부남 새끼들보다 뭐가 못났냐고…? 저 새끼들 다 무슨 두꺼비 같이 생겨가지고 말이야! 난 단지 누군지 모른다는 이유만으로 이런 개꼴을 당해야겠냐고…. 내가 저 여자와 서로 얼굴을 익히고 서로 같이 밥도 먹고 서로 같이 아메리카노도 처먹고 마시고…. 누군지 알아야만 하는 길이 오직 하나 내가 저들이 다니는 회사에 이력서를 제출하고 입사하고 그 후에만 얼굴 익혔으니 같이 밥 처먹고, 아메리카노 처먹고, 진하게 선팅한 차에 바래다준다고 하고 어디쯤 가다가 공터로 핸들 돌려 들어가 막 이리저리 관계를 이루는 절차를 밟아야만 하나? 좋다. 내가 여기 파출소에서 다신 저 여자에게 접근하지 않겠다고 반성문을 쓰고 나간 후 오늘 밤이라도 이력서를 작성하여 정천제약에 내일 아침 당장 제출해 버릴 테니, 내가 그 회사에 직원이 되거든, 앞에 있는 여자와 같은 직장동료가 되거든, 그럼 그땐 나하고도 같이 밥 처먹고 아메리카노도 처먹고 내 차에 진한 선팅할 테니 함께 동승하고 가다가 이리저리 섹스를 나눠도 되는가? 대답해 봐? 이 새끼들아? 넌 도대체 뭐 하는 년이야?"

경찰은 "아아, 당신은 방금 전에 욕설을 하여 모욕죄가 하나 추가됐습니다."라고 알렸다.

듣던 이 팀장은 "야 인마 너 지금 우리 정천제약을 아주 우습게 여기는데 우리 회사에 너 같은 얘가 그냥 이력서만 냈다고 그냥 채용되는 그런 허접한 공장이 아니야! 내가 네 이력을 정확히 모르지만 보아하니 어디서 그냥 막일 하는 사람 같은데 네가 어떻게 우리 회사에 이력서를 낸다고 그냥 들어올 수가 있냐고? 참! 웃기는 놈이네! 우리 회사는 다들 엘리트 집단이야! 다들 학력도 되고 지식도 상당하다고 우리가 대기업이란 걸 모르나! 나 원 참 기분 더럽네! 저런 공돌이를 뽑는 무슨 용역업체인 줄 알고 있으니 휴우~~ 참 나, 재수 없다."라며 인신 공격성으로 나온다.

"야 이 양반 새끼야, 지금 누가 그런 학력이냐 엘리트냐 그걸 따지자는 거야? 이를 테면 그런 현실이란 얘기야! 저 새끼는 나이나 처먹고 나잇값도 못 하네! 이걸 그냥 확."

파출소 안이 아수라장이 되기 일보 직전이었다.

경찰이 계속 제재하자 광준은 더더욱 분노가 치밀어 올라 "아니 경찰 지금 뭐 해? 어서 빨리 쟤 아내에게 전화하여 지금 이 시각 남편의 실상을 알리라고. 이런 문제로 남편이 여기 와서 저 여자의 남편 보호자 역할 한다고. 그럼 부인의 반응이 궁금한데…."라고 경찰에게 압박을 가하였다.

그래도 경찰은 꿈쩍도 하지 않았다. 며칠 전, 월요일 아침 그녀가 출근하기 위해 화성행궁 정류장에 나왔을 때, 그곳에 와서 그는 어떤 일기인지 시인지 그 무엇인지를 낭독문을 낭송했는데 그때 그 내용 중에 〈내가 그대와 데이트하기 위해선 그 회사 정천제약에 입사하기 위해 이력서를 내야만 합니까?〉라는 구절이 있었다.

 그때 그 낭송한 구절 중, 〈이력서를 내야만 합니까?〉라는 내용을 지금 이 시간에 다시 한번 아주 크게 읊는다.

 이 팀장도 이에 반격하며 크게 소릴 지른다. "아니 이봐, 우리 직장동료들이 다 그런 사람들인 줄 알아? 우린 건전한 직장동료들이란 말이야! 서로서로 힘들 때, 위로해 주고 챙겨 주고 말이야! 다 가족같이 아끼고 사랑한다고…."

 실내가 굉장히 소란스러워지자 경찰은 서로 진정하고 조용히 해 줄 것을 당부한다.

 "아아, 어쨌든 본질은 이 직장동료의 사생활 문란 문제가 아니고 이 직장 여성의 정신적 스트레스와 위협을 받는 정도와 이런 것을 법대로 처벌해 달라는 의지, 선택의 문제이기 때문에 마지막으로 기회, 시간을 주겠습니다. 아가씨, 이 남잘 법대로 처리해도 될까요? 대답하세요?"

 경찰은 단호했다.

 법이 중요하기 때문이다. 법치주의이기에 그렇다. 그녀는 속으로 고심을 거듭한 결과는 어제처럼 또 그렇게 그냥 넘어가는 쪽을 선택했다.

 그러면서 마음 한편으론 자신에게 최근 들어 줄기차게 달라붙었던 그에 대해 뭔가 알 수 없는 오묘한 감정, 감싸고 싶은 마음이 무럭무럭 피어오르고 있었다. 그냥 지금 이 장소 이 시간에 확 저 남자가 너무 마음에 들어 지금 이 시간부터 사귀고 싶다고 말해버리고 싶은 충동에 사로잡혔으나 차마 그렇게까진 못하고 도저히 그런 말은 입으로 말할 수가 없었다.

 # 6. 무법스토커를 사랑하는 여자

큰 용기를 발휘하여 그렇다고 냉큼 그녀 자신도 관심을 표명할 순 없었다. 한편, 파출소에서 조사과정에서 줄곧 이 팀장은 비희의 손을 꼬옥 붙잡고 있기도 하고 또 그녀의 무릎을 주무르고 있었다.

긴장을 풀어주고 편안하게 해 주려는 발로였다. 어쨌든 그녀는 스토커인 남자에게 100% 호감과 성격도 좋아보였고 성실한 성향으로 느끼고 있었으나 끝내 두려웠다.

그런데 10%도 호감도가 안 되는 이 팀장의 손에 그녀의 몸은 이런 공개적인 장소에서도 아무렇지도 않게 허락되고 있었다.

이게 도대체 무엇인가! 직장동료의 늪…….

왜냐면 누군지 모르기 때문이었다. 오늘도 결국은 또 그냥 나오게 됐다. 그녀와 이 팀장은 파출소에서 나오자마자 재빨리 지나가는 택시를 세워서 타고 번개같이 수원역 쪽으로 달아났다.

광준은 그들이 달아나는 택시 뒷면을 하염없이 바라만 보는 속절없는 시간이었다.

그것도 그들은 택시에 오를 때도 손을 꼭 붙잡고 있었다.

이 팀장은 비희라는 여직원의 전속 수행원 겸 애인이라서이다. 광준이 돌아서 오다가 문득 할로웨이마트 직장동료인 덕배가 떠올랐다.

갑갑하기에 만나 소주라도 한잔 걸치고 싶은 마음이 간절했기 때문이다.

전화하자 그가 받는다.

"덕배 씨, 시간 되면 이 시간에 소주라도 한잔할 수 있어?"

"뭐, 못 할 것도 없지 뭐! 어딘데?"

"음, 여기 화성행궁 사거리 랄랄랄 주막집으로 나와. 지금 오면 돼."

"알겠어."

덕배는 눈 깜짝 사이에 달려 나왔다. 그도 술을 엄청 좋아하는 성향이고 또 집이 북수동이라 바로 나오면 금방 온다.

덕배가 도착하자 광준은 최근 벌어진 아픔에 대해 토로하기 시작한다. 그렇지만 결과는 소주만 들이부을 뿐, 뭐 이렇다 할 좋은 결론을 얻어내질 못한다.

원래 이 세상 모든 일은 타인에게 말한다고 해결되는 것은 거의 없고 결론이 잘 나지 않는 구조로 되어 있다. 늘 문제가 연속적으로 일어나게 되어 있다. 풀린 듯하면서도 또 다른 문제가 꿈틀거린다.

이게 바로 인생이다.

"이 지긋지긋한 직장동료라는 울타리를 말끔히 걷어낼 수 있는 묘책은 과연 무엇이란 말인가! 나와 그녀가 하나가 될 수 있는 유일한 길을 가로막고 철저하게 차단하고 있는 지독하고 비린내 나는 저 굴레의 늪을 어떻게 밀어낼 수 있단 말인가? 으윽."

"······."

덕배는 계속 침묵을 지킨다. 그러자 광준이 말을 이어간다.

"왜, 인간들은 이성 교제라는 것을 한다는 게, 다 그 모양 그 꼴이란 말인가? 직장동료, 소개팅, 맞선 이 세 가지 범주에서 좀처럼 벗어날 줄 모르니 말이야! 이 세 가지 이외에 더 만남의 계기가 없다고 하면 어떤 인간들은 이렇게 우길지도 모르지! 우연히 볼 일로 어딜 갔다가 알게 된 멋진 로맨스라고 말이다. 그것도 아닌 것 같아도 결국은 큰 틀의 직장동료라고 생각해!"

그제야 덕배도 입을 열기 시작한다.

"그래 맞아! 저번에도 우리가 만나 막걸리 먹다가 다 한 얘기지만 이를테면 직접적 직장동료는 아니더라도 어떤 특정 계기가 스스럼없이 우연하게 서로가 경계심리가 일어나지 않을 만큼, 예로 상대방이 무슨무슨 직업이나 직장에서 몸을 담고 있다고 여기고 있을 것을 인식하고 있는 그 상태에 놓여 있다면 이 또한 넓은 의미의 직장동료이지, 우리 할로웨이마트를 보면 알 수 있잖아!"

"음, 달리 말해 갑이라는 직장동료들이 모모연수원으로 수련회를 갔는데 때마침 을이라는 직장동료들이 똑같이 그곳으로 수련회를 왔는데 어떤 계기가 도화선이 되어 전자와 후자가 대화를 하게 된 상황이 생겼고 서로는 서로의 신분을 인식하고 있다. 하나 더 고객이 볼일로 어느 가게로 갔는데 그곳의 사장, 주인과 그 볼일에 대해 대화가 오고간 경우도 서로는 서로의 신분을 미온적으로 어느 정도는 인식했기에 이 또한 넓게 보면 직장동료가 되는 거고 이런 경우가 여기서 말하는 큰 틀의 직장동료라는 거라고…"

이렇게 두 남자의 대화를 포괄적으로 봤을 때 이 사회는 직장동료, 소개팅, 맞선, 이 세 가지 경우를 제외하고는 남녀 간의 만남, 이성 교제가 거의 전무하다고 봐도 무리가 아니다.

그래서 임광준이 엄청난 아픔을 겪고 있는 것이다. 물론 그가 그녀와 같은 직장동료, 소개팅, 맞선 형태로 만남이 이뤄졌다고 꼭 애인이 되고 더 발전하여 결혼까지 할 수 있을지는 알 길 없다.

그렇지만 그녀가 최근 며칠간 뒤따라 다닌 그에 대해 일단 누군지 모른다는 것 때문에 심한 경계와 두려움을 갖고 있으나 속으로는 100% 이상형이기에 무척 아쉬워하는 마음도 없는 것은 아니다.

이런 구조이기 때문에 그가 그녀와 직장동료였다면 연인으로 될 가능성이 100%였을 것이라고 판단된다.

그러니까 요즘 밤에 잠들기 전에 그가 누군지 모르지만 그녀는 막연하게 무법스토커의 모습을 한번 떠올려 보며 이불을 끌어안기도 하는 게 아닌가! 마치 이불이 그라고 생각하면서 말이다.

파출소에서 나오자마자 쏜살같이 택시를 잡아타고 수원역으로 달아난 둘은 그곳에서 숯불갈빗집으로 들어가 소주, 맥주, 갈비를 먹었다.

오늘부터 그녀에 대한 경호원이 됐고 또 아까 그 낯선 남자를 나름대로 강력하게 봉쇄를 했기에 환호성을 터뜨리는 의미의 건배였다.

"야, 비희야 오늘도 난 네 직장상사이자 전속 경호원답게 임무를 완수했다. 아하! 경호원이란 일이 해 보니까 쉬운 일이 아니구나! 하하하하."

"그렇긴 해요. 호호호."

술을 먹고 나온 둘은 노래방으로 들어가 서로 끌어안고 노래를 부른 뒤 끝나고 나와 인근 모텔로 들어가 섹스를 이뤘다.

그녀는 어제는 사장이 원룸을 얻어주자 그 방을 얻은 기념으로 그 방에서 사장과 관계를 맺었었다.

오늘은 사장이 그녀의 신변보호를 위해 특별 고용한 전속 경호원과 수원역 주변의 모텔에서 관계를 이룬 것이었다. 광준은 직장동료인 덕배와 폭음한 뒤 혼자서 집으로 들어가 늦은 밤 그녀를 그려보며 생각에 잠겼다.

계속 헛스윙만 이어졌다. 이 세상이치는 한편 공격은 영원한 공격이고 한번 수비는 영원한 수비는 아니다.

공수는 시도 때도 없이 바뀐다.

세월이 변하고 계절이 바뀌고 낮과 밤이 돌고 돌며 나이가 변하는 이치와 같다.

지금 현재 상태만 놓고 봤을 땐 그가 번번이 공격 입장인데 그물수비에 걸린다는 것인데, 뭐, 그리 수비가 단단하진 않은데…. 아직까지 하는 시늉만 낸 거지, 광준이 더 거칠고 더 저돌적인 모습이 나오지 않은 것 같다. 그는 늦은 밤, 잠들기 전 혼잣말로 이렇게 "직장동료가 아니라는… 직장동료가 아니면 애인이 될 수 없는 이런 냉혹한 구조하에서 그냥 힘없이 맥없이 주저앉아 버릴 건가? 나 자신이 최근 들어 고민한다는 기습번트가 도대체 구체적으로 무엇인가? 기습번트란 그녀가 어딜 갈 때, 보이지 않게 숨어 있다가 느닷없이 기습적으로 그녀의 몸을 빼앗는 것을 말한다." 이렇듯 중얼거리다가 슬며시 눈을 감고 꿈나라로 들어간다.

그런데 육신과 정신은 따로따로라 육신이 점령됐다고 정신까지 점령되는 건 아니다.

그가 이런 엄청난 무리수를 쓸 것인가. 이런 결정도 결국은 그가 내리는 결정이다. 이번 주는 광준 입장에선 무척 다사다난했던 주였다.

4일간 집중적으로 접근해 보았지만 돌아오는 것은 그녀가 남자 직장동료들과 데이트하러 다른 데로 도망치는 장면만을 목격했을 뿐이다.

그는 내일 아침도 또 화성행궁 정류장으로 나가게 될 것이다.

그녀는 공광천 사장이 어제 저녁 때 원룸을 얻어줬기에 봉담읍에 있는데 그것도 모르고 내일 아침 또 그곳 그녀의 출근 지점, 그 회사 통근버스가 오는 지점으로 나가 있으려고 마음을 먹고 있으니 애처로운 것인지 못된 고집인지 알 수 없다.

만약에 광준이 오늘마저도 또 정천제약 주변에 나타나게 된다면 그곳 직장동료들도 이젠 한계가 될 듯하고 그녀가 무법스토커로 처벌의사가 없다 해도 사장부터 시작하여 주임들까지 일제히 달려들어 강제로라도 처벌의사가 있다고 하라고 나설 것으로 보인다.

아마 그들은 그녀에게 스토커를 경찰에 강력한 처벌의사가 있다고 신고하라고 압박할 것으로 예상된다.

왜냐하면 한두 번도 아니고 일주일 내내 그런다는 것은 심각한 일이기 때문이다. 그녀는 그런 일이 오늘까지 이어졌을 때 어제까지 취했던 나약함을 드러낼지, 아니면 냉정하게 경찰에 처벌의사를 밝힐지 모르겠다.

예상대로였다. 광준은 오늘도 찰거머리처럼 그녀가 출근하는 그 지점으로 나갔다. 그녀가 당연히 있을 리가 없다.

그는 그녀가 피했다는 것만을 느끼면서 돌아갔다.

이따가 또 그녀의 회사로 찾아갈 확률은 200%이다. 그 확률 그대로였다. 그는 그 시간이 되자 어김없이 달려갔다.

오늘은 웬일인지 더더욱 위험한 무리수를 꺼내든다. 맨정신에 사랑전투에 참전해도 전세가 불리한 마당에 되레 소주를 3병 준비해 뒀다가 그걸 다 확 마셔 버리고 참전길에 오른다.

글쎄 더더욱 큰 강인한 정신력을 발휘하기 위해 알코올의 힘을 빌리는 건지 모르지만 오히려 근력은 저하될 텐데, 실전 몸싸움 시 스피드가 저하되는 큰 자충수가 아닐까 생각된다.

어제부터 전속 경호원으로 채용된 이선구 팀장의 삼엄한 경호서비스를 받아 가며 그녀는 퇴근길에 오르고 있었다. 정문을 나와 몇 미터 걸었을까, 그 낯선 남자가 어제 이곳에 왔을 때, 부딪쳤던 바로 그 똑같은 지점에서 오늘 또 부딪친다.

광준이 말한다.

"이봐요. 당신은 앞으로 늙어 죽어도… 저승에 가서도 이렇게 직장상사 동료들하고만 애인으로 지내고 술 먹고 모텔도 가고 그럴 겁니까? 그런 세상, 저승에 가도 남자 직장상사 동료 놈들만 만날 겁니까?"

그러자 두 사람은 망연자실하는 표정이다. 그러면서 "세상에 이런 흉측한 찰거머리가 어디에 있나." 할 정도의 소름이 돋을 정도의 얼굴빛을 자아낸다.

이선구 팀장은 생각한다.

어제처럼 또 경찰을 부를 것인가, 그렇게 되면 이 문제로 경찰이 3일 연속으로 오게 되는 것이다. 순간 고민을 거듭하던 끝에 그렇게 하지 않고 부장, 대리, 계장, 주임을 부르기로 하였다.

"야, 비희야 얼른 우리 직원들을 불러라!"

"아 네."

그녀가 황급히 폰을 꺼내들자 소주 3병 먹고 만취된 무법스토커 광준은 순간 이성을 잃고 매우 취한 목소리로 날카로운 비수를 꺼내든다.

"이봐, 당신 말이야, 기생과 육체관계를 맺고 돈을 주는 것이나 아니면 직장동료들끼리 육체관계를 맺고 옷을 선물하고 디올백을 선물하고 돈을 주는 것이나 무슨 차이가 있냐? 이것도 저것도 다 똑같은 서비스야? 화대야, 뭐야? 뭐냐고? 한번 대답해 봐. 걸레들아? 행주들아? 오히려 사회폐단으로 보면 직장동료가 더 심하다고. 가정파괴범이니 그렇다. 이봐요. 당신과 옆에 있는 팀장 아저씨가 더 골치 아픈 사회쓰레기들이라고, 이런 오물쓰레기들아! 직장동료 쓰레기들아! 너희 직원들 있는 대로 다 불러. 백 명이고 이백 명이고 몇백 명이고 다 부르란 말이야, 오늘 너희들 다 아작 내 짓밟아 주겠다. 내 온몸이 불타오른다."

이 팀장은 몹시 충격을 받는 얼굴이다. "뭐, 이게 이젠 아주 이성을 잃었구나! 술까지 엄청 취하고 비틀비틀거리고 꼬장 부리고 완전 돌았구나, 돌았어, 이거 정신병자 같은데…! 그래 조금만 기다려. 넌 오늘 뼈도 못 추릴 줄 알아, 이 더러운 새끼야."

"그래 난 더러운 새끼다. 넌 저 여자와 만나고 옷을 몇 벌 선물하고 디올백을 선물하고 돈을 얼마나 줬냐? 우리 위대한 이 팀장님!"

"아니, 이게 정말!"

이 팀장이 그의 멱살을 잡으며 격렬하게 맞서고 있는 동안 그녀는 재빨리 폰을 꺼내어 직장동료들에게 구원 요청의 전화를 건다.

4명의 직장동료들 부장, 대리, 계장, 주임은 번개같이 달려온다.

사장도 어떻게 때마침 옆을 지나가다가 그 장면을 보고 황급히 달려오게 되어 구원대원들이 총 6명이 됐다.

이곳에 도착한 6인 직장상사 동료들은 광준에게 다가가 아주 크게 고함을 쳤다.

"당신 도대체 뭐야? 경찰에 두 번이나 끌려갔다 왔으면서 또 그러는 거야? 완전히 참는 것도 한계를 느끼게 한다. 우리 직장동료들에게 완전히 죽고 싶어서 그러지? 이 개자식아…. 이젠 우리가 널 아작 내도 정당방위가 될 것이다. 한두 번이 아니니까!"

"당신 같은 놈들이 이 세상에 또 있으면 우리나라 직장에 여직원들 다 말라죽겠다. 이 자식아, 그만큼 경고를 받고 경찰까지 가서 경고를 받았는데 또 그래? 너 같은 놈은 우리에게 인내심의 한계를 느끼게 했어! 더는 정말 안 될 것 같다. 우리는 우리 회사의 여직원은 우리의 가족 같은 사람들이야, 그래서 우리가 끝까지 여직원을 보호해 줘야 되고…. 너 같은 깡패 같은 놈들에게 당하는 일은 절대로 있을 수 없다. 죽기 살기로 우리는 우리 딸 같은 여직원을 지켜낼 거다. 어서 꺼져 버려, 그렇지 않으면 널 완전히 부숴 버릴 거야."

그들이 일제히 심한 욕설로 시작하자 그도 맞받아쳤다.

"야, 이 늙은 새끼들아, 너희들이 저 여직원과 같은 직장동료라고 지금 자랑이라도 하는 거야? 너희들이 떠들어 대는 소리를 들으면 한참 더 여직원을 끔찍이 아끼는 것처럼 나불거리지, 그건 아끼는 게 아니지, 너희들이 1회용으로 가지고 놀려고 그러는 거지, 정말 끔찍이 아끼는 것은 아니다. 이 늙은 새끼들아, 겉으로 그렇게 여직원을 아끼는 척하지 말라고…. 너희들이 정말 아끼는 존재는 너희들의 자식들 아들이나 딸이겠지! 무슨 직장의 여직원을 너희들 딸들만큼 아낀다는 거야? 말도 말 같은 소릴 해야지, 너희들 딸들도 회사 다니면서 너희들 같은 직장상사 동료들한테 놀아나 진한 선팅된 차 타고 연애질하고 데이트하고 다니면 그땐 너희들은 어떨 건데? 그건 상상하고 싶지 않겠지! 이 걸레 행주 같은 새끼들아."

그가 맞받아치자 6인 직장동료들은 몹시 어이없다는 표정, 충격적인 표정이었다.
 이들이 생각할 땐 적반하장 격이라고 생각하기에 더 충격적인 모습으로 변해 간다.
 김양식 대리가 공광천 사장에게 뒤로 물러나 계시라고 보호 조치를 취한다.
 "사장님, 사장님께서는 위험하니까 뒤쪽에 가 계세요. 저희가 해결할 겁니다. 저희들 다섯이면 충분합니다. 아예 뼈도 못 추리게 해 줘야 될 것 같습니다. 우리 정천제약의 직장동료들이 얼마나 무서운 존재들이라는 걸 확실하게 보여 주겠습니다."
 "아아, 그래, 그래요. 우리 김 대리가 주축이 되어 저놈을 완전 포위하여 정리하세요. 난 그럼 뒤로 가 있을 테니까! 하다가 조금 힘이 달리면 내가 얼른 다른 직원들이나 경비들이라도 부를 테니까!"
 "예."
 김 대리는 부장, 팀장, 계장, 주임에게 사인을 보낸다. 공격 개시를 뜻하는 것이다. 김 대리가 부장, 팀장보단 직급은 낮지만 지금 이 순간은 주장이 되는 것이었다.
 "자, 여러분들 다 같이 저놈을 향해 진격합시다. 돌격하세요. 죽여 버려야 돼!"
 "그래요. 자, 저놈을 확 밀어 버려 이참에 죽여 버립시다. 와아아아 공격 개시…."
 "쳐 버려, 이런 것들은 확, 이거 정말…."
 "자, 경찰 부를 것 없어, 그냥 우리가 처단하자고…."
 눈 깜작할 사이에 부장, 팀장, 대리, 계장, 주임은 광준을 향해 일제히 동시공격을 가한다. 이 중엔 50대가 3명, 40대가 2명이다. 나이는 좀 그래도 5인이 동시에 공격하는 것이기에 만만치 않다. 광준은 30대 초반이지만 혼자라는 점이다.

여기저기에서 울리는 5인들의 동시 공격하는 함성 소리들…. 광준은 순식간에 들어오는 직장동료들의 폭격을 맞고 비틀거리기 시작했다.

비틀거리다가 정신을 차리려고 애를 쓰며 눈을 부릅뜬다. 그러면서 맞받아치기 시작했다. 직장상사 동료 5인은 반격이 더더욱 거세진다.

"아니 부장님, 부장님은 빨리 이놈의 한쪽 다리를 붙잡아요. 그리고 팀장님은 반대쪽 다리를 꽉 붙잡고 계세요. 조 계장은 뒤로 돌아가 이 자식의 옆구리를 공격하라고…. 배 주임은 주먹으로 얼굴을 날려 버려…."

김 대리는 주장으로서 부장, 팀장, 계장, 주임에게 그를 공격하는 루트를 코치하며 자신도 매우 거칠게 치고 차고 찍고 꺾으려고 온 힘을 다한다.

"우리 직장동료 동지 여러분, 이놈이 완전히 쓰러져 완전 기절할 때까지 막 후려치고 막 패버려요. 이런 새끼는 말이야."

"더 힘내라고…. 죽여 버려, 이 개자식은 죽여 버려야 해!"

광준이 속수무책으로 얻어맞자 비희는 심한 고통을 느끼며 괴로워 발을 동동 구른다.

왜냐하면 그녀가 겉으로 표현을 하진 않지만 속으론 그를 매일같이 그리며 짝사랑하는 대상이라서 그렇다.

광준은 위와 같이 5인 직장동료들의 파상공격에 밀려 엄청나게 얻어 터졌다. 그는 아무리 그들에 비해 젊은 나이라고 하더라도 무자비한 인해전술과 집중소나기 주먹, 발, 다리 잡고 늘어지기 사이드, 백 공격을 당하여 피를 흘리며 그 자리에 쓰러져 기절하고 말았다.

그는 실낱같이 남은 작은 힘이라도 내어 일어나려고 몸부림을 쳤지만 너무 큰 데미지를 받아 도저히 일어날 수 없었다.

그렇게 쓰러져 있는 광준을 향해 직장동료들은 매우 가소롭다는 눈빛과 표정으로 경고를 날린다.

"야, 인마, 우리가 나이 좀 먹었다고 늙은 새끼들 어쩌고저쩌고 하더니 늙은 우리에게 그렇게 얻어터져 쓰러졌으니 보기 좋다. 꼴좋다. 이게 바로 우리 직장동료들의 정당방위다. 우리 회사의 직장동료들은 너 같은 사회악은 그냥 내버려두질 않는다고…. 우리가 이렇게 널 집단 구타한 걸 경찰이 알아도 정당방위로 인정할 거야! 네 극성이 이만저만이 아니니까 오늘은 우리가 경찰을 부르지 않고 우리가 우리 회사의 직원들을 얼마나 아끼고 사랑하는지를 몸소 보여 주고 싶었다. 우리 직장동료는 사회악을 청소하는 정의파들이야, 불의를 보면 절대 가만히 있지 않지…. 정의파들이니까! 이 정도로 그치는 걸 다행으로 생각하고 이 시간 이후론 절대 우리 회사 정문 주변에 얼씬도 하지 마라! 그럼 그땐 우리 회사 이미지고 뭐고 여직원의 이미지고 뭐고 다 필요 없다. 인정사정 봐주진 않을 거다. 경찰에 신고해서 확실하게 집어넣어 버리라고 할 거야, 이 여직원도 그땐 널 봐주진 않을 거야, 바로 신고해 버릴 거라고…. 알았어? 이 새끼야?"

광준은 극심한 통증에 시달렸다.

그러는 사이 그들은 유유히 사라졌다. 그는 한참 동안 끙끙 앓다가 천천히 일어났다.

한겨울이라 아직 저녁 7시가 되지도 않았는데 어두워졌다.

가까스로 일어나 자신의 차, 썩은 모닝을 안으로 들어갔다. 차 안에 있던 박카스를 한 병 따서 쭉 마시며 혼잣말로 중얼거린다.

"오늘은 저 지독한 직장동료들의 연합공격에 밀려 힘 한번 못 써보고 완전 KO패 당했다. 그러나 난 이 싸움에서 얻은 지혜가 너무도 많다. 한번 KO패는 영원한 KO패는 절대 아니다. 으으윽. 그것은 공격루트에 변화를 줘야겠다는 걸 느꼈다. 난 야구를 좋아하는 한 사람으로서 그걸 연상하리라! 지금까진 너무 단조로웠다면 앞으론 다양한 형태의 유인구변화구를 던질 것이다. 싱커, 슬라이더, 투심, 체인지업, 포크볼, 너클볼, 포심, 커브, 라이징패스트볼, 그들이 정신을 차리지 못하게 무지막지한 마구를 던지리라! 다짐한다. 내 이름 석 자 임광준의 명예를 걸고… 푸하하하하."

그는 눈물의 박카스 한 병을 다 마시고 담배를 한 대 꺼내어 라이터 불을 붙인다. 얼굴에 흐르는 피를 손으로 닦아 빨아 먹는다.

"아하! 내 피 맛이 그래도 짭짤한데, 이게 다 승리의 주다."

그렇게 혼자 중얼거리며 우두커니 한참 동안 앉아 있다가 핸들을 돌려 자신의 집으로 돌아간다.

도착하자 얻어맞은 부위가 심한 통증이 몰려오고 부어오르기 시작했다. 그러나 어느 정도 시간이 지나면 좀 나아질 것으로 여긴다. 그래도 책상 서랍에서 상처 난 곳에 바르는 연고와 소독약과 파스를 꺼내어 붙인다.

그러면서 100% 이상형인 그녀를 차지하지 못하는 것을 못내 아쉬워하며 냉장고에 들어 있는 소주를 두 병 꺼내어 홀짝홀짝 마시며 스스로 아쉬움을 토로한다.

그를 집단폭행한 직장동료들과 사장, 비희 7인은 승리의 기쁨을 자축하는 의미에서 인근 숯불갈빗집으로 향한다.

이들은 오늘 이 정도로 확실하게 눌러 줬으니 그놈이 완전히 기가 꺾여 더 이상은 이곳에 오지 못할 거라고 판단하고 있는 것이다.

이들은 소주, 맥주, 삼겹살을 먹으며 환호성을 터뜨린다.

"우리의 강력한 정당방위가 위대했던 날입니다. 자, 한 잔씩 시원하게 마십시다. 건배, 와아아 브라보…."

"멋진 날입니다. 우리들의 밤입니다. 하하하하. 그 새끼 또 그러면 우리 여직원도 그냥 봐주지 않고 경찰에 처벌의사를 보일 거라 했으니 이젠 겁이 날 겁니다. 바로 구속이니까요."

"그래요. 킥킥킥."

"맞습니다. 푸하하하. 우리 비희가 성격이 너무 여리고 착해서 그렇지 아마 다른 여자들 같았으면 벌써 집어넣어 날려버렸지!"

"맞습니다. 맞아요. 정천제약이여 위대하라! 위대하라! 우리는 하나다! 와아아아."

이들은 이날 밤, 그 낯선 무법스토커 녀석을 아주 강력하게 혼내준 것에 대해 너무 기뻐 서로 몸 둘 바를 몰라 했다. 자축의 의미의 회식이 끝난 후, 나와서 노래연습장으로 2차를 갔다.

이들 6인 남자들은 노래를 부르며 비희를 서로 끌어안고 짓궂은 장난도 치기도 하며 몸을 여기저기 꼬집기도 했다. 그녀는 웃고 있다. 지금 이 시간 웃고 있었지만 마음 한편에는 이들에게 집단 구타를 당하여 피를 흘리며 쓰러졌던 이름 모를 그 남자가 문득 머릿속에 떠오르니 몹시 안쓰럽다는 생각도 깊이 스쳐지나간다.

또 다른 마음 한 구석에는 그 낯선 무법스토커가 자꾸만 머릿속에서 떠오르며 그리워지는 마음도 가득하다. 미안한 마음이 들어 가슴이 뜨끔거리기도 하고 얼른 찾아가 치료해 주고픈 마음마저 든다.

그 이유는 그녀가 그 낯선 남잘 봤을 때 사랑의 감정이 그득하고 100% 이상형이라서이다.

그러나 현재 이곳 노래방에 모인 남자 직장상사나 동료들은 10%도 채 마음에 들지 않을 정도이다.

그래도 이 10%도 안 되는 상사나 동료들과 애인으로 지내는 중이다. 이런 현실이 무척 씁쓸하기도 하다. 매일매일 근무하다 보니 그렇듯 스스럼없이 친숙감, 동화되어 간 것이었다. 스토커에 대한 아쉬움 또한 가득하다.

그러면서 속으로 쓰린 한숨을 푹 쉰다. 하지만 겉으론 웃는다. 분위기를 띄우기도 한다. 또 몸을 이리저리 흔들며 박자를 맞춰 준다. 게다가 이 노래방에 그 무법자와 자신이 단 둘이서 이렇게 신나게 노래를 부르는 상황이면 얼마나 좋을까! 이렇듯 황홀하고 야릇한 상상도 해본다.

"아하, 여러분들이 저를 얼마나 사랑하면 그렇게 똘똘 뭉쳐 그 스토커 놈을 집단린치를 가했겠어요? 저는 이 자체가 유쾌 상쾌 통쾌하고 행복합니다."

"맞아, 그렇지, 우리가 우리 비희를 얼마나 아끼고 사랑하는데… 쪽쪽쪽."

"그래요. 쪽쪽쪽."

시간이 흘러 그곳에서 나온 이들은 각자 흩어졌다. 맨 마지막으로 남은 사람은 김 대리와 그녀였다.

그는 그곳에 들어가기 전에 그녀에게 귀띔을 했다. 노래 다 끝나고 단둘이서 한잔 더 하자고 말이다. 그녀의 전속 경호원은 이선구 팀장이다.

그렇기에 이 팀장이 이 늦은 시간도 그녀의 원룸까지 바래다줘야 전속 경호원으로서 하루의 임무가 완수되는 것이지만 아까 그 낯선 남자와 격돌과정에서 김양식 대리가 진두지휘하며 주장이 되었기에 지금 이 시간, 그녀에게 더 할 말이 많은가 보다.

둘은 인근 카페빈에 들어가 아메리카노를 한잔 마시고 나와 김 대리의 차를 타고 화서역 쪽으로 향했다. 그곳에 간 이들은 호프집으로 들어가 생맥주를 한잔 더 하고 나와 인근 모텔로 들어가 불금 밤을 더욱더 뜨겁게 불태웠다.

그녀는 수요일은 사장이 얻어준 원룸에서 공 사장과 관계를 맺었고 그 다음 날엔 이 팀장과 수원역 주변에서 그랬고 오늘은 김 대리와 그런 것이었다.

이 남자들은 서로서로 그런 사실을 알면서도 그냥 웃고 넘긴다. 때론 이런 문제로 대립각을 세울 때도 있다. 이들은 서로서로 "뭐, 세상살이 다 그런 거지 뭐! 시곗바늘처럼 돌고 돌다가 가는 길을 잃은 사람아~~"라며 뽕짝도 막 부른다.

뭐, 그냥 좋은 게 좋은 거라고 생각하고 있다. 또 살면 얼마나 살겠냐! 죽기 전에 실컷 한 번이라도 더 짜릿한 관계를 맺고 말리라! 색욕에 집착하는 관념이 완전히 하늘을 찔러버린다.

그것도 수많은 여직원들 중, 다른 여직원들이 아닌 꼭 정비희에게만 쏠렸다. 그녀가 이들에게 더 유난히 더 인기를 끄는 이유는 이 세상 사람 아무도 모른다. 뭔지 몰라도 무슨 매력은 있긴 있는가 보다. 여자의 매력 말이다. 이들만이 아는 사실이겠지!

다른 여직원들은 다소 무뚝뚝한 면이 있는데 비희는 목소리도 그렇고 말투가 나긋나긋해서 그럴 수도 있다.

비희는 공광천 사장이 얻어준 원룸으로 들어가 잠이 들기 전, 오늘 직장상사 동료들이 그 무법스토커를 박살 낸 것에 대한 괴로움이 몰려와 좀처럼 잠을 이룰 수가 없었다.

그래서 급기야 자신의 친한 친구 한비에게 전화를 건다.

"아아, 괴롭다. 한비야, 지금 여기로 와라, 화성 봉담읍 사거리이다. 으으."

이 전화를 받은 한비는 밤 10시 늦은 시간임에도 불구하고 그곳으로 차를 몰고 달려갔다. 한비는 비희와 같은 동네 행궁동에 살고 있다. 오는 데 25분가량 걸렸다.

한비는 이 늦은 시간에 비희가 부르는 게 몹시 신경이 쓰였다. 그녀들은 봉담읍 시내를 여기저기 돌아다녔다. 한비는 비희가 행궁동 집을 놔두고 왜 봉담읍에다 원룸을 얻은 사실을 모르고 있다. 그런 내막까진 비희가 정확히 말하지 않으니까….

"왜 이 시간에 날 불렀니? 비희야?"

비희는 최근 벌어진 일에 대해 다 털어놓는다. 그러자 한비는 그저 그런 표정을 짓는다. 그저 그런 표정이란 애매하기도 한 것이다. "그래 비희야, 네 말 들으니 너무 안타깝다. 너도 그 낯선 남잘 좋아하긴 하는데 누군지는 모르니 답답하고 갑갑하고 뭐 그렇다고 냉큼 그 남자에게 마음을 열 수 없단 것 아니겠니? 참 나, 더군다나 그 남잔 네 직장동료들에게 무차별 폭행을 당해 초주검 상태가 됐으니 너도 어쨌든 너무 기가 막힌 사연이다."

이렇게 말한 뒤, 한비는 침묵을 지켰다. 이게 절친이 할 수 있는 전부였다. 이게 인생이기도 하다. 비희는 어두운 봉담읍 공원을 걸으며 너무 속

6. 무법스토커를 사랑하는 여자 **119**

이 터질 것만 같아 끝내 눈물을 흘리기 시작하였다.

"한비야, 정말 이럴 땐 어떻게 하는 게 최선일까? 진짜 이런 상황에선 어떻게 하는 게 맞을까?"

그러면서 친구의 어깨에 기댄다. 한비는 "그래 어쩌겠니? 어쩔 수 없는 일이지 뭐!"라고 말한다. 그런 후 둘은 그곳에서 돌아와 비희가 사는 원룸으로 들어가 잠을 잤다.

그렇게 그날 밤은 속절없이 흘러가 버렸다. 원래 자신의 고통을 타인에게 말하면 입만 아픈 것이다. 인생의 한 단면을 보여준 대목으로 보인다. 이런 남녀 문제 말고도 원래 근심거리를 타인에게 토로해도 그저 그런 경우들이 많다. 하소연했을 때 상대가 엉뚱한 소릴 하거나 비꼬며 말하면 화자는 더 큰 아픔이 몰려온다. 말이라는 것은 굉장히 어렵다. 공감이 있어야 하고 동점심도 필요하다. 이게 아니면 더 피곤하기만 하다. 예로 답답하다고 술 먹었다고 해결이 안 되는 원리라고 볼 수도 있다. 몸만 망가질 뿐이다.

주말을 맞이하여 그녀에게 회사 주변에 원룸을 얻어준 공광천 사장이 미리 전화를 하고 찾아왔다. 온 이유는 '멋지게 우리 단둘이 대부도로 1박 2일 여행을 떠나자'는 것이었다.

"야, 비희야, 이젠 어느 정도 스토커 건달에게 벗어난 것 같은데 그간 스트레스를 다 털어내는 의미에서 대부도로 1박 2일 여행이나 갔다 오자고. 난 너하고 있는 시간이 너무너무 행복한 것을 느껴."

"그래요. 사장님 너무 좋은 생각이에요."

하루만 시간이 흘러도 낯선 그에 대한 그런 안타까웠던 감정은 온데간데없이 완전히 사라지고 또다시 직장상사에게 쏠리는 현상이 벌어지고 있다.

직장동료가 뭐길래? 직장동료가 뭔데? 뭔데? 뭐냐고? 공 사장과 그녀는 1박 2일로 대부도로 여행을 떠났다.

주말을 맞는 다른 정천제약 직장동료들은 그 낯선 남자 무법스토커에게서 벗어났다는 홀가분한 기분이었지만, 그 상대방 광준은 얻어터진 아픈 몸을 추스르며 대대적인 공격 내지 그녀에 대한 더 거친 구애를 시도하겠다는 전략을 구상하기에 이른다.

진짜 왕 찰거머리 차원을 뛰어넘는 것이었다. 이런 정신력으로 어릴 적부터 종합격투기를 훈련했다면 아마 미국 종합격투기 챔피언이 됐을지도 모를 일이다.

 # 7. 칼날을 맞으며 전진 또 전진

다시 한 주가 시작되는 월요일은 찾아왔고 그는 이젠 눈에 보이는 게 아무것도 없다. 무조건 전진, 전진 압박 전진일 뿐이다. 마치, 종합격투기에서 상대에게 맞아도 오로지 무조건 밀고 들어가는 그야말로 좀비 정신이라 볼 수가 있다.

오래전에 미국 종합격투기 선수 중 네이트 디아즈를 보는 것만 같다.

그런 마음으로 저녁 6시쯤, 또 정천제약 정문 앞에서 진을 쳤다. 그는 얼굴엔 상처 때문에 밴드를 붙이고 있었다.

그 시간이 조금 넘자 전속 경호원 이선구 팀장의 신변경호를 받아 가며 그녀는 퇴근하고 있었다.

"야, 비희야, 오늘은 그 스토커 자식 이곳에 오지 않았겠지? 하하하하."

"그렇겠죠. 그날 그렇게 쥐어 터졌는데 설마 또 나타나겠어요? 아니겠죠."

"그럴 거야! 아마 그 자식 병원 응급실에 있을 거야."

이들은 이렇게 예상하고 있지만 그 예상은 완전히 빗나갔다. 이미 이들이 칭하는 그 무법스토커는 회사 정문 밖, 그날, 그때 그 악명 높았던 그 자리에 우두커니 서 있다.

그것도 눈을 부릅뜨고 온몸에 힘을 단단히 주고 말이다. 부동자세이다. 한두 발짝 더 걷자 그가 눈앞에 확 들어오자 깜짝 놀란다.

"아니 그 자식이 또 나타나다니… 이게 뭐야. 저거 귀신은 뭐 하는 거야! 저거 안 잡아가고."

"이봐, 뭐는 뭐야? 당신들 직장동료 연합군에게 얻어터지고 이틀 동안 원기회복하고 또 찾아온 백마 탄 왕자지…. 무법스토커 마지막 황제다. 히트맨. 우하하하하."

이 팀장과 그녀는 설마 했건만 그놈이 이렇게 또 나타날 줄이야! 순간 얼굴이 완전히 굳어져 버린다.

충격 그 자체였다. 이들은 우왕좌왕했지만 정신을 차리려고 애를 썼다. 오늘도 엊그제 그 상황과 완전히 똑같다.

이 팀장은 그날처럼 자신이 막고 있으면서 그녀에게 직장동료들에게 전화를 넣으라고 말한다. 이에 그녀는 알았다고 했다. 그녀가 직장동료들 4인에게 전화를 하는 동안 이 팀장은 그와 맞섰다. 오늘은 의아하게도 그가 거칠게 나오지 않고 매우 부드럽게 나오고 있었다. "아 네, 난 당신들과 엊그제처럼 또 싸우고 싶지 않아요. 난 이 여직원에게 짧게라도 한마디만 할 말을 하고 돌아가려고 합니다. 뭐, 남녀 관계, 이성 교제라는 게 원래 그리 마음대로 되는 게 아니라는 걸 잘 압니다. 그러니까 난 이젠 포기하려고 합니다. 대신 내가 이 여자에게 마지막으로 몇 마디라도 할 수 있게 협조 부탁드립니다."

이 팀장이 광준의 멱살을 잡으려 하자, 그는 이렇듯 뭔가 체념한 듯 초월한 듯이 나지막한 소리로 말을 했다. 그가 이렇듯 갑자기 조용히 맥없이 말을 하자 이 팀장은 몹시 당황해하기도 한다.

계속 거칠게 나오던 그가 돌변하니까 혹시 무슨 노림수, 꼼수가 있는 게 아닐까 의문스럽다. 그러는 사이에 부장, 대리, 계장, 주임이 금세 달려왔다.

"어어어, 저 새끼가 또 왔네! 아악, 이게 정말 와! 왕 찰거머리다. 진짜… 본드다. 본드."

"우리 직장동료들에게 또 얼마나 얻어터지고 싶어서 왔냐?"

"이 시발, 너 또 죽고 싶어서 왔어? 우리 직장동료들은 무서운 사람들이야!"

직장동료들이 한결같이 그에게 저번처럼 또 때릴 듯이 욕설을 내뱉자 이 팀장이 제재하기 시작한다. 왜냐하면 방금 전 다소 의문스럽기는 하지만 그가 그녀에게 마지막으로 몇 마디라도 하게 해 달라고 체념의 뜻을 내비쳤기 때문이다.

"아니 아아아, 여기 이 사람이 이 시간을 끝으로 우리 여직원에게 마지막으로 짧게 한마디만 하고 끝낼 것 같습니다. 그러니 그냥 이 사람이 뭐라고 말하는지 일단 들어보기나 합시다. 말 끝나고 각자 돌아가는 것도 괜찮으니까요."

"뭐, 그래요. 팀장님 근데 이 사람이 워낙 왕 찰거머리 본드 같아서 그만 어휴~~ 나 참."

"그래, 어서 마지막으로 무슨 말인지 말이나 해 보시오?"

5인 직장동료들과 그녀까지 다해 6인이 그가 마지막으로 무슨 말을 하려는지 주시한다. 그러자 그는 잠시 고개를 숙이고 생각에 잠긴다. 그러다가 고개를 들고 힘이 하나도 없이 아주 작은 소리로 말하기 시작한다.

"여러분 잘 들어요. 내가 마지막으로 하고 싶었던 말은 여기 앞에 있는 남자들 들으라고 하는 말은 아닙니다. 내가 하는 말은 오로지 여기 앞에 서 있는 여자에게 하는 말입니다. 그러니 그대께서 내 말을 잘 들어주셨으면 합니다. 난 솔직히 그쪽을 잘 모릅니다. 그저 화성행궁 정류장에서 당신이 아침에 정천제약 통근버스에 오르는 것만 본 사람입니다. 내가 당신을 좋아할 수 있는… 내게 주어진 기회라고는 그것밖에 없었습니다. 그저 그 시간 순간에 보게 됐다는 것 그 자체뿐…. 그러나 그 자체였으나 그 자체가 너무 내 심장을 뛰게 했고 찍어 눌러 버렸기에 난 사경을 헤매는 심정이었습니다. 그래서 표현을 하고야 말겠다는 일념으로 임했던 것이지요. 그때마다 번번이 그대가 날 외면하고 피했지요. 당연하지요. 누군지 모르니까 그럴 수밖에 없었겠지요. 그렇습니다. 그 누군지 모른다는 자체가 너무도 가슴이 아픔입니다. 당신과 눈이라도 익히려고 용기를 내어 이곳 당신이 다니는 회사에 찾아왔을 때마다 당신은 퇴근을 하며 여기 옆에 서 있는 이 남자 직장상사나 동료들과 데이트하러 떠나는 모습을 계속 보게 됐는데 그때마다 나는 이 직장동료라는 늪이랄까요. 굴레의 깊은 바리케이드를 목격했고 또 느꼈고 눈물도 흘렸습니다.

내가 오죽했으면 며칠 전 파출소에 끌려갔을 때 당신과 함께 식사도 하고 아메리카노도 먹고… 같이 차도 동승하고 다니려면 당신이 다니는 회사에 내가 이력서를 제출해야만 합니까? 하고 말했던 것입니다. 왜, 당신은 이 늙은 나이 든 회사의 직장상사나 동료 그것도 다 가정이 있는 유부남들과는 아무 거리낌 없이 애인도 되고 놀러 다닙니까? 분명 뭔가 잘못된 것 아닙니까? 나는 당신을 순수하게 진실로 좋아하는 것인데도 내겐 그 누군지 모른다는 낯선 사람이라는 이유인지 그 무슨 이유인지는 모르겠으나 죽기 살기로 도망만 다닙니까? 내 나이는 32살입니다. 당신의 나이는 내가 알 길은 없습니다. 나와 비슷한 나이로 보입니다. 나는 느꼈습니다. 이 세상은 남녀 관계, 이성 교제는 직장동료, 소개팅, 맞선 이 3가지 경우가 아니면 절대 이뤄지지 않는다는 것을 말이죠. 이 3가지 경우가 아니면 마치 태평양 위에다 한 그루의 복숭아나무를 심는 것만 같습니다.

직장동료가 아니면 남녀 간에 만나려면 태평양 바다 위에다 한 그루의 복숭아나무를 심어 놓고 그 나무가 잘 자랄 수 있도록 비료도 주고 거름도 주고 또 복숭아나무가 거친 물살에 흔들리지 않게 옆에다 기둥 사다리도 세워주고 그리고 또 있어요. 그 태평양 바다 위에다 심은 복숭아나무가 찬바람을 맞지 않도록 천막으로 막아 주고 비나 눈이 올 땐, 그 나무 위에다 비닐덮개로 덮어 주는 것까지입니다. 이렇게 힘듭니다. 이렇게 직장동료가 아니면 남녀 간의 만남과 교제가 안 됩니다.

예, 좋습니다. 나는 이만 깨끗이 승복하고 돌아가겠습니다. 그간 피해를 줘 미안하기도 합니다."

그는 이렇듯 아주 길게 자신이 그녀에게 꼭 하고 싶었던 말을 하였다. 그 순간 그는 최근 자신이 그녀에 대한 짝사랑의 아픔의 상처와 지금 이 순간 옆에 모여든 직장상사, 동료들의 눈이 더욱 가시 같아 하염없이 복받쳐 오르는 감정을 주체를 못하고 울먹이는 소리로 "그럼 잘 있어요." 라고 말하고 돌아서려 하자 그녀도 속으론 그를 무척이나 짝사랑했었기에 우두커니 보며 이걸 어떻게 해야 할지 몰라 발만 동동 구르며 끝내 아주 큰 소리로 울음을 터뜨리고 만다.

비희가 크게 울자 직장동료들은 그녀가 왜 그러는지 원인을 몰라 매우 의아하게 생각하며 갸웃거린다. 어쨌든 그녀는 계속 운다.

그래도 어쩌겠는가! 그 남자가 누군지 모르는데 말이다. 광준의 눈가엔 괴로움의 눈물이 순간 핑 돌았다. 그리고 발길을 돌렸다.

그녀도 그랬다. 그는 몇 미터 돌아서가다가 순간 뒤를 돌아다본다. 그랬는데 그녀가 그를 계속 바라보고 있었다.

두 사람은 서로를 바라보며 하염없는 눈물을 흘린다. 이때 그는 그녀가 왜 우는지 알지 못했다. 그는 그냥 그렇게 속절없이 돌아서 가버린다.

이날 밤, 그녀는 집에 들어가 소파에 앉아 자신을 따라다녔던 낯선 남자를 생각하며 불쌍한 마음과 그리워하며 안타까워하는 마음이 교차하며 계속 흐느꼈다.

"어떻게라도 아는 사이였다면 얼마나 좋을까!"라고 계속 혼잣말로 외쳤다.

그가 그녀에게 토로한 내용은 그야말로 어떻게 보면 황당한 표현 같기도 하지만 사실 비유적 표현으로 보이지만 그 표현은 틀린 말은 아니다. 사실, 이 사회가 그렇게 형성됐고 이 세상 구조가 그렇다.

이런 고정관념들이 사라졌으면 좋겠지만 현실적인 어려움이 남아 있다. 사람이 사람을 믿지 않는 사회이다. 그의 집요했던 성격이 본드가 아니라 세인들의 고정관념이 더 센 본드 같다. 그게 답인 줄 알고 막무가내로 행동하고 날뛰는 것에 대해 다시금 생각해 본다.

그러나 이것을 두둔하는 것은 아니다.

모든 일탈을 마음속으로 찍어 누르며 삶을 마감하려고 모든 번민, 사념을 지워내어 제자리 맑은 본성의 자리로 돌아오면 초탈이 된다.

그는 자신이 그녀에게 정말 하고 싶었던 말을 길게 했다. 그러니 속은 다소 시원할 수도 있다. 그러나 그게 전부일 수밖에 없는 현실이다.

그가 그 말을 하고 사라진 뒤, 그녀는 오랜 시간 동안 머릿속이 매우 혼란스러워지면서 왠지 모를 답답함, 우울함이 엄습해 들어왔다.

그렇다고 그에게 뭐라고 즉 좋다고 표현할 순 없었지만 못내 착잡함도 있다. 그런 심리는 그녀가 그를 보고 느꼈을 때 남자로서 호감도가 100%였기 때문이고 함께 마주앉아 오랫동안 데이트하고픈 마음 같은 것이다.

그러나 그렇다고 결정적으로 그에게 기울 수도 없는 일이었다. 누군지 모르지 않는가! 누군지 모른다는 것이다.

누군지 모른다는 것은 묻지 마 불신과 두려움으로 작용하는 결과를 초래한다.

최소한 소개팅, 맞선으로라도 만나게 된 것도 아니지 않는가! 하다못해 무슨 산악회, 테니스클럽, 스포츠클럽, 학원, 사이클 동호회, 각종 모임 같은 것 말이다.

그녀로서도 이런 명제만을 남기고 그저 이것도 저것도 아닌 그냥 회피하고 얼굴을 돌려 버리고 이런 반응의 연속일 뿐이었다. 그러다가 어떤 땐 너무 고민을 많이 하는 바람에 머리가 터질 것만 같을 때도 많다.

왜냐하면 그가 누군지 뭐 하는 사람인지 모르지 않는가! 도대체 누구인가 누구지, 모른다. 모른다. 모른다. 몰라 몰라 모른다고…….

이름도 모르고 어떤 정체를 알 수 없는 남자의 모습조차 더 이상 볼 수가 없고 그림자가 한 점도 없는 상황이 되니 그녀에게 밀어닥친 기묘한 심리는 자신의 가슴에 뭔가가 하나 빠져나간 듯한 그런 마음이 엄습했다. 불안감마저 든다. 무법자여 부디 더 용기를 내어 내게 다가와 다오! 당신이 진정한 남자라면 더 극한 객기를 발동해 다오!

이런 공상까지 한다. 그녀 자신이 반대로 용기를 내어 그 남자에 대해 다가서려는 넓은 마음은 하나도 없으면서 이 무슨 미친 짓인가?

텅 빈 가슴, 영혼마저도 공허해진 상황을 맞이한다. 이를테면 자신의 집 주변에 옆집에서 개가 밤낮으로 짖어대는 바람에 수개월 동안 소음공해로 엄청난 스트레스를 받았고 그로 인해 옆집과 다툼도 많이 벌어졌는데 그러던 중 그 집 주인이 다른 곳으로 이사를 떠나 게 되었는데 그래서 그 개가 보이지 않게 되어 처음엔 소음공해가 사라져 기뻤지만 며칠 시간이 흐르자 원인을 모르게 그 개가 그리워지기도 하고 그 개가 짖어 댔던 소리가 은근한 추억으로도 느껴지는 기분은 도대체 무슨 심리란 말인가?

바로 지금 이 순간 그녀에게 밀어닥친 마음 상태이다.

하지만 늘 옆에 있는 직장상사나 동료들은 그녀의 이 마음 상태를 알 리가 만무하다.

그들은 아무튼 그 낯선 무법자가 마지막이라면서 멘트를 쏟아내고 사라졌기에 속이 시원하고 체했던 게 뻥 뚫리는 그런 통쾌한 심정이었다.

이런 통쾌한 기분 그대로 이어서 그들은 그녀에게 무법스토커가 완전히 사라진 기념으로 또 회식을 하자고 제안했다.

그녀도 좋다고 말했다.

며칠 전 무법자를 쓰러뜨려 꺾어 놓고 갔었던 그 숯불갈빗집이 아니라 다른 갈빗집을 찾아 들어간다.

월요일부터 계속 이들은 술과 고기로 시작하여 술과 고기로 연결됐다. 그런데 이들 직장동료들이 칭하는 스토커든 낯선 무법자든 이 무법자가 정말 그날 이들에게 했던 말, 그녀에게 마지막으로 하고 싶었던 말, 마지막으로라는 표현이 실제로 마지막일까? 그것은 더 시간이 흘러가 봐야 알 것 같다. 더 센 작렬한 복귀전을 치를지 이 세상 그 누가 알 것인가?
 어쨌든 그녀는 공 사장이 봉담읍 회사 주변에다 얻어준 원룸에서 출퇴근을 하니까, 그 스토커를 화성행궁 정류장에선 부딪칠 위험은 없다.
 문제는 회사 출퇴근 시 정문 주변에선 부딪칠 수는 있다.
 좀 더 시간이 지나봐야 알겠지만 그날 그 스토커가 보인 행동만으로는 완전히 포기한 듯하지만 그래도 이들 직장동료들은 끝까지 방심하지 않고 긴장의 끈을 놓지 않고 감시, 경계, 그물빗장수비를 견고하게 다진다는 결의에 결의를 다짐한다.
 "자, 여러분 한 잔 더 하시고요. 그 자식이 또 나타날 것 같진 않지만 혹시 또 모르니 방심하지 말고 더 바짝 집중해서 우리 회사의 꽃 중의 꽃, 정비희 직원을 영원히 지켜냅시다. 우리의 사랑, 우리의 영원한 호프, 정비희 직원을 위하여… 크게 파이팅을 외칩시다."
 "우리 예쁜 비희를 위하여…."
 "위하여, 위하여, 위하여, 우리의 영원한 애인 비희를 위하여…."
 이들 남자 직장동료들은 그녀를 위한 그녀만을 위한 정말 뜨거운 파티였다. 이들의 회식의 의미는 그 스토커를 완전히 몰아낸 것에 대한 자축의 의미와 하나 더 있다면 혹시 모를 급습에 더 강한 경계를 이어 간다는 두 가지의 의미가 포함되어 있는 것이었다.
 이들 직장동료들은 여느 때와 같이 회식, 소주, 맥주, 삼겹살을 먹으면 2차로 노래방을 간다. 오늘도 예외는 아니었다. 2차가 끝나고 다 각자 갈 길을 갔다.
 오늘은 전속 경호원인 이 팀장이 그녀를 원룸까지 바래다주고 돌아갔다. 이 팀장이 오늘은 원룸에서 그녀와 관계를 맺지 않은 까닭은 술을 너무 많이 먹어 그러기엔 지장이 많아서 그랬다.

광준은 이날, 이들 직장동료들에게 그녀에 대한 공세를 접는다는 뜻을 밝히고 마지막 멘트를 남기고 돌아서서 그 뒤로 며칠간 그녀를 마음속에서 잊으려고 부단히 노력을 하였다.

직장동료들은 이날, 이후로도 그녀의 출퇴근 시 또 그가 나타날 수도 있다는 경계심을 늦추지 않으며 다 함께 그녀의 집, 원룸에서부터 회사까지 마치 이탈리아 축구를 보는 듯한 그야말로 빗장수비를 견고하게 치고 경호벽을 단단하게 쌓는다.

다음 날, 아침저녁으로 위와 같이 했는데 이들이 우려했던 일은 발생하진 않았다. 한 주 동안 내내, 부장, 팀장, 대리, 계장, 주임. 5인은 하루에 2명씩 한 조가 되어 화요일부터 금요일까지 그렇게 했다.

아무런 급습의 조짐은 보이지 않았다. 그러자 그 스토커가 이젠 완전히 체념한 게 아닐까 하는 판단을 조심스럽게 점쳐 본다.

다음 주도 하루에 2명씩 한 조가 되어 철옹성 경호를 이어간다는 것에 대해선 그 누구도 이견이 없다.

그만큼 서로서로 그녀를 좋아하면서 꽃 중의 꽃이라고 생각한다.

광준은 그녀를 따라다니지 않은지 며칠이 지나 주말을 맞았는데 시간이 약이라고 저절로 잊힐 줄 알았는데 좀처럼 그렇지 않았다.

잊는다는 것도 엄청난 노력과 집념이 필요하다는 것을 느꼈다. 술 담배 끊는 것 그 이상으로 어렵다는 것을 실감한다. 방 안에 그냥 가만히 앉아 있으면 더욱더 잊히지 않고 그녀에 대한 잡념의 그림자가 엄습하기만 하였다.

그렇다면 몸을 이리저리 움직이며 땀을 빼면 좀 나아지리라 생각도 든다. 그래서 운동복을 갈아입고 밖으로 나가 실개천 산책로 따라 광교산 입구까지 뛰어간다.

연무동을 지나 광교산 입구까지 뛰어갔다.

산 입구로 가는 실개천은 고풍스럽고 그윽한 분위기가 물씬 풍겼다. 개천 위에 가지런히 서 있는 버드나무들…. 지금은 매우 추운 1월이라 버드나무들이 활개를 칠 수는 없으리라!

그는 광교산 입구까지 갔다가 오는 길에 그녀를 잊어버릴 수 있는 것은 막걸리 한 병이라고 생각하여 연무동 쪽 주막집으로 들어가 막걸리를 한 병 주문하여 확 마셔버린다. 먹다 보니 조금 부족한 것 같아 한 병 더 주문하여 확 마셔 버렸다.

두 병을 마시니 조금 마신 것 같고 이젠 됐다고 생각이 들어 그만 나와서 돌아왔다.

어떤 대상을 잊기 위해 이렇게 몸을 이리저리 움직인 것까진 좋았는데 술도 먹고 달리기도 하고 걷기도 했지만 그런다고 잊히는 게 아니라 더 생각이 많이 난다는 게 문제가 된다.

심각한 문제가 아닐 수가 없다. 원래 어떤 사물이든 사람이든 그 무엇이든 자꾸 그리워하다 보면 방 안에 가만히 있어도 골치 아프고 밖으로 나가 이렇듯 막 움직이고 술을 먹어도 마찬가지이다.

이럴 땐, 이를 악물고 더 많은 세월을 버텨 내면 되는데 그게 말처럼 그리 쉬우면 누가 인생을 고해라고 했을까? 그 고해에서 벗어나는 유일한 길은 하나 있다.

이 세상 모든 사물이든 사람이든지 그냥 허공에 떠 있는 낙엽이라고 생각하면 된다.

그런데 그는 그 여자를 낙엽이라고 생각하지 않고 온통 그 대상에게 홀려 있다. 그 대상은 자신이 다니는 회사의 많은 직장동료들과 시도 때도 없이 진한 애정을 나누고 있고 또 그는 그런 장면을 수도 없이 목격했으면서도 그녀에게 너무 달아오르게 홀려 있다 보니 눈앞에 보이는 게 다 그녀의 그림자로만 보일 뿐이다.

어쨌든 돌아오는 길에 막걸리를 두 병이나 마셨으니 취하긴 취했다. 그런 상태로 걸어오는데 문득 머릿속을 스친 것은 자기 자신이 너무 미온적이지 않았나! 그녀에 대한 공세가 말이다. 이쯤하면 뭔가 목숨을 걸 필요가 있지 않나! 죽을 각오로 임해야 되는 게 아닌가! 하는 또다시 망상이 드리워지고 있었다.

또 이런 잡음이 들어오기 시작하였다. 망상일까! 허욕일까! 망령일까! 객기인가? 만용인가? 용기인가? 멋진 사나이인가? 진짜 사나이인가? 범죄인가? 한시도 마음이 편치 않다. 광준은 그렇게 주말을 보내고 일요일이 되자 이번엔 광교산을 오르고 있다.

연 이틀 걷는 것이다. 한겨울이지만 높은 산을 오르면 잡념은 조금은 사라질 수도 있으리라! 모처럼 등산을 하니 다소 마음은 상쾌해짐을 느꼈지만 그녀를 못 잊어 그리워하는 마음은 가슴에 그대로 남아 있었다.

산을 오를 땐 왼편 오른편으로 보이는 소나무들이 모두 다 그녀로 보일 정도였으니 말이다. 결국 그렇다면 더 못 참고 내일 또다시 일주일 만에 그녀가 다니는 회사에 가게 되는 것인가?

무작정 가기만 한다고 무슨 특별한 실속도 없지 않은가? 가봐야 번번이 그들 남자 직장상사와 동료들의 빗장수비에 걸리지 않겠는가?

그래도 속이 멍드는 것보단 차라리 가는 게 낫지 않겠는가? 생각해 본다. 그리고 지난번에 그가 그렸던 그 기습번트라는 것의 구체적인 방안은 어떻게 되는 것인가?

그가 생각하는 그런 무모한 행동은 정도를 넘는 일이니 자제하는 것이 현명하다.

그의 심리는 간단하다.

당신이 그녀를 생각하는 마음이 사랑이라고 생각하는가?

만약 그렇다면 어느 정도까지 사랑하는가? 즉, 진정성을 말하는 것이다.

욕구충족수단, 말동무 수준, 한평생 책임지는 책임감, 그 무엇인가?

당신은 올 초 그녀가 출근하는 지점, 화성행궁 정류장에서 처음으로 보고 첫눈에 반했다고 하는데 그 반했다는 뜻이 어떤 정신적인 부분은 아니지 않은가?

위의 그것은 그저 외형적인 느낌, 몸에 풍기는 이미지를 보고 그러는 게 아닌가?

사랑, 사랑하는데 당신이 지금 외치는 그것에 빠졌다는 것은 온전한 사랑, 진정한 사랑은 아닌 것 같다.

궁극엔 정욕이라고 봐야겠다. 물론 사랑을 정욕이라고 말하는 사람들도 굉장히 많긴 하다. 혼용되기도 하고, 구분하기가 어렵기도 하다.

그 무엇보다 핵심은 그녀의 판단, 선택이 중요하기 때문이다.

이런 여러 가지 결함을 지닌 채 그는 또다시 월요일 그녀가 출근하는 날에 저녁 시간을 기해 회사 정문으로 가려고 한다.

끝이 없는 사랑을 향해 내달리는 걷잡을 수 없는 남자였다. 한편 그즈음 그녀의 여동생 라희는 언니가 방을 얻어 나간 지 오랜 시간이 지났는데도 전화가 없자 자신이 먼저 전화를 넣는다.

뚜르르르르 신호가 가자 받는다.

"그래 라희야, 잘 있었니?"

"그렇지 언니, 왜 근데 회사 근처로 방을 얻어 나간 후로 연락이 안 돼?"

"음, 골치 아픈 일들이 조금 있어서…."

"아니 언니 골치 아픈 일이 뭐야? 혹시 그때 그 건달 새끼 때문에…. 그놈을 어디서 또 부딪쳤어? 말만 해! 내가 그 새끼를 죽여버릴 테니까!"

그녀는 저번에 동생 라희가 그 낯선 남자를 니킥으로 때려 실신을 시킨 이후로도 그가 줄곧 며칠간이나 회사에까지 찾아왔었다는 사실은 동생에겐 말하고 싶지 않았다. 왜냐하면 동생은 보통 남자들보다 더 우발적이고 거친 성격이라 위험한 응징의 행동을 할 수 있기 때문이다.

그러나 언니는 계속되는 동생의 집요한 질문에 그만 사실 그대로 말하고 말았다.

"아아, 말이야, 그때 그 자식이 너한테 니킥 맞고 쓰러졌던 날, 다음 날 아침 출근하는데 그놈이 또 나타나서 글쎄 갑자기 내 입술을… 으윽흑… 내 입술을…."

"그래 언니, 언니의 입술을 어떻게 했다고…?"

"도둑맞았어! 성추행이지."

라희는 깜짝 놀라며 크게 소리를 지른다. "뭐야? 그, 그 새끼가 언니의 입술을 훔쳐?"

"그래서 그날 내가 얼른 우리 회사 근처로 방을 얻었던 거야!"

"뭐야 그랬단 말이야? 그 자식을 가만두면 안 되겠는데?"

"야 라희야, 근데 그렇긴 그래도 난 그렇게 뺏긴 그 기분이 그렇게 나쁘진 않았어! 지금 뭐가 뭔지 모르겠다고."

"아니 언니, 지금 언니의 그 말은 또 뭐야? 지금 뭐 하자는 거야?"
"······."

지금 이랬다저랬다 하는 언니에 대해 동생은 이상한 생각도 들었지만 어쨌든 화가 치밀어 오르기 시작하였다. 그러면서 온몸에 혈압이 오르며 식은땀이 나기도 했다. 손과 발이 부들부들 떨렸다.

"근데 그 후로 어떻게 회사를 알아냈는지 계속 회사 정문에서 날 괴롭혔지! 그렇긴 한데 그래도 내가 그 스토커를 볼 때 그 남자는 내 100% 이상형이라 보면 볼 때마다 내 가슴은 콩닥콩닥 뛰기도 해! 나도 그 남잘 좋아하고 너무 내 마음에 들어. 보면 가슴이 설레어 막 두근두근거리기도 하지!"

"아니 언니 그게 뭐야? 지금 장난하는 거야? 뭐야? 뭐 이런 게 있어 횡설수설하는 것 같아!"

"아니 그렇지만 결론은 누군지 몰라 두렵단 거지!"

"언니, 언니는 너무 이상한 것 같다. 누군지 모르든 알든 언니가 그렇게 그 누군지 모르는 스토커를 보고 마음에 들면 그 남자에 대해 알려고 하면 되잖아? 언니가 먼저 그 남자에게 다가가 말을 걸어보면 되지! 그러다 보면 그 사람이 누구인지 뭔지 알게 될 테고… 뭐! 다른 사람들은 별거 있어? 처음엔 다 모르다가 조금씩 대화를 하면서 알게 되는 거지 뭐! 언니는 너무 예민한 것 같기도 해! 다 각자 성격이라 내가 뭐라고 하긴 좀 그렇긴 하지만 말이야! 에잇! 난 모르겠다. 언니가 알아서 하라고…."

라희는 언니와 전화 통화 도중 갑자기 너무 갑갑하여 피가 거꾸로 솟는 느낌이 들었다. "야 라희야 그래도 그게 그렇게 쉬운 건 아니다. 이름도 모르고 뭐 하는지 아무것도 모르는 사람인데? 회사에 쳐들어와 깽판

치는 걸 보면 건달 같기도 하고."

말을 가로챈다. "아니 언니 그럼 그 사실을 내게 빨리 알렸어야지? 아니면 경찰에 신고하든가? 그럼 내가 얼른 쳐들어가 완전 박살을 내버렸을 텐데 말이야! 그런 새끼는."

"아니 널 신경 쓰이게 하지 않으려고 그랬던 거야! 그래도 우리 회사에 직장상사분들이 계셔서 그분들이 혼연일체 똘똘 뭉쳐서 위기 때마다 날 구해 주셨어. 그래서 요즘은 그놈이 나타나질 않아."

"와아, 천만다행이다. 그분들이 정말 너무너무 고마운 분들이고 은인들이네!"

"그렇지."

"휴우~~"

동생은 요즘은 그놈이 나타나지 않는다는 언니의 그 말에 안도의 한숨을 깊게 내쉬고 전화를 끊는다.

"그래 언니, 그럼 다음에 전화하자고…."

"알았어."

언니 비희와 동생 라희 간의 오랜만의 전화 통화였다. 어쨌든 비희로서는 최근 며칠 간 그 낯선 남자가 회사 정문 쪽으로 오지 않았으니 완전히 포기한 것으로 판단하고 있다. 그래서 어느 정도 홀가분한 기분에 동생과 통화를 할 수 있었다.

하지만, 지금 통화 중 그때 그 낯선 남자에게 기습적으로 입술을 뺏기고 그녀가 그날 저녁에 원룸을 얻어 나가게 된 대목에 있어 그 방은 회사 사장이 얻어준 부분은 함구했다.

라희는 언니가 다니는 회사의 직장상사분들이 스토커로부터 경호, 보호 조치를 취해 주어 안전해졌다는 말에 감격하여 자신이 언제 시간을 내어 그들에게 회식 같은 답례를 해야겠다고 마음을 먹는다.

그녀는 동생과 통화를 마치고 방에서 TV를 보다가 깊은 잠이 들었는데 그 사이 그 낯선 스토커가 바로 다음 날 회사에 또 나타났는데 어떻게 무슨 대화를 나누다가 서로 호감을 갖게 되어 정식으로 교제하는 스토리의 꿈을 꾸게 된다.

꿈속에서 바다열차를 타고 어디론가 멀리 떠난 후 배를 타고 이름 모를 섬으로 갔는데 그곳에 있는 호텔을 구해 들어가 서로는 아주 뜨겁고 불타는 관계를 이루던 중, 갑자기 꿈에서 깨나버리는 순간 눈을 번쩍 떠 보니 또 한 주가 시작되는 월요일 아침이 되어 있었다.

그녀는 깜짝 놀라 좌우를 살펴보니 원룸이었다. 꿈치고는 너무너무 리얼하고 생시 같았다. 이상하다는 생각만 든다. '그래도 꿈은 꿈이지 뭐!'라고 생각하고 훌훌 털고 일어나 씻고 먹고 있는 중 어디선가 전화가 온다. 자신의 전속 경호원인 이선구 팀장이었다.

"주말 잘 지냈니? 비희야?"

"그래요."

"내가 거기 갈게 기다려. 회사까지 경호 업무를 해야지!"

회사와 원룸 거리로 얼마 떨어지지 않은 곳인데도 이 팀장은 공 사장으로부터 특수중요 직책을 부여받았기에 그래도 혹시 모를 광란의 무법 스토커를 철벽수비하기 위해 출근 시간에 맞춰서 온다. 이 팀장은 그녀의 손을 꼭 붙잡고 회사로 출근했다.

광준은 요즘 며칠 간 그녀를 따라다니는 일을 중단했지만 다시 아침 7시에 정천제약 통근버스가 오는 지점으로 나가 본다.

그는 막상 나가더라도 무슨 말을 못 할 수도 있으리라. 물론 무슨 말을 할 수도 있다.

그저 그녀의 모습이 보고 싶어져서 그러는 것일 수도 있다.

그래서 예전에 그랬듯이 나가보았다. 그런데 보이지 않았다. 자신을 피해서 다른 지점에서 통근버스를 타는가 보다 하고 추측하게 된다.

사실은 이미 예전에 이곳 화성행궁 주변 행궁동에서 봉담읍으로 원룸을 얻어 피했는데 말이다.

그는 무슨 말은 하지 않더라도 모습만이라도 보려고 했지만 여의치 않자 그냥 돌아섰다. 정천제약의 직원들은 이쯤 됐으면 그 광란의 무법스토커는 더 이상 이곳에 나타날 가능성은 없다고 봐야 하지 않을까 생각한다.

이 회사의 직장동료들은 신났다. 그 암적 존재가 나타나지 않으니까 말이다. 그래야 자신들이 자유자재로 그녀를 가지고 놀 수 있기 때문이다.

이윽고 저녁 6시가 넘어 퇴근하는 시간이다.

이들은 오늘은 이 팀장과 김 대리가 한 조가 되어 그녀를 원룸까지 바래다주기로 하였다.

그 두 사람이 그녀의 손을 잡고 회사 정문을 나오고 있었는데 그곳에서 약 10미터쯤 떨어진 곳에 이들이 말하는 무법스토커가 와서 서 있었다.

김 대리가 먼저 그를 확인하고 재빨리 이 팀장에게 손짓을 했다. 그러자 이 팀장은 놀란 표정으로 얼른 비희의 허리를 잡고 벽 뒤로 숨겼다.

그러면서 그녀의 귓속에 대고 아주 작은 소리로 소곤거린다.

"야, 비희야 저기 저기에 그 그 그 건달새끼가 또 와 있어. 다른 곳으로 얼른 피해야 할 것 같다. 어휴~~ 저런 개새끼가."

"아 네, 그래요. 팀장님 우리 회사 휴게실로 다시 들어가서 저 인간의 상황을 지켜보자고요. 그게 낫겠죠?"

"그래 그러자고."

이 팀장, 김 대리, 비희는 스토커를 피해 재빨리 몸을 감추고 뒤로 돌아서서 회사휴게실로 들어가 버렸다.

광준은 정문 밖에 서 있었는데 순간 다른 곳을 바라보는 상황이었기에 그 세 사람들을 보지 못했다.

3명은 들어가 굉장히 어이없다는 반응을 보이며 다른 직원들을 또 부르기로 하였다.

김 대리가 부장, 계장, 주임에게 응급 요청 전화를 넣는다.

 # 8. 직장동료의 늪

그러자 그들은 한참 퇴근하다가 다시 돌아서 온다. 시간은 저녁 7시가 다 되고 있다. 결국 다시 회사 휴게실에 모인 직장동료들은 설마 했건만 우려했던 일이 터졌다고 한결같이 입을 모았다.

여기서 이들이 그때처럼 칭하는 무법스토커에게 달려가 집단으로 구타를 가하지 않는 이유는 그런다고 근본적인 문제가 해결되는 게 아닌 것을 실감하기 때문이다.

비희는 문득 어젯밤 그 꿈에서 저 무법자와 자신이 애인이 되어 바다 열차를 타고 어디로 가다가 배를 타고 무슨 섬으로 간 후, 호텔로 들어가 사랑을 나누는 스토리가 머릿속을 스친다.

저 인간이 한동안 잠잠해서 그 꿈이 너무 이상하다고 느꼈는데 어떻게 너무 공교롭게도 그런 꿈을 꾸게 되니까, 오늘 이 시간에 저 인간이 이곳에 나타났는지!

기이하고도 신기하다는 느낌이 세게 드는 마음을 도저히 지울 길이 없다. 원래 꿈이라는 것은 미래를 어느 정도 예견한다고도 하지만 그게 정말 그럴 것인가!

그 꿈대로 되는 것은 그녀가 그에게 쓰러진다는 것을 의미하는 것인데….

그녀는 또 어젯밤 잠들기 전에 동생 라희와 통화한 내용도 동시에 떠올랐다. 라희는 언니에게 그 무법자로부터 위험상황이 벌어지면 얼른 자신에게 구원 요청을 하라고 하였다.

비희는 그런 의미를 떠나서 일단은 답답한 마음에 동생에게 전화를 넣는다. 신호가 가자 동생이 받는다.

"아! 언니 무슨 일인데?"

"어! 지금 우리 회사 앞 정문에 그 인간이 와 있어. 그래서 지금 우리 회사 상사분들과 휴게실에서 대책을 의논 중이야, 이걸 어떻게 하지?"

"뭐야, 그 개자식이 또 왔단 말이야? 그래 알았어. 내가 달려갈 테니까, 그곳에 가만히 있어."

동생은 언니의 전화를 받고 무에타이 훈련을 잠시 멈추고 얼른 도로로 나와 택시를 잡아타고 화성시 매송면 정천제약으로 달려간다.

라희는 한국격투대학교를 다음 달에 졸업할 예정이다. 그리고 무엇보다 무에타이 전국대회는 거의 다 휩쓸었다. 엄청 강력하다.

특히 손으로 상대의 뒷목을 잡고 무릎으로 옆구리나 얼굴 부위를 가격하는 기술은 전매특허이자 필살기이다. 바로 넥클린치 니킥이다. 이 공격에 모든 상대들은 심한 통증을 느끼고 바로 실신당해 버린다. 이달 언니가 퇴근길에 그 무법자가 나타나 시비가 붙었을 때 동생이 나타나 바로 그 기술로 5초 이내에 완전히 KO를 시킨 일이 있다.

동생은 30분 만에 정천제약에 도착했다. 시간은 저녁 7시 30분이었다. 그런데 동생이 여기 오기 전에 그 무법자는 비희를 기다리다 지쳐서 그의 차 썩은 모닝을 타고 떠나 버렸다.

동생이 회사 정문에 들어와 언니에게 전화를 넣는다.

"아! 나야 여기 언니의 회사에 도착했는데…."

"어! 그래 그럼 거기 수위실에 들어가 경비 아저씨에게 날 찾아왔다고 내 이름을 말하고 휴게실 위치를 알려달라고 해. 그렇게 찾아와."

"알았어."

동생은 정문에 보이는 수위실에 들어가 언니 이름을 대고 휴게실을 알려달라고 하자 경비는 그곳의 위치를 안내했다. 휴게실은 정면에 보이는 건물 2층에 있다.

동생은 그곳으로 뛰어올라가 황급히 문을 연다.

"아니 언니 어떻게 된 거야? 그 개자식은 어디에 있어? 내가 무릎으로 부숴 버리게 이 무릎으로 말이야! 어디야?"

"어어어, 저기 저기 정문 밖에 서 있는데 혹시 들어오다가 못 봤어?"

"뭐야! 정문 밖에 있다고? 내가 얼른 가서 내 무릎으로 팍팍 찍어 버려야지! 에잇."

비희는 이 말에 몹시 당황스러웠다. 그래서 일단은 동생을 진정시켰다.

"아니야 라희야, 너무 그렇게 서두르지 말고 일단은 침착하게 대응하자고…. 그냥 막 공격하는 것보단 여기 계신 직장상사분들과 같이 밖에 나가 보자고…."

"아아, 그래 아! 맞다. 여기 선생님들이 어제 언니가 얘기한 그 개자식을 막아 줬던 그 은인들이시지? 아! 선생님 너무너무 고맙고 감사드려요. 저희 언니를 위기에서 구해 주셔서…. 눈물이 납니다."

"아니 아닙니다. 우리 정비희 직원의 동생이군요? 역시 언니를 생각하는 마음이 대단하군요. 너무 보기 좋습니다. 하하하."

이들 직장동료들 중, 김 대리 같은 경우는 지난번 그 무법스토커가 화성행궁 다리 위에서 추근거렸을 때 가로막으려다 실랑이가 있었고 그 후 비희의 동생, 라희가 나타나 무법자를 난타하는 장면을 익히 보았었다.

지금 이 순간 동생이 말하는 그 응징이 그리 가볍게 느껴지지 않는다. 사실 그때도 김 대리가 그 무법스토커에게 얻어맞고 쓰러진 채 파운딩을 당할 때 라희가 나타나 구출했었다.

김 대리는 자리에서 벌떡 일어나 라희에게 걸어가 그때 그 구출에 대해 고마움을 표한다.

"아아, 우리 비희 씨 동생이지요? 그날 다리 위에서 나를 구해 줘서 고마워요."

"아니 아닙니다. 그날은 선생님이 저희 언니를 구하려다가 벌어진 일이었고 그 당시에 제가 더 선생님께 고맙고 미안하기도 합니다."

김 대리와 라희는 그날 그때 일에 대해 덕담을 나누었다. 이 옆에 있는 부장부터 주임까지도 비희에게서 동생의 무에타이 실력이 엄청나게 뛰어나다는 말은 많이 들어 인식은 하고 있었다.

다음은 이곳에 모인 이들은 지금 이 시간 정문 밖에 무법스토커가 계속 있을지도 모른다는 생각에 나가 보기로 하였다.

이들은 조심스럽게 나간 뒤, 정문 밖을 바라본다. 하지만, 무법스토커는 보이지 않았다. "갔구나!" 생각하고 다시 휴게실로 돌아와 대책 회의를 갖는다.

다시 돌아와 이들은 음료수 자판기에서 음료수를 하나씩 빼서 마신다. "자! 여러분 한동안 잠잠했던 놈이 오늘 또 나타났는데…. 좀 더 구체적으로 저놈을 완벽하게 따돌릴 수 있는 방안을 한 분씩 말씀해 주십시오."

먼저 김 대리가 제안했다.

부장, 팀장, 계장, 주임, 비희, 라희는 획기적인 이렇다 할 대안을 내놓지 못하고 침묵만을 유지하고 있었다. 그 침묵을 깨고 라희가 먼저 말을 꺼낸다.

"내일이라도 또 그 새끼가 여기에 오면 제가 기다리고 있다가 그 자식을 아예 못 걸어 다니게 뼈를 부러뜨려 버리겠습니다."

그녀는 자신의 무에타이 실력을 과신하듯 매우 호기롭게 자신감을 드러냈다. 그러자 직장동료들은 이젠 그런 물리적인 가격은 부작용도 많고 위험하니 지양하고 다른 감쪽같은 완벽한 방법을 찾기를 희망하는 쪽이었다.

"아아, 라희 씨 언니를 위한 동생의 그 마음은 잘 압니다. 또 동생이 무에타이 실력이 출중하고 위력이 대단하니 그러는 것 같은데 그리 현실적인 대안은 아닙니다. 하지만 우리도 지난번에 합심하여 그런 방법을 써 보았지만 더 이상 오지 않을 거라 생각했지만, 오늘처럼 그놈이 또 나타나지 않았겠어요? 그보다는 아예 빼도 박도 못하게 심리적으로나 정신적으로 꽉 옭아매는 방법과 절차를 짜내 보기로 합시다."

"부장님 말씀이 맞는 것 같습니다. 라희 씨 정신적 압박이 더 주효합니다. 경찰 같은 공권력은 출동해봤자 술에 술 탄 듯 물에 물 탄 듯하다가 대충대충 조사하다가 제대로 해결도 못 하고 끝나버리더군요. 이 나라는 법이 너무 형편없습니다. 에잇!"

부장, 계장은 힘과 혈기만으로 상대를 찍어 누르려는 라희를 다독였다. 이렇듯 이렇다 할, 그를 수렁에 빠뜨릴 전법을 내놓지 못하고 시간이 흐르던 중, 김 대리가 자신의 무릎을 딱 치며 매우 환한 표정으로 말을 꺼낸다.

"아아, 말이죠. 이런 방법은 어떨까요? 제가 사는 행궁동에 아는 젊은 여자들이 3명 있는데 그들을 잘 포섭하여 그놈에게 접근하게 하는 것이지요. 즉, 미인계를 써서 그놈을 아주 혼동스럽게 혼란스럽게 만드는 것입니다. 그러면 그 자식이 많이 흔들려 그 3명의 여자에게 넘어갈 수도 있겠지요. 이렇게 예로 야구에서 말하는 유인구, 포크볼을 던지는 것이죠. 분명 흔들려 맥없이 헛스윙을 할 겁니다. 우후후후."

이 말을 듣던 다른 이들은 순간 얼굴이 확 펴며 멋진 아이디어를 만난 듯, 환호성을 터뜨리는 표정이다.

"아아아, 역시 우리 김 대리는 지혜가 뛰어나고 선견지명과 인품이 훌륭하지!"

"근데 그 전에 그놈은 행궁동에 사는지 아니면 다른 동에 사는지 모르지만 그 자식의 집 위치를 알아둬야겠지요. 그래야 제가 아는 여자들에게 그놈의 집 앞에 매일 찾아가 접근을 하여 혼미한 상태를 만들라고 부탁을 하지요. 내일이라도 그놈이 여기에 오면 그 뒤를 밟아 역추적하여 알아내면 될 것 같습니다."

"야아! 정말 우리 김 대리는 이런 회사에서 근무하는 게 너무 아까워! 강력계 수사반장을 했어야 돼! 크크."

"아이 부장님이 저를 너무 그렇게 띄워 주시니 이거 너무 흥분되어 몸 둘 바를 모르겠습니다. 우하하하."

이들은 지금 밤 8시 정천제약 휴게실에서 광준의 집을 알아내어 미인계를 이용하여 그를 완전히 정신적으로 블랙홀에 빠뜨려 더 이상 비희에게 마음이 생기지 않게 외통수를 걸어 들어가고 있었다.

이들은 오늘은 김 대리가 너무 탁월한 외통수를 찾아낸 것에 대해 기념으로 또 일제히 소주, 맥주, 삼겹살을 먹으러 간다. 기분 좋으면 좋은 대로 술을 먹고, 기분 나쁘면 나쁜 대로 술을 먹는다.
  직장동료 5인, 비희, 라희, 다 하여 7인은 숯불갈빗집으로 향했다. 이들은 신나게 소주, 맥주, 삼겹살을 먹었다. 김 대리의 야구에서 말하는 유인구 포크볼 외통수가 너무 절묘하다는 것이었다. 이들은 얼마나 비희를 보호하는 건지, 아니면 자기들만의 전유물로 여겨서 그러는 건지 모르겠지만 겉으로 누구를 위한다는 명분이 사실 속으론 자신들의 잇속을 챙기는 경우가 너무 많다.
  핵심사항은 그 무법스토커가 비희에게 했던 대로 똑같이 추근거렸던 행동을 그대로 김 대리가 알고 있는 3명의 여자들이 무법스토커에게 하는 것을 골자로 한다.
  소주가 어느 정도 알딸딸하게 들어가니 김 대리는 그 전법에 대한 구체적인 방안을 내놓는다.
  "아아, 말이죠. 제가 아는 여자들에게 사실 그 여자들도 어떻게 보면 인위적으로 고용된 알바가 아니겠습니까? 그러니 그 알바비용은 우리가 서로 조금씩 거둬서 해결해야겠지요. 제가 다 부담하는 것은 너무 부담스럽잖아요. 그 여자들이 그 무법자에게 하루에 한 시간씩 접근하는 것이라면 그래도 그것에 맞는 일당은 지급해야겠지요."
  "아아, 그럼요. 당연하지요. 김 대리의 말대로 해야지요. 우리 정천제약의 직장동료들이 단합하여 담뱃값이라도 아끼는 그런 마음으로 돈을 거둬서 그 여자 알바들 3명에게 지급해야 합니다. 우하하하."
  "맞습니다. 팀장님 푸하하하."

"네네, 그렇겠지요."

이들은 술을 먹어가며 마음이 일심동체가 되어 간다. 그만큼 이런 일에 쓰는 돈은 절대 아끼지 않겠다는 것이었다. 시간이 많이 지나자 이들은 각자 집으로 귀가했다.

예전의 회식 때 같으면 노래방도 가고 하겠지만 오늘은 비희 동생 라희가 와 있지 않은가! 그래서 무척 점잖은 척하려고 그냥 각자 집으로 향하는 것이었다.

라희는 언니 비희의 원룸이 어디에 있는지 가 보고 싶었지만 언니는 다음 기회에 오라고 말하였다.

라희는 "알겠어."라고 말하고 그냥 택시를 잡아타고 수원 행궁동으로 갔다.

이윽고 날이 밝자 어젯밤 회식 때 김 대리가 말했던 그대로 그는 행궁동에 사는 아는 3명의 여자들에게 전화를 넣는다. 그리고 김 대리는 부장, 팀장, 계장, 주임에게 혹시 오늘 저녁 퇴근 시간에 그놈이 오거든 잠시 피했다가 그 뒤를 밟아 집 위치를 알아 놓으라고 당부한다. 그 후, 3명의 여자들과 전화 통화가 이뤄졌다.

"안녕하세요. 저, 김양식이라고 합니다. 오늘 한번 만날 수 있을까요? 꼭 할 말이 있는데요. 이따가 저녁 때 우리 동네에 있는 라라카페에서 8시에 만납시다."

"아 네, 그러세요."

김양식 대리는 자신이 살고 있는 행궁동에 아는 여자들에게 퇴근한 후 만났다. 그 여자들은 이미 그 전에 와 있었다.

"오우, 안녕하세요. 먼저 와 계셨군요."

"오호호호, 그렇습니다. 어서 오세요. 오라버님, 이히히히."

"우하하하. 이렇게 여러 꽃들을 보니 너무 내 기분이 좋아!"

김 대리와 여자들은 아메리카노를 주문하여 천천히 마신다. 그러다가 서서히 그가 말을 꺼낸다.

"아아, 다름이 아니라 내가 여러분을 만나려고 한 이유는 한 가지 부탁이 있어서 그렇습니다."

"오호호호. 그 부탁이 뭔데요? 오라버님?"

"아아, 일단 아메리카노나 다 마시고…."

그는 뜨거운 그 커피는 다 마신 후 핵심을 말하기 시작하였다. "아아, 말이죠. 우리가 남입니까? 다 아는 사인데…! 다름이 아니라 좀 어려운 알바 좀 해 주셔야겠는데요. 그것은 바로 앞에 계신 분들이 우리 행궁동에 사는지 어디에 사는지 모르지만 대충 이 주변 어디에 사는 것 같은데 한 남자 놈에게 일종의 좋아한다고 프러포즈를, 즉 접근을 좀 해 주셔야겠어요."

이 말에 그녀들은 깜짝 놀라며 몹시 어리둥절한 표정으로 변한다. 굳어진 얼굴로 "아니, 어떻게 그런 일을 다 해요? 그건 말도 안 돼! 으으으윽흑."이라며 굉장히 황당하다는 반응을 보인다.

"아아, 뭐! 조금 힘들어도 좀 해 주셔야 돼서 그만 저도 솔직히 이 문제로 괴롭습니다. 에잇 그거 참!"

그녀들은 고개를 옆으로 절레절레 흔들며 말도 안 된다는 반응과 매우 불쾌한 기분으로 빠져든다.

"아니 그게 무슨 말씀이세요? 어떻게 저희가 누군지도 모르는 남자에게 접근을 해요? 좀 이상하군요. 그런데 도대체 왜 그러시는 거예요?"

"아! 뭐, 이상하게 생각하실 것 없습니다. 지금부터 자세히 설명을 드리지요. 우리 회사에 한 여직원이 있는데 지금 얘기한 그 남자가 계속 못살게 굽니다. 집요하게 따라다니기도 하고요. 그래서 우리 회사 여직원은 지금 노이로제에 걸려 있을 정도입니다. 그래서 내가 직장상사이자 직장동료로서 옆에서 보기가 너무 안쓰럽고 마음이 아픕니다. 그래서 더 이상 도저히 그 꼴을 보지 못하겠습니다. 그래서 이렇게 여러분에게 부탁 드립니다. 미인계를 쓰려고 그러는 겁니다. 여러분들은 미모가 너무 빼어나시니까 그 남자 놈에게 접근하면 그놈이 아마 엄청 흔들릴 겁니다. 그놈의 정신을 혼란스럽게 하는 것이지요. 그렇게 되면 우리 회사의 직원에게 추근거리는 현상이 많이 와해가 될 것으로 보입니다. 그렇게라도 할 수밖에 없는 나의 심정을 이해해 주시기 바랍니다."

"아니, 근데 대충 무슨 뜻인지 알겠지만 그런 경우엔 스토커로 경찰에 신고하는 게 낫지 않아요? 그럼 제재하지 않겠어요?"

"아 네, 예전에 그랬는데 경찰들은 그냥 흐지부지하다가 그냥 넘어가 버립니다. 근본 대책은 아닌 것 같습니다."

"어어 그게 그래요. 그런데 그러다가 그 남자가 정말 우리를 보고 좋아하게 되어 또 역으로 우릴 집요하게 따라다닐 수도 있지 않겠어요? 그럼 어떻게 하죠? 그럼 우리가 진짜 골치가 아프잖아요?"

그녀들은 이러한 의문을 한번 제기해 본다. 김 대리에게 그런 의뢰를 받고 있는 3명의 여자들은 이렇다.

우선 김희나이다. 희나는 매향동에서 미용실을 하고 있고 나이는 28세이다. 다음으로 차희영이다. 희영은 장안동에서 살고 있고 구청 직원이고 나이는 29세이다. 끝으로 최숙비이다. 숙비는 남창동에 살고 있고 법원 직원이며 나이는 30세이다. 숙비의 미래의 꿈은 구청장 선거에 출마하는 것이다.

이 여자들은 김 대리의 와이프와 아는 사람들이다. 그녀들은 처음으로 이런 특이한 의뢰를 받자 불쾌감과 얼떨떨하고 당황스러운 심정을 가눌 길이 없었다.

"글쎄요. 선생님 그런 부탁은 너무 난감합니다. 어려울 것 같습니다. 괜히 그러다가 우리가 이상한 여자로 몰릴 수도 있고 또 그 남자새끼가 죽자 살자 좋다고 우릴 따라붙으면 그땐 그 새끼를 떼어내기도 까다롭죠. 길에서 보게 되면 안 좋지요. 보통 일이 아닌 것 같네요. 알바치곤 너무너무 힘든 알바네요. 차라리 어디 가서 중노동하는 게 낫겠어요. 그것보다 더 몇백 배 힘든 일입니다."

그녀들은 다들 거부의 뜻을 분명히 밝혔다.

"아 예, 만약에 그런 일이 생기면 재빨리 피하고 얼른 내게 연락을 주세요. 그러면 네가 또 다른 제3의 여자들을 포섭하여 그놈을 따라다니게 할 테니까, 그럼 그놈도 또 혼란스러워질 거예요. 그때 얼른 확 빠져나오세요. 치고 빠져나오기 전법입니다."

"어어, 그렇다면 저희들을 대체하는 제3의 여자들을 또 기용하겠다는 거네요."

"맞습니다. 그리고 내가 여러분에게 적지 않은 알바비를 지급할 거니까! 그리고 또 성과가 좋으면 지급되는 알바비 이외에 보너스도 두둑이 드릴 것입니다. 그러니 열심히 최선을 다해 그놈을 엄청나게 혼란스럽게 따라다니면서 첫눈에 보고 반했다며 사랑에 빠졌다고 막 좋아하게 됐다고 1일 평균 1시간가량 반복적으로 주장을 하시면 됩니다. 붙잡고 늘어지세요. 사랑한다고도 지속적으로 말하세요. 자, 일단 이거 받으세요. 1인당 20만 원입니다."

그녀들은 충분히 이해는 되지만 혹여나 자신들이 위기에 몰렸을 때 제 3의 여자를 대체한다고 한 것도 과연 대책이 될지 의문을 품는다.

"아니 선생님 그렇긴 한데 저희가 위기에 몰렸을 때 또 다른 구원 투수를 기용하는 건 좋지만 여기 같이 좁은 동네에서 그놈을 보게 될 확률이 높습니다. 신경 쓰입니다."

"그 상황이 오면 모자 깊게 눌러 쓰고 마스크 쓰고 다니세요. 일단 우리 직장 직원을 구해야 되니까! 힘드셔도 그렇게 도와주십시오."

그녀들은 그가 지갑에서 60만 원을 꺼내어 주자 너무 좋아 흥분을 감추지 못한다.

"와아! 20만 원이나…. 근데 며칠이나 그놈에게 위장 접근을 해야 하나요?"

"어느 정도 그놈이 혼란스럽게 흔들릴 때까지인데 아무튼 여러분은 1인당 하루 알바비는 20만 원이라고 생각하시면 됩니다. 내가 그놈의 집을 완전히 알아낸 뒤에 다시 연락드리지요. 집만 알아낸다면 내일부터 당장 실행에 옮겨 주세요."

"아 네, 알겠습니다. 호호호."

이렇듯, 이들은 이날 저녁 행궁동 라라카페에서 만나 현란한 무법스토커 죽이기 역적모의를 하고 집으로 돌아갔다.

이들이 만난 이날도 광준은 정천제약 정문에 퇴근 시 갔었는데 이미 부장, 팀장, 계장, 주임은 정문에서 진을 치고 있다가 그가 나타나자 재빨리 비희에게 피신하라고 통보를 하고 자신들은 몸을 숨기고 있었다.

그러다가 계속 비희를 기다리던 광준이 저녁 7시쯤 되자 너무 지쳐 자신의 차 썩은 모닝을 타고 돌아갈 때 그들은 부장의 차와 팀장의 차 2대에 각각 둘이 나눠 타고 악착같이 그 뒤를 따라갔다.

이들이 차 한 대로 하지 않고 두 대로 따라붙은 이유는 혹시 한 대로 하면 실패할지도 모르니 더 확실하게 처리하기 위해 즉 백업요원 식으로 한 대가 더 따라붙은 것이었다.

하나는 그랜저였고, 다른 하나는 K7이었다. 광준의 썩은 모닝은 7시 30분이 되어 장안구 영화동 양철오피스텔 6동 101호에 다다랐다.

뒤따라온 직장동료 차량 2대는 약 백 미터 뒤에서 천천히 따라온다. 광준은 양철오피스텔 6동 앞 주차장에 차를 세우고 들어간다.

이 장면과 위치를 그들은 정확히 포착하여 동영상까지 찍어버렸다.

배 주임은 재빨리 자신의 스마트폰으로 이곳의 위치를 찍어 버린다.

"우하하하, 이 위치를 찍었습니다. 이젠 이 영상을 이대로 김 대리님에게 알려드리면 그다음 절차는 김 대리님이 알아서 처리를 하시겠지요."

"우리는 저놈의 집 위치를 알아냈으니 그만 돌아갑시다. 킥킥킥."

"그래요."

부장의 차, 팀장의 차는 유유히 빠져나간다. 김 대리는 자신이 아는 3명의 여자들을 만나 알바비를 지급하고 당장 내일부터라도 광준에게 미인계를 써서 혼란스럽게 하라고 의뢰를 하였다. 그런 후 돌아갔다.

이젠 앞으로 광준을 향한 정천제약 직장동료들의 무차별적인 광폭 위장 전술이 활활 타오를 게 확실해졌다.

곧바로 다음 날부터 이들은 전방위 위장 압살 전술은 대대적인 서막을 올렸다. 어제 이들이 그를 뒤따라가 배 주임이 동영상을 찍은 것을 김 대

8. 직장동료의 늪   153

리에게 보여준다.

"김 대리님, 그놈의 집이 바로 여기입니다. 보십시오. 영화동 양철오피스텔 6동입니다. 이 정도 지점에서 그 여자들이 이놈에게 접근하면 될 것 같습니다. 하하하하. 눈에는 눈, 이에는 이가 아니겠습니까? 그렇게 되면 이놈도 뭔가를 깨달을 것입니다. 그 자식도 자기가 누군지 잘 모르는 낯선 여자들이 달라붙으면 엄청나게 괴롭고 피곤할 겁니다. 매우 신경도 쓰일 거고요. 스트레스도 만만찮을 것이고요. 그 자식도 그럴 거면서 우리 회사 여직원에게 그렇게 마구잡이로 뒤따라 다녔으니 완전 역지사지가 되는 건데 그러면 조금이라도 자신의 행동이 얼마나 못돼먹었다는 것을 실감할 수 있겠지요. 자기의 행동으로 여자가 얼마나 스트레스를 받았을까 생각할까요? 하여간 그놈은 이번에 단단히 혼쭐이 날 것입니다. 아예 정신이 돌아 버릴지도 모르지요. 푸하하하."

"그래 배 주임, 정말 수고했어. 어디 봐봐 어디인가…."

김 대리는 집이 행궁동이지만 영화동도 거의 다 알고 있다. 그는 양철오피스텔 6동이라고 적혀 있는 사진을 보고 대략 어디라는 것을 알아챘다.

"아아아, 대충 어딘지 알 것 같아! 이젠 이곳의 위치와 또 이놈의 사진도 찍혀 있으니 이대로 그 여자들에게 보여 주면 될 것 같아."

"하하하. 그렇게 하세요."

배 주임과 김 대리가 이렇듯 화기애애하게 대화를 나눌 때 그 옆에는 부장, 팀장, 계장이 서서 아주 달콤한 미소를 짓고 있다.

이들 직장동료들이 광준을 함락하기 위한 계략이 서서히 달아오르고 있을 때 사장실에서 공 사장이 나온다.

"어휴, 우리 정천제약의 직장 가족 여러분 너무 고생이 많아요. 우리가 이렇게 힘을 모아 우리 회사의 여직원을 구해내는 일에 마음이 하나로 모아지는 걸 보니 내가 다 사장으로서 가슴이 뿌듯합니다. 하하하. 여러분 최선을 다해서 그 무법스토커 놈을 완전히 제거해 주십시오. 난 그냥 여러분을 믿고 물러서 있겠습니다."

"아 예, 사장님 그러세요. 저희가 아주 깨끗하게 그 자식을 정리해 버리겠습니다. 앞으론 절대로 우리 회사의 가족이자 여직원을 괴롭히는 일은 일어나지 않게 말이죠. 저희는 저와 팀장, 대리, 계장, 주임이 혼연일체가 되어 일사분란하게 움직여 그 무법자를 완전히 아작 내 버리겠습니다. 저희 다 함께 파이팅 하겠습니다. 자! 그런 의미에서 아주 크게 함성 질러…."

"와아아아아… 파이팅, 파이팅, 파이팅… 아싸…."

차 부장이 사장의 말이 끝나자 부하직원들에게 다 같이 전의를 불태우는 구호를 선창했다. 부하직원들도 다 함께 따라서 구호를 외쳤다.

이들은 자신들의 애인을 낯선 무법자가 낚아채려는 부분에 있어서 무척 민감한 반응과 견고한 그물빗장수비를 다지는 포석을 깔았다.

이따가 퇴근과 동시에 김 대리는 무법자의 집 위치와 영상을 그 3명의 여자에게 알릴 계획이다.

"그리고 말이죠. 이 여자들에게 지급해야 할 알바비는 일단은 제가 다 부담하겠습니다. 일이 진행되어 마무리가 되는 대로 그 여자들에 대한 알바비는 여러분들이 모아서 제게 주십시오."

"아아, 일단은 그렇게 하세요. 김 대리님이 여기서 총괄총무가 되는 것입니다. 큭큭."

이미 어제 저녁 8시에 김 대리는 행궁동에 있는 라라카페에서 그녀들을 만나 1인당 20만 원으로 60만 원을 지급했다. 선급금의 의미였다.

그녀들이 무법자에게 접근하여 좋아한다고 표현하든, 사랑한다고 표현하든, 애정표시를 하며 1일 평균 1시간을 달라붙으면 하루에 무조건 1인당 20만 원이다.

김 대리는 즉석으로 이 문제에 관한한 총괄총무직을 맡았다.

이런 중책을 맡은 김 대리는 퇴근하자마자 어제 역적모의를 했던 3명의 여자들에게 전화를 건다.

무법자의 집 위치를 알려주기 위함이다.

오늘도 다시 저녁 8시에 라라카페에서 만남이 이뤄졌다.

"자 이걸 보세요. 이 위치입니다. 영화동 양철오피스텔 6동이고 이건 이 남자의 얼굴입니다. 여러분들은 이 위치에 가셔서 접근을 하면 될 것으로 보입니다."

"아 네, 그래요. 호호호. 알았어요."

"오늘은 시간이 좀 그렇고 내일부터 시간되는 대로 아침이든 저녁이든 알아서 집중공격을 해 주십시오. 그놈이 완전히 넋이 나가 버리게요."

"그래요. 제 완벽한 미모로 그놈의 혼을 완전히 빼내 버릴게요. 호호호."

"와아, 이렇게 이런 알바 하긴 난생 처음이다."

"한번 믿어 보겠습니다."

김 대리는 이날 바로 저녁에 배 주임에게 전해 받은 무법자의 집 위치와 얼굴을 공개하였다. 이로써 그 3명의 알바 여자들의 광준을 집중 폭격하기 위한 접근 미인계가 내일부터 신호탄을 쏘아 올릴 가능성은 초읽기에 들어갔다.

그녀들은 3명이라 집단으로 동시에 시도하면 안 되고 자칫 더 많은 오해의 소지가 있고 게다가 효과도 없을뿐더러 낭패가 우려되기에 시간을 내어 모여 치밀한 작전 개시를 의논하기에 이른다.

의논결과는 하루에 1명씩 접근하기로 정하였다. 물론 이 시행 작전도 오해를 일으킬 수도 있지만 그것까지 너무 복잡하게 신경 쓰면 일을 아무것도 할 수가 없다고 판단한다.

모여서 최종 의논한 결과대로 하기로 정했고 첫 번째 타자는 매향동에 사는 미용실 운영자인 김희나가 나서기로 하였다. 두 번째 타자는 장안동에 사는 구청 직원인 차희영이 맡기로 하였다. 세 번째 타자는 남창동에 사는 법원 직원인 최숙비로 정하였다.

1번 타자 김희나는 내일 목요일, 2번 타자 차희영은 금요일, 3번 타자 최숙비는 토요일이다. 시간은 각자 알아서 편한 시간으로 하기로 했고 날짜는 이런 순번으로 로테이션 식으로 돌아가기로 정하였다.

아마 하루에 1명씩 시도하다가 어느 정도 시간이 지나면 하루에 2명, 아니면 3명 모두 다 접근하는 동시다발식으로 선택할 수도 있을 것 같다.

더 완벽하게 타깃으로 삼는 남자의 넋을 흔들어 놓는 중대한 과업을 이루기 위한 최후의 전법은 그것일 것이다. 그녀들은 이렇게 순차적 공략 전법에 대해 총괄총무인 김 대리에게 설명했다.

무법자 광준은 며칠 전에 정천제약 퇴근 무렵 정문에 갔다가 그녀를 못 보자 소강상태로 들어갔다가 다시 돌진하려는 야욕을 품고 있는 중이다.

그날이 너무 공교롭게도 여자 알바 대군 1번 타자 김희나가 그가 사는 집, 영화동 양철오피스텔 6동으로 넋을 흔들려고 오는 같은 날 바로 그 날이었다.

광준은 팔달문 할로웨이마트에서 일을 마치고 잠시 집에 들렀다 가려고 영화동 양철오피스텔 6동으로 썩은 모닝을 타고 들어서고 있을 때 희나는 이미 그곳에 와 있었다.

그가 내려 6동 101호로 들어가려는 순간 그녀는 번개 같이 달려와 그에게 한마디 건넨다. 드디어 여자 알바 업무가 시작되는 순간을 맞이한다.

"아, 저 잠시만요. 여기 보세요."

그러자 그는 놀란 토끼처럼 그녀를 바라본다. 그녀는 그를 빤히 바라보며 말을 이어간다. "아 네, 저는 이 동네 사는 사람인데요. 그쪽을 보고 첫눈에 반해 버렸습니다. 그래서 이렇게 의사표시를 하고 있는 겁니다. 잠시라도 좋으니 얘기를 나누어요?"

"……."

광준은 문득 섬뜩한 기분에 사로잡혀 너무 황당하다는 표정을 지으며 아무런 말도 하지 않고 재빨리 101호 문을 열고 들어가 버린다.

101호 자신의 방으로 들어간 그는 별 어이없는 일을 다 당한다고 생각하며 한숨을 푹 쉰다. "나 참, 별 미친년을 다 보네! 누군지도 모르는 낯선 여자가 저게 뭐야! 저거 완전 돌았나! 무슨 사이비 전도사인가! 뭐야! 세상이 시끄러우니까 별것들이 다 날뛰는구나!"라고 혼잣말로 중얼거린다.

문득 진한 의구심을 품기도 했다. 저 여자가 그냥 그러는 건 아닌 것 같고 그 뒤에 뭔가가 조종하는 듯한 느낌 좀처럼 지울 길이 없었다. 자신을 훼방하는 듯한 느낌 같은 것 같았다. 국면 전환을 노리는 계략이 깃든 것만 같았다. 대충 준비를 하고 정천제약으로 가기 위해 다시 나온다. 그때 다시 놀란다. 방금 전, 그녀가 돌아가지 않고 밖에 서 있는 것이었다.

이번엔 그녀는 아주 큰 목소리로 외친다.

"아아아, 이봐요. 왜 당신은 내 마음을 몰라주고 그렇게 도망칠 생각만 합니까? 그러지 말고 내 얘길 단 5분만이라도 들어주시면 안 되겠습니까? 그쪽에게 빠져 버린 여자입니다. 우아아아."

"……."

그는 그녀를 조금 이상하다는 듯이 잠시 쳐다보더니 쏜살같이 자신의 차 썩은 모닝에 올라타고 도망치듯 피해서 핸들을 화성시 매송 방향으로 틀고 정천제약을 향해 내달렸다. '저거 분명히 누가 시키긴 시킨 것 같다. 한번 조사해 볼 필요가 있다! 멀쩡한 여자가 저럴 리가 있나!'라고 곱씹었다.

 9. 위계에 의한 직장동료의 빗장수비

    온통 머릿속은 정천제약 여직원 정비희를 향하는 마음만이 앞선다. 이 대목에서 그는 낯선 그녀의 행동에 대해 굉장히 어이없고 황당하다고 느껴 도망쳤다.
    자기 자신도 이번 달 초에 화성행궁 정류장에서 이름 모를 비희에게 접근했었을 때 그녀 또한 그렇게 똑같은 생각을 하지 않았겠는가?
    지금 이 순간 자신이 그 여자를 보고 어이없고 황당하게 느낀 것만큼 그때 그녀 즉 비희도 당신을 보고 어이없고 황당하게 느낀 것이다.
    그는 비희에게 "왜 말할 기회를 주지 않느냐며 직장동료가 아니라서 그러는 것인가? 그렇다면 이력서를 작성하여 그대가 다니는 회사에 제출이라도 해야 되느냐?"라고 말하며 늘어지기도 했었다.
    심지어 그녀에게 다니는 회사의 나이 많은 남자 상사들과 애인으로 지내면서 왜 나는 받아 주지 않느냐며 온갖 억측성 공세를 펴기도 했다.
    그의 입장으로는 그녀의 행동이 매우 야속하게 느껴질 수도 있었겠지만 오늘 이 시간부터 역으로 그가 잘 모르는 여자로부터 접근 공세를 받으니 이상함과 두려움을 느껴 일단 피하려는 심리가 드러나지 않는가?

바로 이런 것이다.

이게 바로 인간의 심리인 것이다. 그는 앞으로도 더 많은 것을 깨달아야 할 것으로 보인다. 역지사지 대법칙을 알아야만 한다. 내가 이상하다 생각하면 타인도 이상하게 생각한다. 지켜볼 일이고 어쨌든 그는 지금 이 순간 눈앞에 보이는 게 아무것도 없다. 엑셀을 세게 밟으며 화성시 매송면 정천제약으로 달려갈 뿐이다.

이날도 이곳으로 퇴근 무렵 갔지만 비희를 보는 데는 실패했다.

그 이유는 부장부터 시작하여 주임까지 직장상사 동료들이 정문 주변에서 경계를 하며 서로가 상황정보를 빠른 속도로 통보하기 때문이다.

그는 그녀를 다음에 볼 날을 그려 보며 돌아서 갔다. 씁쓸한 심정 억누르며 영화동으로 돌아와 자신의 집으로 들어가려는 순간 아까 그 누군지 모르는 여자, 그녀가 돌아가지 않고 기다리다가 또 말을 건다. 여간 의심스러운 대목이 아닐 수가 없다. 아무래도 정천제약 측에서 뭔가 수작을 부리는 듯한 석연찮은 기분 좀체 떠날 줄을 모른다.

"아니 왜 제 말을 듣지 않고 도망 다니기만 합니까? 내가 누군지 모르는 사람이라고 그렇게 막 따돌려도 되는 겁니까? 아니 혹시 내가 직장동료가 아니라고 그렇게 의심하고 피해야만 합니까?"

희나는 이렇게 광준에게 애원조로 말하며 매달렸다. 그는 아무 말 없이 침묵을 유지하고 있었지만 몹시 당황스럽기 짝이 없었다. 너무 신기하고 기이한 일이 발생했기 때문이다. 자신이 예전 화성행궁 정류장에서 짝사랑하는 이름 모를 그녀에게 했던 애원했던 멘트와 너무나 유사하니까 말이다.

문득 더 강하게 세게 의심이 들어 "이봐요, 아가씨. 이건 너무 말이 안 됩니다. 뒤에서 누가 시켜서 그러는 거죠? 혹시 정천제약 또라이들이 시킨 거죠? 날 피곤하게 말이죠?"라며 고함을 친다. 그러자 그녀는 고양이가 무엇인가 음식을 훔쳐 먹다가 들켜 화들짝 놀라는 표정으로 눈, 입술이 부르르르 떨린다.

"아니 그게 무슨 말이에요. 아니 아닙니다. 나는 단지 이 동네에 사는데 당신을 보고 첫눈에 반해서 여자지만 용기를 내어 대시하고 있는 것입니다. 난 여자로서 너무 미남인 당신에게 푹 빠졌습니다. 아하!"

그는 그녀를 뚫어지게 쳐다본다. 그러자 당혹스러운 그녀는 눈을 옆으로 얼른 돌린다.

오늘 1번 타자 김희나는 무법자 대책총괄 총무인 김 대리에게 광준이 예전에 비희에게 집요하게 잡고 늘어질 때 했던 멘트들을 사전교육을 통해서 익히 알고 있다. 그러니까 광준이 비희에게 했던 그 멘트 내용 그대로 여자 알바 대군들이 똑같이 함으로써 그의 혼을 빼버리겠다는 전략이다.

그 전법 그대로 지금 이 시간에 써 먹는 것이다. 눈에는 눈, 이에는 이라는 전법을 하달받았기 때문이다.

확실한 알바 활동을 하는 중이다. 이렇듯 무슨 돈이든지 돈이란 걸 벌기가 힘든 것이다.

그는 그녀를 피해서 집으로 들어가려고 하자 그녀는 그의 앞을 가로막아 버렸다. 그는 확 밀어 버리고 재빨리 101호 문을 열고 들어가 버린다. 들어간 그는 엄청나게 얼떨떨했다.

"이게 무슨 일인가! 이런 일도 다 벌어지는구나!" 하고 머릿속이 엄청나게 혼란스럽다.

그러다가 TV 시청을 한다.

그녀는 오늘 알바 시간은 정 시간보다 더 많은 시간을 할애하여 하긴 했지만 이 정도면 됐다고 판단하고 돌아서 갔다. 그녀는 집으로 가면서 총괄총무 김 대리에게 전화를 넣는다.

"선생님 오늘 그놈에게 프러포즈를 완벽하게 했습니다. 오늘 첫날인데 오늘 알바비는 언제 계산해서 주시는 건가요? 근데 한 가지 그놈이 여기 직장동료들이 뒤에서 조종한 거 아니냐고 의심하며 고함을 쳤습니다. 걔가 눈치는 그래도 빠른 것 같은데요."

"아니 그래요. 그래서 뭐라고 했습니까? 아니라고 끝까지 우겨야지요."

"네, 그랬습니다. 그 부분은 걱정 마십시오."

"아니 그 일당 문제는 엊그제 내가 처음으로 일괄적으로 60만 원을 지급했잖아요. 그 돈이 오늘부터 적용되는 것입니다. 그렇게 아세요. 일단 오늘 첫날인데 너무 수고 많으셨어요. 그리고 내일하고 모레는 차희영, 최숙비 씨이니까, 우리 김희나 씨는 그다음 날인 일요일 날 또 그곳 양철오피스텔에 가셔서 그 자식에게 프러포즈를 하세요. 내가 알려준 내용을 그대로 계속 반복만 하시면 됩니다. 오늘 고생 많으셨으니 그만 들어가서 쉬세요."

"아 네, 알겠습니다. 일요일 날 하는 알바부터 새로 하루 20만 원씩 주신다는 거죠?"

"아 예, 그렇습니다."

1번 타자 김희나를 시작으로 무법스토커를 향한 혼을 빼놓기 공습이 포문을 열었다. 2번 타자 차희영은 다음 날, 아예 아침 일찍부터 양철오피스텔 6동 앞에 가서 진을 쳤다.

더 확실하게 기습적 프러포즈를 하겠다는 복안이었다. 시간은 7시였다. 기기에다가 더욱더 놀라운 일은 전날 저녁에 장안동 꽃집에 가서 빨간색 장미꽃까지 구입하였다.

무법자에게 전하면서 과감한 프러포즈를 감행하겠다는 전법이었다. 그녀는 그 꽃을 들고 그가 나오기만을 기다리고 있었다. 그는 혹시나 비희가 화성행궁 정류장에서 출근을 위해 통근버스를 기다리고 있지 않을까 해서 보고 싶은 마음에 재빨리 그곳으로 가 보려고 가자 그가 101호 문을 열고 나오고 있었다.

2번 타자 차희영은 꽃을 들고 있다가 그에게 느닷없이 달려든다.

"아, 저, 이 장미꽃을 받아주세요. 제가 처음 본 최고의 미남입니다. 이 꽃을 받아주십시오. 난, 그대를 보고 첫눈에 반해 버렸습니다. 자, 받아요. 이 꽃을…."

"어어어, 뭡니까? 이게 아니 아가씨 내가 누군지 알아요?"

"잘 모르지만 첫눈에 반했기에 이렇게 할 수도 있습니다. 이 꽃이나 얼른 받아요."

"……."

그는 몹시 어이없다는 반응과 황당하다는 표정을 지으며 어제에 이어 오늘은 다른 여자가 또 그러자 분명 직장동료 측의 농간 교란 작전이 확실하다고 느꼈다.

"지금 정천제약 쪽에서 날 골탕 먹이려고 파상공세가 이어지는 것 같은데 난 그런 저열한 미인계 수법에 그리 쉽게 넘어가질 않습니다. 내가 이 사실을 확실하게 조사해 볼 것이오."

이상하게 뭔가에 홀린 듯한 기분이었다. 어제도 웬 낯선 여자가 집 앞에 와서 막 좋아한다고 그러더니 어떻게 오늘 또 다른 낯선 여자가 아침부터 나타나 그것도 꽃까지 들고 와 이러니 적지 않은 충격 속으로 빠져든다.

그는 그녀를 피해서 빨리 화성행궁 정류장으로 가야만 했다. 자신이 그리워하는 대상을 보고 싶은 마음에서다. 그래서 쏜살같이 옆으로 피해 그곳을 향해 달려간다.

그가 이렇듯 피해서 달아나자 그녀는 포기하지 않고 꽃을 들고 악착같이 쫓아갔다.

"아니, 왜 피합니까? 이 꽃을 받으란 말이에요. 이 꽃 받아요. 꽃을…."

그가 화성행궁 정류장에 다다랐을 때 그리움의 대상은 보이지 않았고 찬바람만 휑 불었다. 멍하니 서 있는데 방금 전에 꽃을 들고 나타났던 그녀가 따라와 아주 크게 소릴 질렀다.

"사랑하는 남자여, 왜, 나의 마음이 깃든 이 꽃을 받지 않고 그리도 무심하게 도망을 쳐 버리시나요? 당신은 이젠 오늘 이 시간부로 내 것이 됐습니다. 사랑해요."

그는 뒤에서 그렇게 소리를 지르는 그녀를 쳐다보며 가슴이 철렁하며 답답할 뿐이었다. 안 되겠다 싶어 다급히 다른 길로 도망쳤다.

그녀는 또 이를 악물고 쫓아오는 것이었다.

"이 꽃이나 받으라니까."

그는 집으로 들어가 출근 준비를 하고 나왔다.

그녀는 그때까지 돌아가지 않고 기다리고 있다가 그에게 또 달라붙었다. 그는 정천제약 측의 음험한 계략일 거라고 100% 의심하고 있다. 그녀에게 아주 크게 소리를 질렀다.

"아니 뭐, 이런 이상한 사람을 다 보네. 아니 당신이 날 압니까? 왜 이렇게 귀찮게 굽니까? 저리 비켜요. 그것도 여자가 말이야, 이게 뭐 하는 짓이야? 별 미친 여잘 다 보네! 어휴~~ 이거 안 봐도 뻔해! 정천제약에서 시킨 거야! 이 여자들이 그냥 그럴 리가 없어! 진짜 확 저리 비켜, 비키란 말이야."

그는 그녀를 확 밀어 버리고 재빨리 자신의 차에 올라타고 출근길에 올랐다. 팔달문 할로웨이마트에 들어선 그는 일이 손에 잡히질 않고 이상한 블랙홀에 빠진 기분이 이어졌다.

"저 여자들을 사주한 정천제약 직장동료들을 내 가만두지 않겠다. 내가 그렇게 미련하게 속을 줄 알아. 난 딱 보면 다 안다. 저 여자들이 그 회사의 직원들일 수도 있어! 아닐 수도 있지만…. 내가 저 여자들을 보고 그쪽으로 쏠리게 하려는 일종의 국면 전환용이다. 진짜 추잡한 새끼들."

하루가 더 지나 주말이 찾아왔다. 그는 마트 점원이라 주말도 쉴 수가 없다. 그래서 출근길에 오르려고 아침에 집에서 나오고 있었는데 오늘은 여자 알바 대군 중 마지막 3번 타자 최숙비가 그의 집 앞에서 기다리고 있었다.

"아 저, 안녕하세요. 전할 말이 있습니다."

그녀가 먼저 인사를 하자 그는 깜짝 놀라 빤히 쳐다본다.

그러다가 그냥 피해서 차에 올라타려고 하자, 그녀가 그의 허리를 아주 세게 잡아당긴다. "아니 왜, 제가 할 말이 있다고 했는데 왜 모른 채 도망치려고 합니까?"

"아아아, 이거 놓으세요."

그는 그녀를 보자 순간적으로 느낀 것은 자신이 그리워하고 있는 대상 정비희 정도는 아니지만 그것에 80% 정도는 마음에 든다고 느껴졌다.

아직 정천제약 차원의 미인계 공습인지 아닌지 의심은 되긴 해도 정확한 증거가 없기에 정신이 오락가락할 뿐이다. 그래도 그녀를 봤을 때 마음에 들기에 정신이 싱숭생숭해지기 시작하는 것이었다.

그건 그렇고 일단 피해야겠다는 생각만이 머릿속을 지배한다. 확 밀어 버리고 차에 올라타 빨리 엑셀을 밟고 달아나 버렸다.

그는 3일 연속으로 전혀 모르는 여자들에게 접근 공세를 받아 머리가 멍멍해졌다. 오늘도 어제처럼 그렇게 일이 손에 잡히질 않고 무엇인가 홀려도 단단히 홀린 듯한 그런 기분 심정이다.

여자 알바 대군 3인은 3일에 걸쳐 하루씩 번갈아가며 그에게 접근하는 프러포즈를 실행에 옮기고야 말았다.

여자들은 오늘까지 알바를 하고 총괄총무에게 전화로 상황을 설명하였다. 순번대로라면 내일 일요일은 다시 1번 타자, 김희나 차례이다.

희나도 내일을 벼르고 있는 중이다. 목요일에 접근했었으니 말이다.

일요일이 되자 1번 타자 희나는 조금도 오차가 없이 아침부터 양철오피스텔 6동 앞에 가서 진을 쳤다.

오늘은 광준도 쉬는 날이다. 원래 쉬는 날은 오전 내내 잠을 잔다. 희나는 밖에서 기다리다가 너무 춥기도 하고 또 그가 나오지 않자 자신이 타고 온 차 안으로 들어가 음악을 듣는다.

그녀는 매향동에서 미용실을 운영하는데 일을 할 때도 줄곧 음악을 즐겨 듣는다. 발라드 음악이다. 오전이 거의 다 지나가고 있을 때, 양철오피스텔 6동 101호에서 타깃으로 삼는 대상이 나오고 있었다.

때는 이때다 싶어 그녀는 번개 같이 차 문을 열고 나와 그에게로 달려가 아주 크게 소리를 지른다.

"오늘 또 왔습니다. 그대가 보고 싶어서요. 엊그제처럼 날 외면하지 말고 잠깐 얘기를 나누어요. 밥 먹을 시간이니 어디 가서 식사라도 같이하실까요?"

그는 그녀를 보자, 너무 놀랍고 심한 충격 속으로 빠져든다. 엊그제 이곳에 왔던 여자인데 오늘 또 나타났다는 것 자체가 뭔가 이상하다는 의심도 하게 된다.

이 여자의 정체가 무엇일까! 이것이다.

어떻게든 뒷조사를 확실히 하여 그 배후를 밝혀내리라! 다짐한다.

이 사람 말고도 그 후로 2명의 여자들이 더 나타났었는데 서로 어떤 연관이 되어 있을 거라는 추측도 한번 해 본다. 정천제약 쪽의 여자 물량공세가 심히 의심스럽다.

"아니, 왜 말이 없어요? 같이 가서 식사라도 하자고 말을 했잖아요?"

"아닙니다. 됐습니다. 쓸데없는 소린 하지 말고 뒤에서 누가 시켰나 이 실직고하시오? 정천제약 누구요? 어떤 놈이냐고?"

이 말에 뜨끔뜨끔했지만 그래도 어떻게든 알바로 돈을 벌어야겠다는 일념으로 굳게 마음먹고 흔들리지 않으려고 애써 태연해지려고 정자세를 유지한다.

"아니 이 자체를 인정해 주시면 안 돼요? 내가 당신을 처음 보고 반한 것입니다. 자꾸 이런저런 의심을 하지 말고 나의 순정을 받아주세요. 그리고 뭐가 됐다는 겁니까? 나는 그쪽을 처음 본 후 반했단 말이지요. 그러니까 사귀고 싶어진단 말이지요. 호호호."

"아닙니다. 아닙니다."

그는 완강히 거부의 의사를 표하고 다시 101호 집으로 확 들어가 버린다. 그 후, 밖으로 나오지 않는다. 그러자 그녀는 현관문을 막 세게 두드린다.

현관문을 세게 두드려도 그는 꿈쩍도 하지 않았다. 그는 4일 연속으로 3명의 여자들로부터 접근 프러포즈 공세를 받아 몹시 괴로웠다.

정말 미칠 지경이었다.

어쨌든 이 여자들이 겉으로 드러나는 현상은 프러포즈하는 표현들이지만 일단 그녀들이 누군지 모르고 거기에다가 첫날 나타났던 여자는 오늘 또 왔단 말인가!

악착같이 뒤따라가 정체를 알아내고 싶은데 그로선 지금 현재 이것저것 신경 쓰는 일들이 너무 많아 그러기엔 피곤하다. 언젠가 시간을 내어 뒤를 밟겠다고 다짐한다.

아무튼 무엇인가가 도사리는 듯하고 이상하단 느낌을 좀처럼 지울 수가 없다. 하지만 그는 그러면서도 이들 여자 3명이 다 미모를 지니고 있어서 마음 한구석엔 이상야릇한 황홀감이 동반되는 심정도 좀처럼 지울 길 없다.

그녀들은 모두 다 매혹적인 얼굴과 몸매를 지니고 있어서 그는 살짝 창문 밖을 내다봤다.

그녀가 갔는지 안 갔는지 확인하는 의미와 황홀감이 든 의미가 순간 교차했기에 그렇다. 그녀는 현관문을 여러 번 두드리다가 그가 나오지 않자 그냥 돌아서 간 뒤였다.

그는 두 가지 현상이 동시에 나타났다.

첫째, 일단 그녀들이 누군지 모르는데 연속으로 나타나니까 두려움 비슷한 노이로제 현상이 나타났다.

둘째, 그렇지만 그녀들이 자신이 최근 따라다녔던 정천제약 여직원 못지않은 미모를 지니고 있어서 여직원에게 쏠렸던 마음이 어느 정도는 분산되는 현상도 동시에 나타났다. 여기서 그도 최근에 나타난 그녀들이 누군지 모른다는 낯선 공포로 인해 기피하는 현상이 두드러지게 나타났다.

예전에 자신이 정천제약의 직원을 따라다녔을 때, 그녀가 자신을 누군지 몰라 낯선 공포로 인해 기피한 일은 생각해 보려 하지 않고 알려고도 하지 않았다.

자신은 오로지 그 여직원을 첫눈에 반해 따라다녔지만 그 마음을 몰라주는 그녀가 야속하기만 하였다.

자신이 지금 현재 자신을 따라다니는 여자 3인방이 누군지 모르는 낯선 공포는 지극히 자연스럽고 당연한 현상이다.

왜 도대체 이렇듯 인간이라는 동물은 오로지 자기 자신의 관점, 자기 본위, 입장으로만 생각을 하는 걸까? 그 이유는 간단하다. 한 사람의 몸이 둘이 아니라 하나이기 때문이다. 이 몸은 분리가 되어 있지 않고 오직 하나이다.

그러니 몸과 마음으로 타인의 몸과 마음을 느낄 수가 없게 되어 있다. 즉, 자신이 타인의 몸과 마음으로 교환, 교체가 안 되기에 그렇다. 원래 인간은 외롭고 고독하다. 그저 겉으론 외롭지 않은 것처럼 고독하지 않은 것처럼 행세할지 모르지만 그것은 자신이 타인에게 기죽지 않으려고 그렇게 보이려고 애를 쓸 뿐이지, 실은 인간은 무척 외롭고 고독함을 느끼며 행복이라는 게 존재하지 않는다는 것 같다고 실감하고 있다.

세월이 흐를수록 고독이 몰려오고 허무하다는 것이다. 허무하다고 느끼는 게 지극히 정상이고 깨달음이 있는 것이다.

그것을 느꼈다면 이제부터라도 자신만 생각하지 말고 타인을 바라볼 수 있어야만 한다. 그러나 인간은 죽기 전까지도 오로지 자신의 몸 하나만을 생각하려고 든다.

이것이 인간의 최대의 문제이기도 하고 한계가 된다.

광준은 오로지 자신 한 사람만을 생각하며 살아가고 있다. 그녀를 피해 101호로 들어가 버렸는데 혹시 또 아직까지도 머물러 있는지 한 번 더 창문을 내려다본다.

그녀는 보이지 않았다.

다행이다 싶어 밖으로 나온다.

공원을 이리저리 산책을 한다. 그는 최근 며칠 간 벌어진 일들에 대해 여러 가지 복잡한 생각들을 해 본다. 어떻게 여자들이 자신에게 달라붙었는지 정말 자신이 그렇게 매력남인가! 하는 생각도 한번 해 본다. 그런 생각 끝에 그는 자신도 모르게 한번 웃어 본다.

내가 정말 매력남이란 말인가!

공원 화장실로 들어가 대형거울을 한번 바라봤다. "아하, 내가 그렇게 잘생겼나! 그런데 문제는 돈이 없어! 이게 심각한 문제이기도 해." 이렇게 혼잣말로 중얼거려본다. 누군지 모르는 여자들에게 접근 공세를 받는다는 것은 한편으론 좋기도 하지만 매우 신경 쓰이고 괴로운 일임에는 틀림없다.

두렵다. 이런 상념 속에 주말을 다 보내고 또 한 주를 맞이하는데 이젠 엄동설한 1월도 얼마 남지 않았다.

월요일부터 그는 또 신경 쓰이기 시작했다. 최근에 나타났던 여자들이 혹시 또 나타날까 봐! 우려되기 때문이다. 아닌 게 아니라 그런 일이 발생해 버렸다.

그가 아침에 출근을 하려고 집을 나서는데 이번엔 2번 타자, 차희영이 나타났다. 3인 여자들은 하루하루 나타나는 순번도 매우 일정하고 규칙적이었다.

그러자 그는 피했고 화요일은 3번 타자 최숙비가 나왔고 이에 그는 또 피했다. 수요일엔 다시 순번 돌아 1번 타자 김희나, 목요일엔 2번 차희영, 금요일엔 3번 최숙비, 이런 순서대로 그가 출근하려고 집에서 나오는 시간대에 어김없이 나타났다.

그녀들은 일주일 내내 아침마다 그에게 나타나 좋아한다고, 사랑한다고, 첫눈에 반했다고, 만나달라고, 왜 내 마음을 몰라주냐고, 직장동료가 아니라 피하는 거냐고, 내가 당신을 만나 식사를 하고 커피를 먹기 위해선 당신이 다니는 회사에 이력서를 제출해야만 하냐고, 더 이상 힘들게 하지 말라고….

이런 내용의 말들을 그에게 반복적으로 집중하여 표현을 하며 가는 길을 막고 달라붙었다.

이에 그는 무척 힘들고 괴로웠다. 큰 공포에 빠졌다. 저 여자들을 싹 다 모조리 스토커로 고소해 버릴까! 고민에 휩싸였다. 이런 혼란스러운 문제들로 인해 자신이 추진하는 정천제약 여직원에게 접근하는 데 집중력이 엄청날 정도로 흔들렸다.

이런 소용돌이 속에서 한 주가 다 지나가다가 금요일이 가기 전에 그는 비희의 모습을 잊지 못해 다시 퇴근 무렵, 정천제약행을 택하려고 한다.

잠시 집으로 온다. 잠시 복장이나 헤어를 가다듬기 위함이다. 그의 집에 다다를 때 그는 경악스러운 장면을 목격하게 된다.

집 주변에 여자 알바 대군 3명이 다 와 진지를 구축하고 그녀들은 서로서로 모르는 사람들인 것처럼 행세를 하였다. 연합군이라는 느낌을 주지 않기 위함이다.

그냥 무시하리라! 마음먹고 차에서 내리자마자 집으로 번개같이 들어간다. 점검한 후 나오는데 그녀들이 일제히 달라붙기 시작하였다.

"아니 왜 그렇게 도망만 치려고 합니까? 잠시라도 좋으니 얘기를 해요?"

"아닙니다. 비켜요. 이거 분명히 뭔가 가시가 있는 거야! 절대로 모르는 여자들이 남자에게 이럴 수는 없어! 이것은 말도 안 되는 일이야! 사태라고 사태!"

혈압이 오를 대로 오른 그는 더 이상 참질 못하고 112를 눌러버렸다. 금세 경찰차가 왔는데 그가 이 상황을 자세히 알리자 경찰들은 여자들에게 다가가 "아가씨들 왜 그래요? 이 남자가 그렇게 좋아요?"라고 묻는다.

"네, 그렇습니다. 절대 이상형입니다."

"네, 맞습니다. 완벽한 이상형입니다."

"네, 숨이 멎을 것만 같을 정도로 이상형입니다."

그녀들은 한결같이 이렇듯 한마디씩 한다.

구청 직원 차희영, 법원 직원 최숙비는 수원시민들에게 노출된 공무원들이라 혹시 경찰들이 자신들을 알아보는 것 같자 너무 놀라 매우 당혹스러워 여기 더 이상 머무르면 안 되겠다 싶어 슬슬 뒷걸음으로 막 달아난다.

경찰들도 별로 개의치 않고 그냥 가버린다. "참! 여자들이 용기는 대단합니다. 각자 알아서 해결하세요. 우리 경찰이 사람이 사람을 좋아하는 문제에 대해 뭐라고 말하고 싶지 않습니다." 경찰차가 붕붕 떠나버리자 방금 전 피했던 여자 둘이 어느새 또 달려와 접근전을 펼친다.

"이히히히. 저쪽 담벼락에 숨었다가 경찰이 사라지는 걸 보고 또 왔습니다. 이봐요. 정말 이런 식으로 할 겁니까? 그냥 내 사랑을 받아주면 될 일 아닙니까? 아니 남자가 진짜 쪼잔하게 경찰이나 부르고 말이야! 원래 남녀 간의 사랑 문제는 공권력이 개입되는 게 아니란 말이야! 으으."

"어어, 뭐! 이런 궤변이 다 있어? 참! 대한민국 경찰 지들 멋대로네! 법이란 게 있으면 뭐 해! 이런 뚱딴지같은 여자들을 얼른 붙잡아가 마구 족쳐야지 이게 뭐야! 흑흑 다들 꺼져, 꺼지라고……."

그는 그녀들을 확 밀어 버리고 얼른 차에 올라타 정천제약으로 향하는데 그녀들도 굽히지 않고 희나의 차, 소울을 함께 타고 이판사판식으로 따라가기 시작하였다.

그녀들이 이 시간에 일제히 모인 것은 며칠 간 순번을 정해 공략했었지만 이번에 동일 시간에 동시에 공략하겠다는 포석이었다.

그녀들은 이렇듯 철저했고 알바정신이 그만큼 투철했던 것이다.

그의 썩은 모닝을 악착같이 따라가는 소울을 탄 그녀들이었다. 어느새 그는 정천제약 앞 정문에 다다랐는데 그녀들이 뒤를 따라왔다는 것을 미처 몰랐다.

그가 내려 정문에서 비희를 기다리고 있다.

6시 퇴근 시간이 되자 이 회사의 직장동료들은 하나둘씩 나오고 있었고 그가 정문 옆에 서 있는 장면을 목격하게 된다.

직장동료들은 황급히 다시 뒤돌아 휴게실로 도망친다. 그 후, 비희에게 이 사실을 전화로 알린다.

"야, 비희야 그 무법자 놈 또 왔다. 그러니까 넌 잠시 나오지 말고 사무실에 좀 있다가 그놈이 완전히 사라지면 우리가 괜찮다고 해제 통보를 할 테니 그때 나오도록 해? 알았지?"

"아아, 그 자식이 또 왔어요? 예에, 알겠어요."

이렇듯 직장동료들은 비희에게 응급피신통보를 하였다. 광준은 눈이 빠지게 비희를 기다리고 있다. 오늘도 이런다고 뭐 뾰족한 수는 없어 보이지만 그래도 그녀를 그리워하는 마음이 하늘을 찔렀기에 이럴 수밖에 없었다.

그러던 중 그를 뒤따라온 여자 알바 대군 3명이 그에게로 구름같이 밀려왔다. 그녀들은 물론 철저히 서로 모르는 사이같이 각자 프러포즈를 시도하는 것처럼 완벽한 연기는 변함없다.

희나의 차, 소울은 멀찌감치 세워놓고 그녀들은 각자 어느 정도 거리를 유지하며 그에게로 달라붙기 시작하였다.

1번 타자, 김희나가 막 웃어가며 제일 먼저 다가와 그에게 말을 건넨다. "우아! 당신은 내 스타일입니다. 왜, 양철오피스텔 당신의 집 앞에서 도망치셨나요? 그런다고 내가 그냥 포기하고 돌아설 줄 알았나요? 어림없습니다. 난, 악착같이 내 차를 타고 그대의 차를 따라왔습니다. 이젠 나하고 뜨거운 아메리카노를 한잔합시다. 호호호."

그는 뒤따라온 그녀를 보고 깜짝 놀란다. 장안구 영화동에서 화성시 매송면까지 차를 타고 따라온 그녀를 보고 너무 놀라 정신을 잃어버린다. 당황, 충격 그 자체이다.

"아니 어떻게 여기까지 따라왔단 말입니까? 이거 무서운 여자다. 이럴 수가. 이거 날 죽이려고 왔나. 그렇지 않고는 이럴 수가 없다. 날 살인하려고."

"너무 놀라실 것 없어요. 원래 첫눈에 반하면 이렇게도 하는 겁니다. 킥킥킥."

이들이 이러는 사이, 바로 뒤에 2번 타자 차희영, 3번 타자 최숙비가 천천히 걸어오고 있다.

그녀들도 그에게 말하기 시작하였다.

"당신이 날 버리고 도망쳐서 죽기 살기로 쫓아왔습니다. 날 받아주십시오. 네에? 그렇게 안 하면 난 이 자리에서 죽어 버릴지도 모릅니다. 알아서 결정하세요."

"어어, 이 여자들이 합세하여 날 죽이려고 계획적이다. 무서운 세상이다."

광준은 금방이라도 그녀들이 자신을 죽일지도 모른다는 두려움이 밀려왔다.

희영이 이렇게 나오자 숙비는 그녀를 노려본다. 왜냐하면 연합군이 아니라는 것을 보여줘야만 하기에 서로 싸우는 듯한 쇼를 해야만 한다.

이번엔 완벽히 서로가 모르는 사람, 관계라는 것을 나타내기 위해 숙비가 희영에게 욕설을 퍼붓기 시작한다.

"넌 뭐야? 여기 이 남자는 내가 이미 점찍어 놨는데 웬 엉뚱한 년이 나타나 훼방을 놓는 거야? 얼른 꺼져 버려."

그러자 희영이 숙비에게 반격을 날린다. "넌 뭐야? 도대체 뭔 점을 찍어 놔? 점을 찍어 놓기는 내가 이 남잘 사랑해 버리면 그만이지! 이 시발년아."

"뭐야? 이게 정말 말을 막하지? 너 죽고 싶니?"

그녀들이 서로 옥신각신하자 옆에 서 있던 희나가 그녀들에게 아주 크게 고함을 지른다.

"이봐, 이년들이 무슨 헛소리를 하고 있는 거야? 이 남잔 이미 내가 오래전부터 침을 발라 놓았던 인물이라고…. 그렇게 알고 다 꺼져 버려, 가라고 가란 말이야…. 난 이 남자와 결혼 날짜도 잡아 놓았다고."

이젠 그녀들 3명이 서로 엄청난 실랑이가 벌어지기 시작했다. 〈이 남자는 내 거다.〉라는 주장을 각자가 강력하게 피력함으로써 긴장감이 고조가 되어 버렸다.

광준은 몹시 당황스럽고 어쩔 줄을 몰라 했다. 하필, 그것도 자신이 짝사랑하는 여인이 다니는 회사 앞에서 3명이나 되는 낯선 여자들이 나타나 난리법석을 떨고 있으니 더 참담하다.

지금 상황이 이렇다면 자신이 그리워하는 여인을 기다리는 일이 얽히고설킬 수 있으니 신경이 곤두서고 있다. 그런데 사실은 지금 현재 벌어지는 장면은 이 회사 정천제약 김 대리의 작품이다.

지금 이 시각, 김 대리를 포함, 다른 직장동료들은 2층 휴게실에서 창문 넘어 무법자와 여자들이 실랑이가 벌어지는 광경을 지켜보며 환호성을 터뜨리며 회심의 미소를 짓고 있었다. 김 대리는 생각한다. 여자 알바 대군들이 악착같이 어떻게 이곳까지 무법자를 따라와 맨투맨 밀착 빗장수비까지 해 주는지 너무 고맙기까지 했다.

지금 벌어지는 빗장수비까지는 의뢰를 하지 않았는데 저렇게 알아서 척척 해주는 모습, 장면은 너무 흡족한 기분이었다.

이렇게까지 해줬는데 알바 품삯을 조금 더 올려 줘야겠다고 생각한다. 특별 보너스 차원이다. 이참에 아예 여자 대군들이 저 무법자를 완전히 넋을 빼 버려 질려버리게 하여 어마어마한 노이로제 및 트라우마를 일으켜 앞으로 이곳에 나타나지 않게만 해 준다면 더 없는 기쁨, 만족이라 여긴다.

9. 위계에 의한 직장동료의 빗장수비

부장, 팀장, 계장, 주임도 정문 주변에서 벌어지는 광경을 보며 무척 짜 릿하고 달콤한 기분을 만끽하고 있는 중이다.

"우하하하. 저 자식 말이야, 저렇게 미모의 여자 3명이 자기에게 좋다고 매달리니 겉으론 저렇게 아닌 척해도 속으론 좋아서 완전히 입이 찢어질 거야! 푸하하하."

"그렇겠죠. 부장님. 킥킥킥. 남자가 여자를 싫어하는 놈이 어디 있어요."

"우리는 지금 이렇게 휴게실에서 창문 너머 한 편의 액션 멜로드라마를 시청하고 있는 거라고……. 우후후후."

"어어, 저기 봐요. 저놈이 이젠 여자들에게 질려 도망치려고 하는데요. 푸하하하."

광준은 이곳 정천제약 정문으로 비희를 보려고 왔다가 도리어 자신을 집요하게 따라다니는 여자들에게 프러포즈성의 습격을 당하여 지금 상황이 안 좋다고 판단하여 다시 자신의 차, 썩은 모닝을 타고 달아나 버린다.

여자들은 더 이상 따라가진 않고 우두커니 서 있다. 그 뒤 그의 차가 아주 멀리 사라진 뒤에 그녀들은 일제히 아주 크게 웃음을 터뜨린다.

그녀들의 동시다발 공격으로 그는 비희를 좋아하는 마음이 흐트러지는 분산효과가 나타나는 현상이 자연스레 일어나기 시작했다.

그녀들은 이번 주말을 맞이하여 더 강하게 고삐를 조일 것을 다짐한다. 그래서 어떻게든 김 대리에게서 알바비를 더 많이 받아내려는 생각이다.

김 대리와 직장동료들은 여자 알바 대군들이 지금 이 시간에 혁혁한 공을 세웠지만 밖으로 나와 격려는 하진 않고 그냥 2층 휴게실에서 끝까지 최종상황을 지켜보고만 있다.

 # 10. 내 사랑을 찾기 위한 좀비 정신

혹시, 무법자의 눈에 띌 수도 있기 때문이다. 그러는 사이에 그녀들은 희나의 차, 소울을 타고 떠나고 있다. 김 대리와 직장동료들은 일제히 통쾌한 환호성을 터뜨렸다.

"와아! 우리의 시나리오가 완전 대승을 거두는 순간이다."

김 대리는 자신이 알바들을 고용한 성과가 너무 크게 작용하니 하늘을 나는 기분에 취해 그 자리에서 기쁨에 겨워 어깨춤을 덩실덩실 추며 엉덩이를 좌우로 막 흔든다.

그런 기분으로 지금 사무실에 피신해 있는 비희에게 긴급대피 해제 통보의 전화를 넣는다.

"비희야 그놈이 떠났다. 긴급대피 해제를 알리겠다. 하하하. 여기 휴게실로 와."

"아 네, 알겠어요."

비희와 직장동료들은 자신들의 여자 알바 대군 고용 전법이 너무 기가 막힐 정도로 대성공을 거두자 자축의 의미의 회식을 가지려고 한다.

비희가 휴게실로 내려오자 이들은 일제히 숯불갈빗집으로 향한다.

"야, 비희야 그놈이 정문에 얼씬거리는데 우리 여자 알바 병사 3명이 습격하여 깨끗하고 시원하게 그놈에게 프러포즈를 걸며 무찔러 버렸어. 그러니까 그놈은 당황스러워 황급히 도망쳐 버렸지. 으하하하. 완전 그 자식의 혼을 빼 버린 거지!"

"킥킥킥. 그랬어요. 역시 우리 김 대리 오빠가 구상했던 시나리오대로 착착 진행되어 가는군요. 이히히히."

비희는 겉으론 그렇게 말하면서도 속으론 이름 모를 그 남자에 대해 좋아하는 마음으로 인해 못내 침통한 심정으로 치닫는다.

김 대리와 비희가 얘기를 나눌 때 그 옆에서 소주를 마시던 부장, 팀장, 계장, 주임은 일제히 신나게 웃고 있다.

이들은 또 1차로 술을 먹고 2차로 노래방을 갔고 그 후 각자 집으로 들어갔는데 김 대리와 비희는 단둘이서 모텔을 찾아 들어가 관계를 맺었다.

아까, 여자 알바 대군들의 융단폭격 때문에 허겁지겁 달아난 광준은 집에 들어가 마음을 새롭게 다지고 있었고 그 알바 대군들은 행궁동에 모여 술파티를 열었다.

"이히히. 그러다가 우리 중에 하나와 걔가 진짜 눈 맞는 거 아냐! 그럼 어쩌지?"

"그렇기도 하지. 벌써 걔가 우릴 쳐다보는 눈이 심상치 않은 것 같은데…. 우리 중에 누군지는 몰라도 하나 분명 좋아하고 있는 것 같다. 여기서 걔에게 마음이 생긴 사람 손 들어? 하하."

"에잇! 그건 말도 안 된다. 자자, 우린 술이나 퍼먹고 장안문 쪽 노래방이나 가서 노래나 부릅시다. 우리가 이렇게 이런 알바 일로 만나게 된 것도 인연인데…."

"오우! 너무 좋아요."

광준은 잠들기 전, 오늘 정천제약 정문 앞에서 벌어진 일에 대해 한편으론 매우 이상하다는 생각도 들면서 또 다른 한편으론 그녀들이 조금씩, 아른거리기도 하였다.

묘한 싱숭생숭한 감정이 싹트기 시작한 것이었다.

왜냐하면 그녀들의 미모도 자신이 짝사랑하는 비희 정도 수준까진 조금 미치진 않지만 어느 정도 되기 때문이다.

그렇지만 아까 그 상황에서 피할 수밖에 없었다. 정확히 그녀들의 정체를 모르고 누군지 모르는데 그냥 호응해 줄 수도 없지 않은가! 하고 느꼈다.

머릿속이 상당히 복잡해져만 간다. 깊은 혼란 속에 빠져들며 꿈나라로 들어간다. 깊은 꿈을 꾸다가 깨나 눈을 뜨고 밖으로 나온다.

"아아, 이게 무슨 또 날벼락인가!"

오늘 또 아침부터 그 여자들 중 1명이 와 있었다. 김희나였다.

"저, 제 이름은 김희나입니다. 왜, 자꾸 저를 피하십니까? 뜨거운 대화를 나눠요?"

"아니, 정말 지겹군요. 여자가 자존심도 없습니까? 그렇게 따라다니니 말이에요. 누군지도 모르는 사람이 말입니다."

"아닙니다. 자존심이고 뭐고 다 필요 없어요. 난 그대를 사랑합니다."

"……."

광준은 얼른 방으로 들어가 버린다. 그리고 밥을 먹는다. 그 후, 음악을 듣는다. 마음의 평온을 찾고 싶어서이다. 창문을 살며시 내다본다. 그녀는 보이지 않았다. 간 것 같았다. 다행이라고 생각하고 다시 눕는다.

시간은 오후로 접어든다. 바람을 좀 쐬려고 나오는데 이번엔 다른 여자가 와 있었다. 그는 너무 놀라 몸이 완전히 굳어져 버린다. 차희영이다.

"저, 제 이름은 차희영입니다. 왜 자꾸 저를 외면하세요? 화끈한 대화를 나누어요."

"아니, 진짜 짜증 나는군요. 여자가 왜 그럽니까? 속도 없나요?"

"아닙니다. 속이고 뭐고 다 소용없어요. 난 당신을 좋아합니다."

"……"

그는 다시 방으로 다급히 들어가 버린다. 그리고 녹차를 한잔 끓여먹는다. 그 후, 음악을 듣는다. 마음의 안정을 찾고 싶어서이다. 너무너무 이상하다. 도대체 저 여자들이 뭘까! 무슨 사이비종교 전도사들인가! 아니면 정말 순수하게 날 좋아해서 그러는 걸까! 정천제약으로부터 무슨 지령을 받은 걸까!

온갖 복잡한 상념들이 뇌리를 강타한다. 그렇다고 그녀들이 아예 마음에 안 드는 것은 아니지만 그래도 굉장히 조심스럽고 두려운 마음 가눌 길이 없다.

창문을 살며시 내다보자 그녀는 보이지 않았다. 간 것 같다. 다행이다 싶어 다시 눕는다. 밖으로 외출하고 싶었지만 여자들 때문에 제대로 나가지도 못하고 방에서 끙끙 앓는다.

이젠 시간은 저녁때가 다 되어간다. 2명의 여자들 때문에 제대로 바람을 쐬지 못했으니 지금이라도 나가려고 마음먹고 나갔다.

이번엔 또 다른 제3의 여자가 와 있었다. 최숙비였다.

"저, 제 이름은 최숙비입니다. 왜, 자꾸 저를 피합니까? 왜 저를 싫어합니까? 당신을 사랑합니다. 그리고 어제 거기에 왔던 2명의 여자들은 제가 완전히 제압해 버릴 겁니다. 그 이유는 그 여자들이 당신을 차지하는 일은 절대로 있어선 안 되기 때문입니다. 당신은 내 거입니다. 호호호."

"그렇지 않아도 오늘 오전 오후에 그 2명의 여자들이 여기에 나타났었습니다. 징글징글하군요. 그 여자들도 그렇지만 그쪽도 그렇고 그렇게 속도 없나요?"

"아니, 그게 무슨 말인가요? 내가 속이 얼마나 깊은지 모르시군요. 대한민국에서 나처럼 속이 깊은 여자 있으면 한번 나와 보라고 하십시오."

"……."

그는 또 재빨리 101호 방으로 뛰어 들어가 버린다. 그리고 대추차를 한잔 끓여 먹는다. 그 후, 음악을 듣는다. 마음을 진정시키기 위해서이다.

너무너무 괴상하다. 도대체 3명이나 되는 여자들이 왜 저러는 걸까! 저들이 서로 짜고 그러는 것일까! 아님, 서로 모르는 사인데 그저 정말 순수하게 날 좋아해서 그러는 걸까! 저것들 뭐지!

정말 머리가 터질 듯이 아파온다. 무엇인가! 저들의 정체는…. 조심스럽고 두렵다. 창문을 살며시 열어 확인해 본다. 그녀는 없다. 간 것 같다. 다행이다 생각하고 누우려니 더 답답하다. 창밖은 진한 어둠이 몰려왔다. 동절기라 그렇다.

이젠 그녀들 3명이 다 나타났으니 오늘은 더 이상 나타나지 않을 거라고 판단하고 조심스럽게 밖으로 나온다.

그랬는데 정말 아무도 보이지 않았다. 너무 잘됐다 싶어 이젠 홀가분한 마음으로 산책길에 오른다. 그러다가 허기를 채우기 위해 식당으로 들어가 식사를 하였다.

어쨌든 신경은 계속 쓰인다. 내일도 저 여자들이 또 집 앞에 나타날 것인가! 그렇다고 비희를 잡을 수가 없다면 꿩 대신 닭으로 뭐라고 이런저런 대화를 나누기도 그렇고 누군지 모르지 않은가!

그래서 조심스럽고 두렵다는 것이다.

아닌 게 아니라 다음 날도 그녀들은 1명씩 번갈아가며 나타났다. 광준은 결국 무시무시한 노이로제와 트라우마에 빠져 몸을 주체하지 못하고 다른 곳으로 이사계획을 세우기에 이른다. 그래서 그다음 날, 월요일에 그는 자신의 직장이 있는 곳, 팔달문 할로웨이마트 주변의 주택을 얻어 떠났다.

지동 백호오피스텔 2동 305호이다. 그는 끝내 그녀들의 프러포즈를 꽤 심각하게 생각했고 심지어 두렵기까지 했다.

자신이 잘 아는 사람이라든가 즉 아는 여자들이면 모를까, 모르는 낯선 여자들을 믿을 수 없다는 쪽으로 최종 결론을 내리기에 이른다.

결국, 그도 통상적으로 고정관념, 선입견이 발동되어 직장동료나 소개나 맞선, 또 넓은 의미의 연결된 구조적 직장동료나 이것을 풀어 보면 어떤 모임, 동호회 같은 아는 사람, 틀 구조가 아니면 마음엔 있더라도 그것을 신뢰할 수 없고 부정해 버리는 고착되는 심리가 지배하는 것이었다.

그가 이렇듯 급속히 영화동 양철오피스텔에서 팔달문 주변 지동 백호주택으로 집을 옮겨 버림으로써 앞으로 그 여자들은 프러포즈 시도하기 알바는 상당히 난항을 겪을 것으로 보이지만 또 다른 연구를 하여 그를 집요하게 가로막는 빗장수비를 펼칠 것으로 예상된다.

그는 지동으로 이사를 했기에 그 여자들이 이젠 더 이상 자신에게 나타나 몹시 신경 쓰이게 하진 못할 것이라고 판단한다. 글쎄 과연 그게 그렇게 될까! 모르겠다.

광준이라는 무법자를 섬멸시키려고 호시탐탐 계략을 세우고 있는 정천제약의 직장동료들과 또 그들이 고용한 여자 알바 대군들의 공습은 그야말로 하늘을 두 쪽 내어 버릴 정도로 화력이 막강하기에 단지 다른 곳으로 이사를 했다는 게, 강력한 방어가 될 수 있을지 많은 의구심이 든다.

그는 이렇듯, 이사한 날, 이젠 어느 정도 홀가분해졌다고 판단하고 또 저녁 때, 오매불망 자신이 짝사랑하는 그녀를 찾아 정천제약으로 가려고 마음을 먹는다.

자신이 다른 곳으로 이사를 하며 피신을 했기에 오늘 저녁에 그녀들이 영화동 양철오피스텔에 나타나더라도 자신을 볼 수 없어서 어느 정도 포기할 수도 있지 않을까 하는 기대도 해 본다.

오늘 저녁은 그 여자들이 양철오피스텔에 가긴 했지만 그가 보이지 않자 곧바로 유턴하여 희나의 차, 소울을 타고 정천제약으로 내달렸다.

광준 입장에선 최악의 공교로움이었다.

그녀들을 피해서 다른 지역으로 이사까지 갔건만 그리고 오늘은 새롭게 이사한 기분과 내 짝사랑을 성공시키겠다는 일념으로 정천제약으로 달려가는 것인데 그 여자들 또한 처음엔 그를 공략하러 갔다가 없자, 며칠 전 그가 정천제약으로 갔던 그 기억으로 그가 오늘도 그곳으로 갈 것이라고 예측하고 달려간 것이었다.

광준은 오늘은 조금 전법을 달리한다. 정문 옆에서 진을 치면 직장동료들이 퇴근하다가 보게 될 수 있기에 조금 더 떨어져서 있어야겠다고 생각하고 또 안전하게 차 안에 있어야겠다고 느꼈다.

그래야 직장동료들의 눈을 피할 수 있고 차 안에 있다가 비희가 나타나면 그때 재빨리 내려 다가가면 될 것으로 느낀다.

그가 정문에서 한참 떨어진 곳에 도착한 후, 퇴근 무렵, 그녀가 나오기만을 손꼽아 기다리고 있었다. 그러는 중, 여자 알바 대군들이 몇 분 뒤, 이곳에 도착했다.

그녀들은 그의 차, 썩은 모닝과 그 넘버를 알아보게 된다. 그의 차를 쉽게 알아볼 수 있었던 것은 며칠 전에 영화동으로 프러포즈 공세를 펼치러 갔다가 그가 모닝을 타고 황급히 도망치는 장면을 목격했었기 때문이다.

그렇다면 시간이 조금 지나면 또 한 차례의 엄청나게 큰 회오리가 몰아칠 듯하다. 드디어 그런 시간으로 들어간다.

퇴근 시간이 되자, 정천의 동료들은 하나둘씩 나오고 있었는데 이윽고 비희도 나오고 있었다. 그는 그녀의 모습을 보게 되자, 갑자기 심장이 뛰는 듯했다.

말할 수 있는 절호의 기회라고 판단하고 차에서 재빨리 뛰쳐나와 그녀에게 달려가 말을 건다.

"안녕하세요. 오랜만입니다. 너무너무 보고 싶었습니다. 잠시만요."

"……."

그녀는 너무 놀라 말없이 우두커니 서 있었다. 그가 이렇듯 소리를 지르며 그녀에게 달려들자 그녀 뒤를 따라 나오던 동료들은 몹시 당황해한다.

직장동료들은 그를 가로막는다. 그들이 그러는 사이에 희나의 차, 소울 안에 있던 여자들은 번개같이 차에서 뛰쳐나와 그에게 달려간다. 프러포즈 공습을 날리려고 그러는 것이다. 철저한 준비 태세가 갖춰져 있다.

"아니 여기 좀 봐요. 내가 영화동 당신의 집까지 갔었는데 계속 보이지 않아 며칠 전 이곳으로 도망친 걸 알기에 혹시 또 여기에 왔나 해서 이곳으로 온 겁니다. 저하고 데이트를 하면 안 될까요? 네에?"

"사랑해요. 오빠?"

"너무너무 좋아합니다. 오빠?"

그 여자들은 각자 한마디씩 하며 달려든다. 그러더니 서로 그를 끌어안으려고 안간힘을 다 한다. 그러자 그는 그녀들을 피한 뒤, 비희에게 말을 한다.

"보고 싶었습니다. 대화를 나눌 수 있었으면 해요."

"……."

서로서로 얽힌 아수라장을 방불케 한다.

비희는 당황해한다. 그러면서 끝까지 아무 말도 하지 않는다. 비희는 괴로운 표정을 지으며 옆으로 피해서 걸어가고 있다. 그러자 그가 그 방향으로 따라간다.

"제발 저와 얘기를 나누어요. 꼭 전할 말이 있습니다."

그가 그녀에게 계속 달라붙자 이번엔 여자 알바 대군 3명이 번개같이 그에게 달라붙으며 앞을 가로막으며 각자 아주 크게 소리를 지른다.

"아니 이봐요. 왜, 제 말을 안 듣고 피하기만 합니까? 도대체 왜 그러냐고요?"

"정말 자꾸 이런 식으로 할 겁니까?"

"나를 좀 봐요."

광준, 비희, 여자 알바 대군 3명이 서로 몸과 몸이 부딪치며 접전이 벌어지는 상황이 연출되고 있다. 이를 지켜보는 직장상사 동료들은 그저 우두커니 지켜볼 뿐이다.

그들의 계산은 자신들이 이런 상황에서 끼어들지 않아도 그녀들이 다 알아서 뒤처리를 해 줄 수 있기에 그냥 가만히 있는 것이다.

그는 얼마 전, 자신이 비희에게 이곳에서 무척 치욕적인 독설을 퍼부었던 기억이 떠올랐는지 그녀를 향해 "내가 얼마 전 여길 찾아와 막말해서 기분 나빴다면 미안합니다. 본뜻은 그게 아니었습니다. 용서하세요." 라고 말한다.

비희는 아무 말 없이 가만히 서 있다.

"직장동료들과 놀고 화대 어쩌고저쩌고 해서 언짢으셨다면 정말 송구합니다. 그 말은 당신을 조롱한 게 아닙니다. 그만큼 난 당신을 사랑하기 때문입니다. 왜, 이런 직장상사 동료 놈들과 그렇게 지냅니까? 더 이상 그러지 마세요. 어서 내 곁으로 오세요. 저것들은 직장 내에서 당신을 가지고 놀았지만 지들 와이프나 딸들이 직장생활 하며 그런다면 그냥 가만히 있을까요? 난리가 나고 죽인다고 펄쩍펄쩍 뛰겠지요. 저런 자식들과 그렇게 지내지 말란 말이에요. 당신을 사랑하는 사람으로서 내가 해 주는 충언입니다."

그 순간, 그녀는 이 말에 이상형이자 속으로 짝사랑하는 대상이 자신에게 해 주는 말이라 감동을 느껴 눈물이 핑 돌았고 옆에 있던 직장상사 동료들은 눈을 부릅뜨며 몹시 불쾌한 감정에 "야, 이 개자식아 뭐 이런 새끼가 우리를 뭘로 보고 그러는 거야! 우린 정의를 지키는 품격 있는 사람들이라고."라고 욕설을 퍼붓는다.

그녀들은 몹시 화가 난 사람들처럼 얼굴을 붉히며 그에게 달라붙으며 이들 중 제일 먼저 희나가 그를 아주 세게 끌어안는다. 희나가 그를 기습적으로 껴안자 비희는 못내 침통한 심정으로 얼굴이 완전히 일그러진다. 속으로 '아아, 내 이상형 짝사랑하는 남잘 저 여자가 끌어안아 버리다니 그러면 안 돼! 어서 떨어지지 못해, 빨리 떨어지란 말이야!'라며 엄청나게 괴로워한다.

"날 외면하지 말아요. 흑흑."

"아아, 저리 저리 비켜요. 뭐 하는 짓이야?"

그 여자들 중 1명이 그를 세게 끌어안으며 난리를 치자, 옆으로 피했던 비희는 순간 얼굴을 다른 데로 돌리며 씁쓸한 기분과 불쾌한 표정을 짓는다.

그 여자들이 아주 적극적으로 알바 활동을 하는 장면이 괘씸하게 느껴지기도 했다. 비희는 직장구조하에서 어쩔 수 없이 이끌리어 편승되는 자기 자신의 괴로움과 지금 이 시각, 여자들이 그를 향해 날뛰는 장면이 이래저래 번민의 연속이다.

이 상황에서 더욱더 쇼킹한 일은 희나가 광준을 끌어안으며 느닷없이 자신의 입술을 그의 입술에 대고 꾹꾹 눌러 버린 것이었다.

그는 깜짝 놀라 충격을 받는다.

비희도 속으론 충격받고 가슴이 철렁하며 괴로워한다. 이 장면을 본, 희영, 숙비는 격분된 듯한 표정을 지으며 이들을 떼어놓으려고 안간힘을 다한다. 그런 쇼를 하는 것이었다.

"아니 이봐, 이 여자야 지금 뭐 하는 짓이야? 왜 내 남자의 입술을 뺏느냐고…. 에잇, 저리 비켜. 이 시발, 아니 뭐 이런 년이 다 있어, 이거 미친 년 아냐? 이걸 확. 내 걸 건들지 말라고."

희영, 숙비는 희나를 아주 세게 잡아당겨 떼어 놓더니 이번엔 자신들이 서로 그의 입술을 빼앗으려고 몸부림을 치기 시작하였다.

그 과정에 희영, 숙비는 서로 얼굴에 버팅이 벌어지고 말았고 그는 아주 세게 그녀들을 밀어 버렸다.

"야, 이 씨, 이런 개 같은 년들아, 다 비켜 비키란 말이야, 이게 완전 정신이 돈 년들이지, 이게 성한 년들이야! 어휴~~ 이런 거지 같은 년들아? 저리 꺼져 버려."

고함을 치며 막 거칠게 밀어 버린다.

이번엔 3명의 여자들이 전열을 가다듬고 있는 힘을 다해 서로 그의 입술을 훔치려고 달라붙어 결국 성공하고 말았다.

그는 화가 치밀어 오르기 시작했다. 그런 분노를 일으키는 건 비희도 마찬가지였다. 그녀는 자신이 그러고 싶은데 못 하는 걸 다른 여자들이 그러니까 짜증 나는 것이다.

그는 지금 이곳에 자신의 짝사랑 대상인 비희에게 말을 하려고 찾아왔건만, 웬 난데없이 최근부터 자신에게 추근거렸던 여자들이 여기까지 따라와 방해를 하는 바람에 소기의 목적을 이루는 데 큰 피해를 받는다.

게다가 자신의 입술까지 빼앗겼으니 말이다.

그는 도저히 안 되겠다 싶어 그녀들을 온 힘을 다해 막 있는 힘껏 밀어 버린다. 그는 심정으론 패대기를 치고 싶기도 했지만 그렇게까진 하진 않는다.

자신이 그녀들에게 입술을 도둑맞은 자체가 그리도 분했는지 그 분을 참지 못하고 그 여자들이 자신에게 했던 그 전법을 그대로 옆쪽으로 멀찌감치 피신해 있던 비희에게 거침없이 달려가 그대로 똑같이 입술을 빼앗아 버린다.

비희는 속으론 황홀경에 빠져 무아지경 속에 들어가 환호성을 터뜨렸지만 겉으론 직장동료들을 의식하여 굉장히 역겨워 저항하는 듯한 몸짓을 취한다.

"에잇! 이게 뭐야? 으윽."

이 장면을 직장동료들이 보고도 제재할 수가 없었다. 왜냐하면 너무 순간적으로 벌어진 일이라 그랬다. 비희는 당황스러워 어쩔 줄을 몰라 했다. 속으론 너무 좋아 그 달콤했던 순간을 계속 떠올린다.

비희가 이 무법자로부터 순간적으로 급습을 당하자 이를 지켜보던 직장동료들은 너무 충격적인 장면을 보고 일제히 달려들기 시작하였다.

"어어, 이게 뭐야! 우리가 방심하는 틈을 타 저 자식이 우리 여직원의 입술을 훔쳐가다니! 저걸 죽여 버려."

"저 새끼를 붙잡아 빨리 빨리."

"이런 개자식 봐라!"

정천제약, 부장, 팀장, 대리, 계장, 주임은 무법자를 떼어놓으려고 막 달려든다. 이 장면을 지켜보던 여자 알바 대군 3명도 자신들도 알바비를 제대로 많이 받아내려면 그냥 있을 순 없었다.

그녀들도 무법자가 비희에게 강제로 입 맞추는 걸 떼어 놓으려고 소리를 지르며 막 달려들었다.

"아니, 나를 사랑해야지, 지금 뭐 하는 거예요. 나를 사랑해 달란 말이에요. 으으윽."

"어어, 내 입술을 빼앗아가 달라고요. 왜 딴 데 가서 그래요. 지금 뭐 하자는 겁니까? 으윽."

"그러면 안 돼. 저리 비켜."

남자 직장동료들 5인, 여자 알바 대군 3인들이 합세하여 대거 막 달려들어 광준을 잡아당기는 바람에 그는 비희와 입을 맞추던 상황에서 떨어져 나갈 수밖에 없었다.

그는 그들의 연합공격에 강제로 떨어진 후에도 계속 비희를 끌어안기 위해 달려들으려고 하였다. 그 과정에 남자 직장동료 5인, 여자 알바 대군 3인이 서로 그를 밀고 누르고 꼬집고 걷어차는 과정에 서로서로 엄청날 정도로 얽혀서 쓰러지는 사태로 치달았다.

야구경기에서 격렬한 벤치클리어링 저리가랴였다. 이때 비희는 재빨리 더 멀리 피해 버렸다.

"이 개자식아, 이 새끼는 안 되겠어, 어휴~~ 이걸 그냥 확, 죽여 버려…."

"날 사랑하고 좋아해 줘요. 이 남자를 너무 그렇게 막 밀지 말아요. 안 돼요."

"이게 뭐 하는 짓들이야, 이것들을 진짜 확."

직장동료 5인, 여자 알바 대군 3인들은 서로서로 격하게 맞부딪쳤다. 물론 이들은 서로서로 짜고 치는 고스톱이지만 말이다.

전자는 그를 타도하려 하고, 후자는 그를 보호하려고 하는 듯한 모습을 보이는 것이다. 직장동료들은 그를 쓰러뜨려 누르며 후려치고 있고, 여자 알바 대군들은 그러지 못하도록 떼어내려고 안간힘을 다 썼다.

"비켜, 저리 비켜, 이런 새끼는 죽여 버려도 돼! 어휴~~ 진짜 이런 개자식 이거 확."

"안 돼요. 안 돼요. 저리 비키란 말이에요. 내가 사랑하는 남자란 말이에요. 안 돼."

그야말로 엄청날 정도의 충돌이었다. 그 과정에 그는 직장동료 5인이 휘두른 주먹을 맞고 코피를 흘리며 쓰러지고 말았다.

김 대리는 비희에게 황급히 사인을 보낸다. 얼른 다른 데로 피하라는 신호였다.

그녀는 알아채고 다급히 도망친다. 피하긴 했지만 그가 코피를 흘리는 장면을 지켜보며 속으론 너무 괴로워 가슴이 찢기듯 죽을 지경이었다.

속으론 그를 좋아하기 때문이다. 여자 알바 대군들은 더 이상 안 되겠다고 느껴 3명이서 그들이 쓰러뜨린 그를 더 이상 때리지 못하게 아예 에워싸며 끌어안아 버렸다.

"으윽, 이게 뭐에요. 왜 내가 사랑하는 남잘 이 지경을 만드는 거예요? 안 돼."

"다 비키란 말이야!"

그녀들이 좌우로 같이 엎드린 채로 그를 보호하며 가로막자 직장동료들도 폭행을 중단한다.

그의 얼굴에선 피가 줄줄줄 흐르고 있었다. 그러자 그녀들은 물티슈를 꺼내어 피를 닦아 주기도 하였다. 이런 장면을 아주 먼 곳에서 바라볼 수밖에 없었던 비희는 주변에 아무도 없자, 아주 큰 소리로 울음을 터뜨린다.

직장동료들은 그에게 강력한 경고를 한다.

"야, 이 자식아, 우리가 네게 그 정도로 경고를 했으면 이젠 정신 차리고 안 그래야지, 끝까지 나타나 우리 여직원을 괴롭히는 것인가? 여기 널 가로막는 여자들 때문에…. 이 여자들이 널 보호하려고 이렇게 딱할 정도로 가로막는 걸 보니 조금 안쓰러워 그냥 이 선에서 그친다. 오늘 이 시간부로 또다시 나타나면 아예 널 죽여 버리겠다. 알았어? 몰랐어? 에잇, 퉤퉤퉤…."

남자 직장동료 5인은 그를 집단 구타를 하고 거기에다가 강력한 협박과 경고까지 하고 자리를 떠났다. 그 뒤, 회사 휴게실로 들어간다. 격전을 펼쳤으니 잠시 쉬러 가는 것이었다.

이들이 떠난 뒤, 광준은 얻어맞은 얼굴 부위에서 계속 피가 흐르고 있었고 통증도 몰려왔다. 이를 그녀들은 위로하였고 희나는 황급히 약국으로 달려가 연고와 붕대를 사다가 발라 주기도 했다. "아니 얼마나 아프세요? 너무 심하면 병원에 가봐야 하지 않을까요?"

"아닙니다. 그 정도는 아닌 것 같습니다. 아무튼 이렇게 치료해 줘서 감사합니다."

"아이, 뭘요. 이 정도 가지고 난 그대를 너무나 사랑하기 때문에 이렇게 하는 거예요. 내 사랑을 받아 주기만 하면 됩니다. 진짜 사랑합니다. 사랑해요."

희나가 이렇게 말하자 그 옆에 희영, 숙비는 얼굴을 다른 데로 돌리며 짜릿한 웃음을 자아낸다. 희나도 겉으론 슬픈 듯 애를 쓰지만 속으론 통쾌한 기분이다.

그녀들은 한결같이 그에게 안정을 시켜 주면서 서로 그를 차지하려고 실랑이를 펼치는 듯한 표정도 이어간다.

더 완벽한 쇼를 해서 자신들이 정말 그를 좋아하고 있다는 느낌을 주기 위함이다.

"아니, 이거 봐요. 내가 약국에 가서 약을 사 왔으니까, 이 남잘 내가 부축해서 데리고 갈 겁니다. 그러니 당신들은 돌아가세요. 이 남잔 내 거입니다. 저리 가세요."

"어어, 지금 이 여자가 뭔 소리를 그렇게 해요. 어떻게 이 남자가 당신 것입니까? 예전부터 내가 이 남잘 아주 진한 침을 발라 놓았는데…."

"아이, 다 비켜, 내가 이 남잘 업고 가 버릴 테니까…."

그녀들은 서로 업으려고 몸싸움도 펼친다. 그녀들은 서로 치열하게 격돌하는 척하였다.

  그는 자신이 정신을 차리고 천천히 일어나 자신의 차, 썩은 모닝 쪽으로 가서 타려고 하자, 그녀들은 말한다.

  "차를 운전하실 수 있겠어요? 제가 모셔다 드릴게요."

  "아닙니다. 할 수 있습니다."

  그는 문득 복받쳐 오르는 감정을 억누르지 못하고 비틀비틀거리는 만신창이가 된 몸을 이끌고 또다시 눈앞에 보이는 정천제약 정문을 바라봤다.

  아까 그들이 뒤돌아서서 다시 회사로 들어가는 모습을 봤기 때문이다. 이판사판 공사판으로 회사 정문 안으로 탱크처럼 뛰어 들어간다. 쳐들어가 고래고래 소릴 지른다. 경비들이 삽시간에 6명이 몰려와 막 밀어낸다.

  팔다리 한 군데씩 붙잡고 있는 힘을 다해 밀어내는 것이었다. 그는 이를 악물고 몸부림을 쳤으나 속절없이 밀려날 수밖에 없었는데 그러다 그만 바닥에 쓰러지고 만다.

  그들은 아주 세게 추켜올려 또 막 밀어붙이기 시작한다.

  질질질 끌려가다시피 끌려 나갔다. 6명에서 1명을 정문 밖으로 막 끌고 나간다.

  이 장면도 비희는 회사 2층 휴게실 유리창으로 내다보며 속으로 하염없는 괴로움의 눈물을 막 흘린다.

  좋아하는 남자가 당하는 거라 괴롭고, 그렇다고 이러지도 저러지도 못하는 상황이 더더욱 괴로움으로 짓눌렸다.

  "놔아 놓으란 말이야, 놔아, 놔아, 놓지 못해!"

  이내 끌려 나가게 됐다. 그러자 그녀들은 못내 매우 안타까워하는 표정을 짓는다.

"어머, 이를 어쩌지! 너무 마음이 아파."

그사이 6명 경비들은 급히 정문에 바리게이트를 쳐 버린다.

"에잇, 별 거지 같은 새끼, 이봐 빨리빨리 가로막자고, 가로막아."

그는 바리케이드를 뛰어넘으려고 위로 올라갔다. 도저히 안 되겠다고 판단한 경비들은 핸드폰을 꺼내 112를 눌러버렸다. 불과 5분 후, 경찰차가 들어온다.

그러자 광준은 다급히 차에 올라타 핸들을 돌려 버린다. 그가 탄 차가 보이지 않을 만큼 도망치자 그녀들은 일제히 환호성을 터뜨린다.

경찰들은 내려 경비에게 무슨 일이냐고 묻는다. 경비들은 어차피 지난 일이니 그냥 "웬 이상한 사람이 와서 엉뚱한 소릴 해서 신고한 겁니다." 라고 말하고 끝내 버린다.

경찰은 그냥 갔다. 경찰차가 보이지 않을 정도로 사라지자 그녀들은 다시 한번 환호성을 터트렸다.

"야호, 야호, 야호, 우리들의 알바는 정말 확실하지, 대리님이 알바비는 두둑이 주시겠지 뭐!"

오늘 이 시간, 정천제약의 남자 직장동료들에게 무차별 난타를 당한 그가 또 심기일전하여 자신의 짝사랑 대상인 비희에게 계속 쇄도할 수 있을지 모르겠다.

그는 당분간 심신을 추스르는 쪽으로 가닥을 잡을 것으로 보인다. 비희를 좋아하는 길이 너무너무 험난하기 때문이다. 너무 힘겨워 때에 따라 완전히 포기를 할 수도 있으리라!

현재 여자 알바 대군 3명의 행보도 문제이다.

그녀들은 그가 지금도 장안구 영화동에 살고 있다고 생각하기에 계속 그곳으로 공략할 텐데, 그는 그곳에 있지 않고 오늘부로 팔달문 지동으로 이사를 해 버렸으니 말이다.

물론 그녀들도 영화동 쪽으로 계속 공략하다가 그가 계속 그 집에 보이지 않으면 그곳은 포기하고 그가 정천제약 정문 쪽으로 직접 쇄도하는 것을 간파했기에 이 회사로 알바 활동, 즉, 프러포즈의 전진기지로 삼을 공산이 크다.

그는 당분간 숨 고르기를 할 생각이다. 계속 막무가내로 정천제약 앞으로 들이민다는 것은 너무 무모하다는 것을 실감하기 때문이다.

아니면 그가 예전에 구상했던 무슨 기습번트인가 무엇인가를 시도할 것인지도 모르겠다. 그가 구상했던 기습번트란 전근대적인 막가파 사랑법 그녀의 몸을 강제로 빼앗아 버리는 전법, 보쌈 전법이었는데 최근 들어 그런 집착은 많이 수그러들었다.

 ## 11. 독거미가 퍼뜨린 독침

　그가 영화동에서 지동으로 이사를 갔다는 정보를 알지 못하는 여자 알바 대군들은 그다음 날부터 일주일 내내 그가 살았던 영화동 양철오피스텔 6동 앞에 나타났다.
　그랬지만 그를 부딪칠 수가 없었다. 이사를 갔으니 말이다. 계속 낭패만 보던 그녀들은 혹시 정천제약 앞에 나타나지 않을까! 해서 그곳으로 몰려가기도 했지만 그는 나타나지 않았다.
　그녀들은 당황했다. 자신들의 알바 활동이 차질이 생기고 결국 알바비를 받아낼 수가 없기 때문이다. 일단 그녀들은 활동을 한 날짜까지만 정산하여 프러포즈 알바비를 김 대리로부터 지급받았다.
　광준은 직장동료나 맞선, 소개팅이 아니면 남녀 간의 만남, 교제가 바위에다 계란을 던지는 격이란 것을 뼈저리게 실감하면서 팔달문에 있는 할로웨이마트 일을 마치고 어떻게 조용히 한 주를 그냥 흘려보낸 소회를 되짚어보고자 이사 오기 전, 영화동에서 살 때, 줄곧 산책을 하던 곳, 영화동에서 시작하여 실개천산책로로 매교역 쪽으로 한번 걸어가 보기로 한다.
　추억이 서린 곳이기도 하니까 그러고 싶었는가 보다. 오늘은 일요일이라 산책객들이 꽤 많이 보였다.
 이젠 겨울도 2월 중순이 되니, 조금씩, 조금씩 꺾이는 것을 느낄 수 있을 정도였다.
 그는 천천히 걷는다는 것이 마음을 조금이나마 가라앉히는 길이라고 느꼈다. 이 세상에 태어나 누가 누구를 좋아하는 일은 쉽기도 하고 어렵기도 하다.
 어떤 계기가 되면 쉽기도 하고, 그런 계기가 되지 않으면 어렵기도 하다. 하지만 그 계기가 먼 훗날 좋은 쪽으로 작용하는 건지, 아닌지는 아무도 모른다. 자신도 모른다. 그저, 그런 계기가 왔으니 진행되어 나갈 뿐이다. 돌이켜 볼 날은 있다. 그것은 아마 낙엽이 떨어져 뒹굴 때만이 가능하리라!
 시간은 우리에게 교훈을 준다. 책으로 배울 수 없는 그런 것을 말이다. 그는 걷는다는 것도 치유의 순간이라고 느낀다. 한때 무모하게 그녀에게 무력을 쓰려고도 했던 그 순간, 돌이켜 보면 그저 눈을 지그시 감아 버렸다. 다 부질없는 짓이란 것을….
 오후 4시가 넘어갔다. 걷고 걸어 매교역에 다다르고 있었다. 실개천의 흐르는 물들은 오늘따라 유난히 힘이 없어 보였다.
 마치, 나의 육신과 영혼이 고갈된 것처럼 말이다. 흐르는 물과 나는 순간 일치됐다. 물아일체를 이뤘다.
 '아! 그런데 이게 무슨 일일까! 바로 맞은편 산책로에서 내가 짝사랑하는 그녀가 홀로 걸어오고 있는 게 아닌가!'
 비희는 지난달 10일에 화성행궁 정류장에서 출근하기 위해 통근버스를 기다리던 중, 광준이 느닷없이 나타나 그녀의 입술을 강제로 도둑질

해 버린 적이 있었다.

그 후, 그녀는 직장동료들과 그 대목에 대해 의논을 하였고 결국엔 정천제약 공광천 사장이 회사 주변 봉담읍에 피신 장소로 원룸을 얻어준 일이 있었다.

그 후로 그녀는 자신의 부모가 살고 있는 행궁동 주택에 한동안 오지 않았는데 요즘 며칠 간 무법자가 회사 주변에 나타나지 않자 포기한 걸로 생각하고 있었다.

그러던 중, 행궁동에 사는 그녀의 가족들이 한번 집으로 오라고 하는 바람에 이렇게 오게 된 것이었다.

내일 출근을 위해 다시 봉담읍으로 가려고 생각하고 있었는데 잠시 운동 삼아 수원천 따라 매교역 쪽으로 걷고 있는 것이었다.

어쨌든 그녀는 지금 이 시각 광준이 걷고 있던 길, 반대편에서 걸어오고 있다는 게 문제가 된다.

비희는 아무 생각 없이 막 걸어오다가 반대편에서 걸어오는 그와 두 눈이 마주쳤다. 그녀는 순간 깜짝 놀라 얼른 얼굴을 다른 데로 돌려 버린다.

그러나 이미 그는 어느 정도 떨어진 지점부터 그녀라는 것을 직감하고 있었다. 그는 그녀를 뚫어지게 바라본다. 그리고 놀랍고 기쁨으로 가득 찬 아주 큰 소리로 말을 한다.

"아! 저기요. 혹시 그 제가 좋아하는 그 정천제약의 그 이름은 모르는 그분 아닙니까? 이름 모를 여자?"

그러자 그녀는 재빨리 얼굴을 가려 버리며 옆으로 피해서 도망치려고 한다. 그러자 그는 그 길을 가로막는다. 매교역이 불과 30미터쯤, 떨어진 지점이다.

방향은 팔달문 쪽이다.

그로선 이런 어마어마한 천금 같은 기회를 그냥 물이 흘러가듯 그렇게 흘려보내지 않을 것은 기정사실이다. 비희는 최대한 피하려고 움직이고 있지만 속으론 그가 얼른 달려와 자신을 지나가질 못하게 가로막아 주길 원한다. 그리고 자신을 꽉 붙잡고 지난번처럼 무차별 키스를 퍼부어주길 간절히 원한다. 광준은 그녀를 철저하게 막는다. "아니 아니 여길 보세요. 제가 그토록 만나고 싶었고 말을 해 보고 싶었던 사람이 아닙니까? 그냥 그렇게 달아나려고 하면 안 됩니다. 으흑흑."

"……."

그녀는 아무런 말을 하지 않고 어쩔 줄을 몰라 했다. 피하려고 하지만 그가 완강히 막고 있어 피하기가 쉽진 않다. 그녀는 내심 좋긴 하지만 겉으론 발만 동동 구른다.

"아아, 그러지 마세요. 도대체 왜 그럽니까?"

결국 그녀는 아주 크게 소리를 지르고야 만다. 그러면서 그를 밀어 버리며 지나가려고 시도하는데 그는 그녀가 지나가지 못하도록 팔을 잡는다.

그리고 약간 울먹이는 목소리로 말을 이어간다.

"이봐요. 여기서 이렇게 볼 수 있게 된 것은 어찌 보면 하늘이 도와준 것입니다. 제가 당신을 만나기 위해 그토록 그 회사로 찾아갔건만 그곳의 직장동료들이 합심하여 저를 가로막고 심지어 경찰에 신고하고 또 그것도 모자라 집단으로 내게 폭행을 가하고 협박하기도 했지만 솔직히 그래도 난 당신을 좋아하는 마음은 한순간도 흐트러지진 않았습니다. 자나 깨나 어떻게 하면 좋아할 수 있을까, 만날 수 있을까, 어떻게 더 사랑을 쏟을 수 있을까, 이것만을 생각하며 지냈었습니다. 나의 이런 간절한 마음을 알고 어떻게 이곳에서 우연히 보게 되는군요. 아마 지금 이 순간에 볼 수 없게 됐다면 이리저리 괴로워하다 지쳐서 포기했을 겁니다. 사실 어제오늘 이틀 동안 단념하는 쪽으로 거의 굳혀 가고 있었지요. 그런데 오늘 이 시간 이 순간에 하늘이 제게 마지막 기회를 주시는군요. 마지막으로 제가 그대에게 하고픈 의사표시를 맘껏 할 수 있는 데까지 해 보라고 말이죠."

그는 이렇게 천금 같은 기회를 살려 하고픈 말을 하며 그간의 한을 푸는 듯했다. 그러나 그녀의 반응은 냉담했다. 사실 그녀도 지난달에 처음 그를 부딪쳤을 때 외형적으로 느껴지는 느낌은 100% 마음에는 들었지만 그가 누군지 모른다는 이유로 피했던 것이었다.

그런 마음은 지금 이 순간도 마찬가지이다. 그녀는 자신이 다니는 회사, 정천제약에서 사장부터 시작하여 주임까지 현재 애인으로 지내고 있다.

직장동료들과는 스스럼없이 무조건 애인이 되어 버린다. 그들이 다 유부남들인데도 말이다. 여기서 핵심은 그녀가 봤을 때 그들 직장동료들이 외형적으로 마음에 드는 것은 절대 아니다. 성격도 그저 그렇다.

그러나 매일같이 근무하고 대화하다 보니 친숙해지고 누군지 안다는 이유로 애인이 되어 버린 것이다. 오히려 눈앞에 있는 이가 몇백 배 더 마음에 들긴 든다. 그러나 지금 현재 눈앞에 서 있는 대상은 그녀에게 수도 없이 찾아왔지만 가장 중요한 요소, 누군지 모른다는 결정적인 이유가 아주 강하게 작용하기 때문에 피하고 피하는 것이다.

그래서 지금 이 순간도 또 피하려고 하는 것 아닌가? 다른 표현으로 하자면 마음에는 들더라도 누군지 모른다면 굳이 애써 알려고 할 것도 없다고 생각한다. 결정적인 원인은 두려움이 더 크기 때문이다.

왜, 누군지 모르는데… 뭘 더 알려고 하느냐, 이것이다. 손쉽게 그냥 피해 버리고 직장동료들과 편하게 애인으로 지내면 되는 거지!

그들 직장동료들은 데이트하면 맛있는 것도 많이 사주고 거기에다 용돈도 많이 주고 가장 핵심은 서로 누군지 아니냐, 속 편하게 즐기는 주의로 흐르는 것이었다.

지금 이 순간 또 그렇게 그녀는 피하려고 몸부림을 치며 소릴 지른다.

"아아, 그러지 마세요. 도대체 왜 그럽니까? 내가 누군지 아세요? 난, 그쪽이 누군지 모르잖아요. 비켜요. 가야겠어요."

그녀는 이렇듯 화를 내며 그를 밀고 지나가려고 하자, 그는 더 완강히 막는다. 그리고 그가 평소에 그녀의 회사 앞으로 찾아가면서 애원할 때, 늘 느꼈던 심정을 있는 그대로 토로하기 시작한다.

"여길 보세요. 제가 당신의 회사로 갔을 때 그 직장동료들이 비희 씨라고 부르는 걸 기억하고 있습니다. 그래서 그렇게 부릅니다. 비희 씨, 예전에 비희 씨가 출근길에 제가 그곳에서 매달리며 했던 말들이 또다시 반복될지도 모릅니다. 그래도 어쩔 수 없겠지요. 비희 씨, 왜 당신은 말도 안 되는 남자 직장동료들과는 데이트도 하고 커피도 마시고 밥도 같이 먹고 함께 진하게 선팅된 차에 동승도 하고 애인으로 지내며 막 나가면서 제겐 아예 말할 기회조차 주지 않는 겁니까?

그런 기회조차 주지 않는 것입니까? 제가 당신과 함께 커피도 먹고 밥도 먹고 차에 동승하기 위해선 내가 비희 씨가 다니는 회사, 정천제약에 정말 이력서를 제출해야만 합니까? 꼭 그렇게 하지 않더라도 제가 당신의 회사 정문 앞으로 그 정도, 횟수를 찾아갔으면 이젠 저도 그들처럼 직장동료로 인정 내지 간주해 주시면 안 되는 겁니까? 저를 이 정도, 몇 번이나 부딪쳤으니 이쯤 됐으면 직장동료로 넣어 주면 안 됩니까? 제가 지난달부터 이번 달까지 당신이 출근하는 길, 그리고 회사까지 찾아간 건만 하더라도 약 30번도 넘는 것 같습니다.

그때마다 비희 씨는 날 피하셨죠. 마지막으로 애원합니다. 비희 씨, 이쯤 됐으면 저를 직장동료로 인정 내지 간주해 주시면 안 되는 건가요? 정신적 채용 같은 것 말이지요. 안 된다면 내일 당장 제가 이력서를 작성하여 그 회사로 달려가 제출을 할 겁니다. 빨리 결정하세요. 저도 당신의 직장동료가 되는 겁니까?"

이렇듯, 아주 길게 그녀에게 애원했지만 끝까지 침묵만을 유지하고 있었다. 그야말로 실제 직장동료가 아니면 친해지기 힘든 어떤 큰 높은 장벽이 하나 세워져 있는 그런 느낌이 든다.

끝내 그녀는 뭐라고 반응을 보이지 않고 돌아서 가려고 안간힘을 다 썼다. 그러자 그는 순간 마음이 약해져 그녀를 그냥 놓아줘 버린다.

그러자 그녀는 다급히 팔달문 방향으로 이를 악물고 있는 힘을 다해 도망친다.

그렇듯 직장동료가 아니면 대화할 수 없다고 판단해 버리는 고정관념의 철벽같은 장벽에 다시 한번 가로막히며 그는 쏜살같이 도망치는 그녀의 뒷모습만을 하염없이 바라볼 수밖에 없었다.

그래도 뚜벅뚜벅 그 방향으로 걸어가 보리라! 혹시라도 내 마음을 저 실개천의 흐르는 한 숟가락 분량의 물만큼이라도 알아준다면 방금 전 그렇듯 황급히 도망쳤지만 몇 미터 길 가다가 잠시 잠깐 중간에 설 수도 있으니 나는 그럴 수도 있다는 아주 실낱같은 희망의 끈을 이어가며 그녀가 뛰어간 그 방향으로 발길을 움직여 보겠다.

그의 이런 마음속 애원을 그녀는 아랑곳하지 않은 채, 그저 그렇게 더 빠른 걸음으로 어느새 멀리멀리 달아나 버렸다. 이젠 보이지 않을 만큼이나….

그녀는 아주 멀리멀리 도망쳐 버린 뒤, 속으로 외친다. '난 정말 정말로 저 누군지는 모르지만 모르는 저 남잘 정말 너무너무 마음에 들고 좋아하긴 좋아하는 것 같애! 그런데 근데 말이야, 나도 내가 너무너무 답답한 건 나는 말이지, 도대체 저 남자가 뭔지 누군지 모른단 말이야! 그래서 이렇게 무서워서 피한단 말이야! 지금 이렇게 저쪽에서부터 그렇게 이를 악물고 도망쳐 온 것처럼 말이야! 그래도 난 지금 이렇게 다급히 도망친 걸 정말 잘했다고 생각은 해!'

그러면서도 그녀는 그를 볼 때 일단 너무 마음에 들고 그러나 지금 이 순간 이렇게 누군지 모르고 낯설어 피할 수밖에 없다는 현실이 너무너무 괴로워 속절없는 눈물을 흘리고 만다.

그녀는 그래서인지 한참을 도망친 뒤, 뒤를 바라보자 아무것도 없었지만 차라리 그 무법자가 계속 줄기차게 악착같이 자기를 뒤쫓아 와 주기를 바라는 간절한 마음이 들기도 했다.

'어어, 왜 그 남자가 날 안 쫓아오지, 이왕이면 그냥 미친 척하고 날 쫓아와 줘야지! 왜 멈추냐고 왜? 왜? 왜?' 이렇듯 속으로 외쳤다.

그러다가 눈앞에 벽이 하나 나오자 다가가 기대어 울먹이며 흐느낀다. "흑흑흑, 내가 왜 저 남잘 우리 회사 직장상사나 동료들에게 얻어맞게 만드는 걸까! 정말, 정말 그래선 안 되는 건데!"

또 쓸데없이 희한한 후회와 번민에 휩싸였다. 그러다가 조금 떨어진 벤치가 하나 보이자 다가가 퍽 쓰러지듯 앉는다. 한참 멍하니 있다가 다시 일어나 걷는다.

그는 힘없이 그 반대 방향 장다리천 쪽으로 걷다 보니 한 평온하게 생긴 카페가 보여 들어가려고 계단으로 오르는데 어떤 한 여자가 빠르게 달려오며 그에게 아주 크게 소리를 질렀다.

"여기요. 보고 싶었습니다. 저를 한번 안아 주세요."

그 여자는 모습이 가까워지자 좀 더 자세히 바라보기로 하였다. 그랬더니 최근에 그를 사랑한다고 집요하게 따라다녔던 3명의 여자들 중, 1명이었다.

김희나였다. 그는 그녀와 정면으로 딱 부딪쳤다. 그녀가 이곳에 그가 있다는 것을 어떻게 알았을까. 희나, 희영, 숙비는 함께 아까 지동 쪽으로 산책을 하다가 그를 목격하고 그 뒤를 밟았었다. 어쨌든 지금 이 상황에서 광준으로선 무척 당황할 수밖에 없으리라! 방금 전, 매교역 주변에서도 자신의 짝사랑하는 대상인 비희를 보았는데 어떻게 또 이 지점에서 희나를 보게 된단 말인가!

아무튼 너무 이상한 시간들의 연속이 아닐 수 없다. 희나는 광준에게 말한다. "아아, 와아! 여기서 당신을 보게 되는군요. 너무너무 큰 행운이네요. 쪽쪽쪽."

그녀는 그를 끌어안으려고 더 가까이 붙자, 그는 옆으로 확 피해 버린다.

"어떻게 당신이 이곳을 알고 왔는지는 모르겠지만 그냥 가던 길 그냥 가세요."

"어어어, 저렇게 썰렁한 한마디 말을 날리다니… 으으흑. 저를 직장동료로 여겨 보세요. 당신이 다니는 직장에 제가 이력서를 낼까요?"

그는 순간 엄청나게 놀란다. 자신이 비희에게 하는 집중멘트를 이 여자가 내게 한단 말인가!

"그냥 가세요. 더 말 걸지 말고…."

희나는 순간 흐르는 물을 바라보며 짜릿한 미소를 짓는다. 그는 팔달문 쪽으로 달려가 버린다. 아니 이게 또 무슨 날벼락 같은 일인가! 팔달문 가기 한참 전에 이번엔 희영이 나타났다.

그는 생각한다. 뭐가 이상해도 단단히 이상한 일은 분명하다. 아까 비희가 지나간 뒤, 이렇듯 줄줄이 최근 자신에게 달라붙어 좋아한다고 따라다닌 여자들이 나타나니 말이다.

이 여자들은 꼭 붙어 다니며 날 좋아한다고 달라붙는다는 사실 말이다. 희영은 광준에게 말한다.

"오호, 여기서 만나게 되다니 너무너무 행복합니다. 사랑합니다."

이런 말을 하더니 느닷없이 그를 끌어안으려고 달려든다. 그는 옆으로 확 피해 버린다.

"어떻게 아가씨가 여길 알고 왔는지는 모르겠지만 그냥 가던 길 그냥 가세요."

"저렇게 차가운 얼음 같은 말을 날리다니… 으윽흑. 저를 직장동료로 간주해 주세요. 당신의 직장에 이력서를 내도 될까요?"

"그냥 지나가세요. 더 말 걸지 말고…."

희영은 순간 흐르는 물을 바라보며 흐뭇한 표정을 짓는다. 알바 활동이 잘 진행되기 때문이다. 광준은 팔달문 쪽으로 걸어가 버린다.

아니 이게 또 무슨 청천벽력 같은 우연의 일치인가! 팔달문 가까이 다다를 즈음, 이번엔 숙비가 나타났다. 그는 생각한다.

뭐가 이상해도 단단히 이상한 일은 확실하다. 자신이 그 무엇인가에 단단히 홀린 그런 느낌이 든다. 이 여자들이 꼭 붙어다니며 날 사랑한다고 달라붙는다는 사실 말이다. 숙비는 광준에게 말한다.

"여기서 이렇게 볼 수 있게 된 것은 그대와 내가 인연인가 봅니다. 좋아하고 있습니다."

이런 말을 하더니 느닷없이 그를 끌어안으려고 쇄도한다. 그는 옆으로 확 피해 버린다. "어떻게 그쪽이 이곳을 알고 왔는지는 모르지만 그냥 가던 길 그냥 가세요."

"어어어, 저렇게 냉정한 얼음 같은 말을 날리다니… 으윽흑. 저를 직장동료로 인정해 주세요. 그대 회사에 제출할 이력서를 준비할까요?"

"그냥 가세요. 더 말 걸지 말고…."

숙비는 순간 흐르는 물을 바라보며 달콤한 표정을 짓는다. 알바 활동이 척척 진행되기 때문이다. 그는 팔달문을 지나 화성행궁 쪽으로 빠르게 걸어가 버린다.

그렇게 빠르게 도망친 뒤에는 그녀들은 더 집요하게 따라오진 않았다.

저녁시간이 되자 날이 많이 어두워져 갔다. 그는 무엇인가가 강하게 휘몰아친 그런 느낌이 세게 들었다.

왜냐하면 자신이 짝사랑하는 대상인 비희에게 접근하면서 강조했던 〈직장동료로 간주해 달라〉, 〈이력서를 제출〉 이 두 가지 핵심 멘트를 어떻게 나를 따라다니는 3명의 여자들도 그와 똑같은 내용의 멘트를 한단 말인가!

이 대목이 너무 신기하고 수상하단 느낌과 괴상하단 생각이 많이 든다. 그렇지만 더 개의치 않고 그냥 넘겨 버리려고 애를 쓴다. 지금 현재 그런 것을 신경 쓴다고 자신만의 비희를 향한 짝사랑 전선이 좋은 방향으로 이어질 것도 아니지 않는가!

이런 어려운 현실 앞에 직면하다 보니 광준도 점점 인생의 쓴맛을 느껴 가고 있고 뭐든지 마음대로 그리 쉽게 되는 게 아니라는 것을 실감한다.

지금 이 순간 비희에 대한 완전한 포기의 의미일까! 아님, 그냥 지쳐서 홀로 이 생각, 저 생각, 많은 상념들이 오고 가는 것일까! 그는 머릿속에서 슬그머니 자신도 직장동료 쪽으로 마음이 움직여지고 있는 것이었다.

그가 생각하는 직장동료란 자신이 현재 다니는 팔달문 할로웨이마트에 아주 오래전부터 자신을 좋아한다고 달라붙었던 차은서라는 한 여직원이 있었다.

그러나 그녀도 그리 만만찮은 상대이다. 왜냐하면 지금 현재 할로웨이마트 직장동료 이덕배를 사귀고 있기 때문이다.

덕배는 2015년 입사하고 은서를 만났다. 처음엔 그녀는 그의 대시를 피했다. 그러나 그가 무력으로 애인으로 만들어 버린 것이었다.

그러던 중 2016년 임광준이 입사하자 그녀는 그를 짝사랑하기 시작하였다. 그러나 표현할 순 없었다. 덕배가 버티고 있기 때문이다. 그러다가 그녀는 어느 틈에 광준에게 거침없이 좋아한다고 표현을 해버렸다. 그렇지만 두 사람이 연결될 순 없었다.

광준은 덕배라는 직장동료이자 동년배가 꽤나 신경이 쓰였다. 남의 사랑을 방해한 듯한 행동을 할 수 없었기 때문이다.

사실은 강력하게 마음에 든 것도 아니었다. 절반 정도였다. 이도 저도 아닌 수준이다.

그러나 최근 들어 그녀는 광준에게 지속적인 관심을 드러내고 있었기에 그로서도 다소 흔들리기도 하였다.

무척이나 외롭고 고독한 그였기에 그렇다. 그러나 끊임없이 번민을 일으키는 건 덕배라는 직장동료가 있다. 그런데 여기서 한 가지 은서는 지금 현재 덕배와 사귀면서도 몰래 몰래 할로웨이마트 사장과 진한 애인으로 지내고 있는 것이었다.

어디가나 직장상사 동료들은 이런 문제들이 빈번한 게 현실이기도 하다. 이런 사실을 덕배가 안다면 정말 큰일 날 것으로 느껴진다.

아직은 모른다. 이런 상황에서 광준이 슬슬 은서에게로 마음이 움직여지고 있으니 어지러울 수 있는 일이다.

그런데 광준이 다니는 직장의 그 여자는 그가 판단할 때, 비희를 볼 때, 마음에 드는 강도가 100이라면 그 여자는 30도 채 안 되기에 문제라면 문제다.

그렇지만 100이냐, 30이냐가 문제가 아니라 자신이 100라고 판단하고 있는 그 대상은 좀처럼 넘어올 가능성이 전혀 없다는 게 심각하다.

이쯤 해서 그는 '꿩 대신 닭'이라고 그냥 자신이 다니는 할로웨이마트의 여직원인 직장동료를 선택하느냐는 것을 놓고 심각한 고민에 휩싸인다.

그렇게 한다면 직장동료이자 동년배 이덕배와의 의리문제나 마찰, 걸림돌이다. 그야말로 직장 내 심각한 삼각관계가 아닐 수 없다. 그는 이 부분에 있어서 더 시간을 갖고 깊이 생각해 보려고 하는 것이었다.

끝없는 고민의 연속이 될 것으로 보인다. 지금 현재 이런 상황하에서 다시 한 주가 시작될 때 비희가 다니는 회사에선 신규직원이 1명 들어오게 되었다. 이 무렵 정천제약에선 사무직 신규 채용이 있었는데 남자 1명, 여자 1명이다.

그중 남자 직원은 신규 주임으로 발령받아 오게 됐다. 이름은 이화철, 나이는 34세이다. 주임은 배동석 1명이었는데 화철이 오게 되면서 2명의 주임 체제가 됐다. 그런데 2월 13일자로 새롭게 발령받아 오게 된, 이화철은 주임은 근무하는 첫날부터 비희와 눈이 맞기에 이른다.

원래 같은 사무실에서 일하는 인간들끼리 눈이 맞는 것은 너무 뻔하고 흔한 일 아니겠는가? 아주 지극히 상투적인 만남, 본인들은 인기가 있어 그렇게 됐다고 생각할지 모르지만 그건 인기라기보단 그냥 그런 상투적인 것이다.

직장동료, 맞선, 소개팅, 무슨 모임에서의 만남, 주인과 고객 간의 만남, 구조적 형성, 이 모든 것이 상투적이라고 본다. 이 세상의 진정한 인기는 존재하지 않는다.

그저 그렇게 보일 뿐이다.

구태여 진정한 인기를 하나 찾아보자면 서로서로 한 사람만이라도 진심이 닿아야만 한다. 이렇게 되면 백 명, 천 명, 만 명에게 인기를 끄는 것보다 더 값진 인기가 된다.

이게 진짜 인기이다.

이 인간, 저 인간들과 아는 체하고 사진만 잔뜩 찍어 기념을 남기면 무엇 하랴! 낙엽이 될 걸, 어쨌든 정천제약 신규 주임 이화철은 발령 첫날부터 비희와 눈이 맞아 데이트를 하게 됐다.

"비희 씨, 제가 이렇게 이 회사에 취직하게 된 게 엄청난 영광이라고 생각합니다. 이따가 퇴근하고 식사라도 같이하시지요?"

"그래요. 이 주임님, 그렇게 해요. 호호호."

신규 주임 이화철과 정비희는 6시 퇴근과 동시에 레스토랑으로 간다. 그리고 식사를 함께 하며 끈끈해지기 시작했다. 오늘은 정천제약 정문으로 광준이 쇄도하질 않았다. 그는 지금 심각한 갈등을 하고 있는 중이다.

비희를 완전히 포기하고 자신이 다니는 할로웨이마트 여직원을 사귀느냐 이것이 문제다. 직장 할로웨이마트 내, 삼각관계를 무릅쓰고 말이다.

화철, 비희는 봉담읍의 한 레스토랑으로 들어가 돈가스를 먹어가며 화기애애한 대화들이 오고 가다가 나와 호프집으로 직행했다.

생맥주를 한두 병 마시다가 이화철 주임은 그녀를 볼 때 너무 야릇하게 보였는지 느닷없이 옆자리로 가더니 자신의 입술을 그녀의 입술에 대고 꾹꾹 눌러버렸다.

"아니 주임님 오늘 첫 발령 와서 이렇게 날 언제 봤다고 그렇게 막 들이밀면 어떻게 해요? 어휴~~ 난봉꾼이다."

"뭐가 난봉꾼이야 난봉꾼은… 원래 남녀는 알면 그러는 거지 뭐! 푸하하하하."

그녀는 엄청나게 놀라기는 했지만 그리 완강하게 피하진 않았다. 그렇지만 내숭의 의미의 멘트를 반복하여 날린다.

"아니 주임 오빠. 그래도 처음 만났는데 그렇게 막 그래 버리면 어떻게 해요? 뭐, 너무 좋으면 그럴 수도 있겠지만… 그래도 실망입니다. 으윽흑."

"뭘 실망입니까? 원래 사랑하면 이렇게 처음부터라도 막 그러는 것이지요."

"그래도 주임 오빠는 오늘 우리 회사에 발령온 지 첫날이잖아요. 보게 되자마자 첫날부터 너무 그러는 것 같아요. 그래도 이런 것은…."

"뭐, 원래 인생이 다 그런 거지 뭐! 좋은 게 좋은 거고…."

이들은 호프집에서 키스를 하였고 그 후 나오게 된다. 그러더니 화철은 비희를 데리고 곧바로 인근에 위치한 모텔로 들어가 버린다. 그 후 관계를 맺었다.

그녀는 그를 볼 때, 약 30%쯤 마음이 가는 정도이다. 그래도 직장동료라는 틀 속에서 본지 하루 만에 애인이 돼버렸다.

이게 바로 직장동료의 위력이다. 그런데 웃기기도 하고 측은한 것은 그녀는 그와 모텔에서 그런 관계를 맺으면서도 그 순간순간 속으론 그 이름 모를 그 무법스토커의 모습을 떠올리고 있었단 것이었다. 참 희한한 일이다.

광준은 비희를 줄기차게 수도 없이 따라다녔을 때 그녀가 그를 100% 마음에 드는 이상형인 남자라 생각했지만 누군지 모른다는 그 이유 하나만으로 계속 끝까지 거부하고 따돌리고 도망치고 게다가 남자 직장동료들이 합세하여 그를 집단린치를 자행하지 않았던가!

그러나 이화철은 발령 첫날 비희를 처음 보게 됐는데도 곧바로 애인이 되어 버리는 직행코스가 됐고 관계를 맺는데 이르러 버린 것이었다.

'아! 도대체 이놈의 직장동료란 게 그 무엇이길래, 그렇게 막 애인이 되어 버리는가? 직장동료면 무조건 애인이 되는가? 그렇다면 사표 내고 관두고 나가도 끊임없이 유효한 사이로 남는 건지 답해 보라? 이 세상 인간들의 속물근성을 보여주는 전형적인 사례인 것이다. 그런가?

대화도 그렇다. 혹자가 무슨무슨 시사적인 말을 하게 되면 상대는 그 의미를 되짚어 보려는 판단과 노력은 전무하고 얼른 스마트폰을 꺼내어 그런 말이 있는지 없는지 검색하려고 든다.

이 얼마나 어리석은 발상인가? 왜 이토록 자기 자신의 고유한 가치판단을 하지 못하고 그저 뭐든지 정신적 노예가 되어 관련 기사에 귀의하려 드는가? 그 기사를 쓰는 인간들조차 속물근성으로 꽉 들어찬 인간들인데 말이다.

이 세상은 그 무엇이든지 정답을 줄 수 있는 사람은 절대 존재하지 않는다. 물론 자기 자신의 가치판단도 그와 같다. 하지만 자기 자신은 최소한 그 답을 찾아 노력해 보는 고민의 시간은 있지 않겠는가?

왜 그리 썩은 정신을 지니고 모든 걸 매스컴으로 조회나 검색을 통해 정신세계를 맡기려 드는가? 그러니 그들이 이리저리 요리조리 가지고 노는 것 아닌가?

무슨무슨 말을 하면 대뜸 한단 소리가 "어어! 그거 방송에 나온 거야?" 이런 똥판지같은 행동을 일삼는다. 방송의 노예로 한평생 살다가 그렇게 떠나라!

어쨌든 이로써 정천제약 정비희라는 여직원은 기존에 공광천 사장, 차두수 부장, 이선구 팀장, 김양식 대리, 조철화 계장, 배동석 주임, 이렇듯 6명이 애인이었는데 오늘부로 신규직원 이화철 주임이 발령을 오게 되어 애인이 1명 더 늘어나 총 7명이 됐다.

한 가지 날카로운 대목이면서 직장동료 간 심각한 분쟁이 벌어질 가능성이 높은 일은 오늘 발령 첫날부터 애인이 되는 기염을 토해낸 이화철 주임은 다른 직장동료, 즉, 공광천 사장부터 시작하여 배동석 주임까지 6명이 비희의 애인이라는 걸 모른다.

그리고 만약 그렇다는 게 드러나게 되면 이화철 주임의 성격상 그냥 넘어갈 것 같진 않다. 왜냐하면 그가 자신이 생각할 땐 명실공히 애인으로 우뚝 섰다고 느끼고 있고 타인이 끼어드는 것은 절대 용납할 수 없기에 불바다로 변할 것이다.

그는 성격이 몹시 거칠고 다혈질이다. 또 승부욕과 지배욕이 무척 강하다.

오늘 발령 첫날부터 데이트를 하며 애인이 되어 버린 비희, 화철 주임인데 그녀는 아직까지 자신을 따라다니는 존재인 무법스토커가 있다는 것을 말하진 않았다.

만약에 그녀가 그에게 그와 관련한 사실을 밝히면 아마 화철의 성격상, 무법자에 대한 엄청난 회오리 칼바람이 불 것은 안 봐도 뻔하다.

그러나 앞으로 시간이 흐르면 흐를수록 자연스레 그런 현실적인 문제들을 알게 되지 않겠는가! 왜냐하면 그 무법스토커 광준이 또 그녀를 보기 위해 회사 정문으로 올 테니 말이다.

이뿐만이 아니라 이 회사의 남자 직장상사 동료들도 위험해질 수 있다. 그런데 한 가지 복잡한 문제는 오늘 이렇듯 비희와 애인이 되어 버린 신규 주임 이화철은 내일 당장, 이곳 회사의 직장상사나 동료들에게 자신이 그녀와 정식으로 교제하게 되었다는 열애설을 통보하려고 마음먹기에 이른다.

이윽고 다음 날에 출근과 동시에 화철 주임은 사무실에서 직장상사 동료들에게 아주 크게 소리를 지르며 열애설을 공포하고야 만다.

"안녕하세요. 저, 이화철은 어제 날짜로 신규 주임으로 발령받아 오게 되었는데 여기 우리 여직원, 정비희 씨를 보고 반해 버렸습니다. 그래서 프러포즈를 했고 또 성공했고 모텔까지 가서 후끈 달아오르는 뜨거운 시간까지 보냈습니다. 그렇게 애인이 되어 버렸습니다. 그렇기에 이렇게 열애설을 공포합니다. 그렇게 제것이 됐으니 행여나 여기 남자 직장상사나 동료들 중에 넘보는 이가 있는지 없는지는 모르겠지만… 이 시간부로 그런 생각은 갖지 마시길 바랍니다. 왜냐하면 이 여잔 제 것이기 때문입니다. 우하하하하. 정비희는 내 것이다."

그가 이런 말을 하자, 듣던 직장상사나 동료들은 그냥 쥐 죽은 듯 조용히 있었다. 그러나 속으론 '어휴~~ 저런 버릇없는 새끼, 어제 발령받아 와서 벌써 모텔로 들어가 버려, 저런 천하의 천벌받을 놈 같으니라고!'라며 외친다.

그들은 여간 불쾌한 일이 아닐 수가 없었다. 그렇지만 그들은 그의 돌발 사태가 다른 한편으론 반가운 일이기도 했다.

그렇게 되면 자연스레 화철 주임으로부터 무법스토커도 엄청난 제재와 압박과 봉쇄가 될 것이기 때문이다.

이런 양면이 존재하는 것이었다. 직장동료들은 조심조심하면서 조용히 앞으로 벌어질 일들을 지켜보겠다고 예의주시하는 방향으로 가닥을 잡아간다.

화철 주임만 총각이고, 다른 남자 직장상사나 동료들은 다 유부남들이다. 그렇기에 비희를 만나야 된다는 절박함은 없다. 지금껏 그냥 엔조이 차원이었다.

그래도 아쉽단 마음은 많다. 또 그들과 그녀의 애정행각은 화철 모르게 쥐도 새도 모르게 이어질 공산도 크다.

그러나 지금 이 시간부터는 화철이 그녀를 꿰차게 됨으로써 지금껏 진행된 엔조이도 심한 난항을 겪을 것으로 내다본다. 어쨌든 새로운 남자가 나타나 여직원을 선택함으로써 먹이사슬의 힘의 기울기가 한쪽으로 심하게 기울어져 가고 있다는 이야기….

그건 그렇고 이들이 칭하는 그 무법스토커 광준의 행보가 사뭇 궁금하기도 하다. 이번 주, 어느 날이 될지 모르지만 한 번쯤은 또 정천제약으로 쇄도하지 않을까 점쳐 본다.

 12. 직장동료 잡는 또 다른 직장동료

지금 이 시간, 그는 그 부분을 고민에 고민을 거듭하고 있는 중이다. 아니면 자신이 다니는 팔달문 할로웨이마트 내에 직장동료인 여점원에게 기울어질지 선택의 기로에 서 있는 순간이다.

정천제약에 신규 주임으로 온, 화철이 비희가 자신의 애인이니 넘보지 말라고 공포를 한 날, 팔달문에서 광준은 점심식사를 마치고 마트 휴게실에서 여자 직원인 차은서와 밀크커피를 마시며 이런저런 얘기가 오고가고 있었다.

은서는 그보단 한 살 아래인 31살이다. 그녀는 그를 바라보는 눈빛이 사랑스러운 눈빛이지만 반대로 그가 그녀를 바라보는 눈빛은 그저 무덤덤한 그런 눈빛이다.

"광준 오빠, 언제 내게 사랑한다고 말을 할 건가요?"

"글쎄 그런 말을 할 일이 있을까!"

이렇듯, 그의 태도는 그저 그렇다. 왜냐하면 비희를 보는 것처럼 100%가 아닌, 약 30%쯤, 이 정도가 마음에 자리하고 있어서이다.

그러는 중, 덕배가 지나가다가 이를 보고 노려보기 시작하였다.

덕배는 대부분 남자들이 지니고 있는 패턴, 자신의 여잘 남자가 마주하고 대화를 하면 몹시 의심하는 그런 증세가 있다. 그러니 노려볼 수밖에 없다. 그러나 겉으론 아닌 척한다.

"하하하, 커피 먹고 있었어?"

"음, 그래 덕배 씨도 한잔…."

그러는 사이 은서는 살짝 옆으로 이동한다. 광준은 눈치를 채고 얼른 다른 곳으로 가 버린다. 이젠 다들 일하기 시작한다.

다시 머릿속으로 스며드는 정천제약의 비희를 향하는 마음이 솔솔 불어온다. 그렇다면 이따가 저녁 때, 퇴근 무렵, 또 정천제약에 갈 생각인지 모르겠다.

이윽고 그 시간이 되자, 광준은 무슨 중독이라도 된 듯, 또 그 방향으로 움직인다. 저녁 6시가 되기 전, 그는 그 회사 정문에 도착했다.

그는 어제 이 회사에 새롭게 입사한 신규 주임, 이화철이란 존재를 알 리가 없다.

지금 이 순간, 광준은 정문에서 무모하게 비희를 기다리고 있다. 지금 이 시각, 비희는 화철과 손을 잡고 퇴근길에 오르기 위해 정문을 향하고 있다.

다른 남자 직장동료들은 뒷전으로 밀리는 것은 당연한 일인지도 모르겠다. 결국 올 게 오고야 말았다. 광준과 신규 주임 화철과 비희, 3명이 정면으로 마주치고야 말았다. 광준으로선 이 회사에서 그간 못 보던 남자 직장동료라 엄청나게 당황해한다.

화철은 비희의 손을 잡고 나가고 있었는데 순간 깜짝 놀란 그녀는 움찔한다. 그러나 마음속으론 그 낯선 남잘 너무너무 그리워했었기에 지금 이렇게 나타나니 무척 새롭고 반가운 마음 금할 길이 없다. 그래서 얼굴이 환하게 핀다.

그러나 두려워하는 표정도 동시에 나타난다.

그러자, 화철은 비희가 왜 그러는지 몹시 의아해하고 있다. 주변에 별다른 위험요소가 없는데 말이다.

"아니, 비희 씨, 왜 그렇게 놀라는 거예요?"

"여기, 여기 또 나타난 사람 때문에…."

"아니, 비희 씨 누굴 보고 그러는 거예요?"

"아 네, 여기 옆에 이 남자…."

그러자, 화철은 옆에 서 있는 남자, 광준을 쳐다본다. 광준도 화철을 쳐다본다.

"비희 씨, 옆에 이 남자가 왜요? 무슨 일이 있어요?"

그러자 그녀는 지금까지 말하지 않았던 그 사실에 대해 입을 연다.

"여기 옆에 서 있는 남자가 날 따라다니며 못살게 구는 스토커예요."

"어어, 비희 씨를 따라다니는 스토커라고요. 아니 이럴 수가…."

"아아아, 너무 무서워요. 으윽흑."

"아니, 비희 씨, 무서워할 것 없어요. 내가 해결해 버릴 거예요."

화철은 광준에게 다가간다. 그 후, 아주 세게 멱살을 잡고 위로 치켜 올린다.

"이봐, 넌 뭐야? 왜 우리 비희 씨를 못살게 구는 거야? 죽고 싶지 않으면 어서 꺼져 버려… 이 자식아."

화철은 성격이 유난히 거칠고 다혈질인 편이다. 거기에다 승부욕, 지배욕도 엄청 강한 소유자이다. 그러니 다짜고짜 그에게 달려들어 멱살을 잡고 욕설부터 나오는 게 아니겠는가?

기습적인 공격에 광준은 매우 당황해한다. 하지만 최대한 있는 힘껏 저항을 한다.

"아아아, 이거 놓고 얘기하라고…. 놔, 놓으라고… 이씨."

광준을 힘껏 뿌리쳤다.

거친 다혈질인 화철은 멱살을 놓치긴 했지만 대신 강력한 협박성 경고를 가한다.

"너, 뭔지는 모르겠지만 우리 비희 씨 앞에 나타나지 마라, 지금껏 무슨 일이 있었는지는 내가 알고 싶지 않다. 지금 이 시간부로 또 이곳에 얼씬거리면 넌 내 손에 죽는 줄 알아! 난 인내심이 그리 좋은 편이 아닌 사람이다. 그렇게 알아듣고 얼른 꺼져 버려! 이 개자식아. 어서 꺼져 버려, 이 새끼야."

이런 험하고 거친 화철의 행동에 광준도 물러서질 않았다.

"그래 그럼 넌 뭐길래, 내게 말을 함부로 하는 거야? 이 시발새끼야? 네가 날 죽이기 전에 내가 먼저 널 죽인다. 그럼 둘 중 하나는 죽겠는데."

그러자 화철은 그를 때릴 듯이 손을 번쩍 들고 "야, 인마 난 여기 비희 씨와 결혼도 할 거다. 됐나?"라며 눈을 부릅떴다.

"네가 진짜 비희 씨와 결혼 약속이라도 했어? 이런 후레자식아!"

"어어, 이게 정말 죽으려고 내게 욕까지 하네. 야, 이 자식아, 난 어제 이 회사로 입사한 사람인데 오자마자 곧바로 애인이 됐고 바로 결혼 약속도 했다. 알겠지? 예비부부라고…. 이젠 다 설명됐으니 됐고 얼른 꺼져, 그렇지 않으면 널 없애 버리겠다. 꺼져."

이들이 이렇듯 심한 언쟁이 오고 갈 때, 그 뒤에는 직장동료들이 퇴근길에 오르고 있다가 그 광경을 보고 속으로 매우 짜릿하게 여긴다. 어차피 자신들도 무법자에 대해 불만이 많았는데 신규 주임 화철이 해결사 역할을 하고 있으니 말이다.

직장동료들도 언쟁이 벌어지고 있는 장소로 몰려든다.

그들은 그냥 말없이 우두커니 서 있다. 어차피 신규 주임 화철이 알아서 다 처리할 것이기 때문이다. 광준은 몰려든 5인 직장동료와 화철까지 6명, 추가로 이 회사에서 그녀가 애인으로 지내는 사장까지 다 합치면 7인이 되는데 거기에다가 자기 자신까지 추가하면 8강이 되는 건데, 이참에 정비희를 차지하기 위한 8강 토너먼트를 개최할 것을 정식으로 제안한다.

"아아, 정천제약 직장동료 여러분, 너무 그렇게 막말하고 노려보고 난리치지 말고 내가 한 가지 제안을 하겠다. 여기 보아하니 비희 씨의 애인들이 6명이 몰려 있고 이곳 사장까지 하면 7명이고 또 비희 씨를 짝사랑하며 고독한 독고다이 피 말리는 스토커 인생을 사는 나까지 다 하면 총 8인인데 그러니까 8강 토너먼트를 합시다. 직장동료 여러분, 그렇게 하여 누가 죽든 죽자고요. 마지막 한 명만 살아남아 진정한 애인이 되는 것입니다. 하지만 예전처럼 비겁하게 세트로 몰려와 날 공격하면 치사하고 지저분한 반칙이 되는 것이지요.

무조건 일대일로 붙는 겁니다. 그래서 이긴 자가 올라가는 거죠. 그렇게 4강이 가려지고 그러다가 맨 위의 결승전을 치르는 것이죠. 결승전에서 이긴 최종승자가 비희 씨와 애인이 되는 것입니다. 그렇게 우승자가 가려지면 탈락자 7명은 더 이상 이의를 제기하지 말고 깨끗이 물러나는 것입니다. 비희 씨 애인 여러분께 정식으로 종합격투기 8강 토너먼트를 요청합니다. 단, 룰은 있는데 무조건 일대일로만 붙는 UFC 종합격투기이고 내가 아는 사람 중 국내 격투기 심판이 있는데 그 사람에게 맡기겠습니다. 기절하면 얼른 중지해야 되니까요. 이렇게라도 하여 내가 기필코 비희 씨를 차지하고야 말겠다. 알겠나?"

광준이 아주 크게 정천제약의 직장동료들에게 비희 씨 쟁탈 종합격투기 8강 토너먼트를 정식 제안하자, 직장동료들은 어이없고 참 한심하다는 표정을 짓는다.

그런데 여기서 화철은 순간 얼굴이 일그러지고 만다. 왜냐하면 무법자가 내뱉은 말 중에 여기 보아하니 비희 씨 애인들이 6명 모였다는 말과 비희 씨 애인 여러분께 또 사장까지 하면 애인 7인 바로 이 대목이다. 이 멘트에 대해 적지 않은 충격이 몰려온다.

그러나 비희는 낯선 남자의 그 말에 속으론 엄청난 매력과 희열을 느끼기도 한다. 속으로 '와아! 어쩜 저렇게 멋지고 화끈하게 도발을 감행할까! 진짜 최고의 남자야!' 이렇게 느끼며 흥분의 도가니로 빠져든다.

화철은 그래서 그녀에게 사실 여부를 묻는다.

"아니 비희 씨, 지금 이 사람이 떠드는 말이 뭡니까? 이 직장동료들이 다 비희 씨 애인들이라니요? 그게 무슨 말입니까?"

"……."

비희는 엄청나게 당황해한다. 얼굴이 상기되며 굳어져 버린다. 화철은 더욱더 의심의 강도가 세지면서 속이 부글부글 끓어오르기 시작한다. 몹시 화가 난 얼굴로 그녀를 쳐다보며 소릴 지른다.

"아니 비희 씨, 왜 말을 못 하는 겁니까? 지금 이 사람이 한 말이 무슨 뜻이냐고 내가 묻지 않았습니까? 빨리 대답하세요? 뭐예요?"

"아니 아닙니다. 저 사람이 우리 회사의 일을 어떻게 알고 저런 말할 수 있겠어요? 그냥 날 따라다니고 또 따라다니다가 하다가 안 되겠으니까, 저런 헛소리를 퍼뜨리면서 우리 사이를 와해시켜 보려는 수작으로 보입니다. 에잇, 재수 없어! 저런 더러운 자식! 으윽흑."

그녀는 지금 이 위기상황을 빠져나가려고 이리저리 말을 갖다 붙인다. 그러자 옆에 서 있는 직장동료들도 안도의 한숨을 푹 쉰다.

이때, 광준은 끝까지 그녀가 이들 직장동료들과 애인 사이였다는 것을 신규 주임에게 알려 그녀를 더욱더 곤경에 빠뜨려 버릴까 생각도 문득 머릿속을 스친다.

자중지란을 일으켜 버리는 전법이다. 그러나 순간 한 번 더 생각한다. 그렇게 되면 내가 앞으로 그녀를 좋아하는 데 있어서 순수하다는 느낌과 진실된 성격의 소유자라는 것을 심어주는 데 지장을 초래할 수도 있으리라! 느낀다. 결국 그녀를 힘들게 하여 얻을 수 있는 이익이 그로서도 없다는 판단이 앞선다.

그래서 입을 꽉 다물고 침묵을 유지한다. 먼 안목을 내다보리라! 그래도 화철은 사실 여부를 확인하려고 압박한다. 그녀가 완강히 아니라고 우겨 버리자, 이번엔 화철이 광준에게 묻는다.

"아니 당신 말이야, 우리 비희 씨가 지금 당신이 떠든 소리는 아니라고 헛소리라고 하는데 이게 어떻게 된 거야? 제대로 말을 하란 말이야!"

"하하하. 그래 그렇다. 내가 그냥 가짜 뉴스를 한번 읊어 봤다. 그만큼 내가 비희 씨를 사랑하기 때문이지 뭐! 더 구차한 얘긴 하고 싶지 않고 여기 정천 가족 7인과 나까지 1명 더 넣어 비희 씨 쟁탈 종합격투기 8강 토너먼트를 개최하여 우승자가 비희 씨를 차지하는 걸로 타이틀을 걸고 한번 제대로 치고받고 꺾는 게 어때? 어?"

"별 미친놈을 다 보네, 참! 어지러운 세상이다. 이 새끼 진짜 확 어휴~~"
그러자 광준은 다시 한번 작심 발언을 퍼붓기 시작하였다.

"당신들은 어쩌면 동물들만도 못한 것들이야, 왜냐 당신들은 다 어떻게든 당신들만의 달콤한 열매를 따 먹으려고 하니까 말이다. 남의 그런 마음은 원천적으로 짓밟아 놓으려고 하고 말이야, 한마디로 당신들 서로서로 그러는 거라고 당신들 때문에 이 사회의 모든 탈선과 타락의 원인이 되는 거다. 그것은 바로 정욕 때문이다. 그래서 당신들이 동물들보다 더 야비하고 치사하고 교활한 거라고. 왜냐 잔머리를 굴리니까 그렇지! 동물들은 그렇게까지 비열하고 치사한 짓은 하지 않는다고 물론 동물들은 그럴 줄을 모르니까 그렇기도 하지! 인간들이 애완강아지, 애완고양이를 키우는 사람들이 부쩍 늘어났지.

그것도 아마 당신들처럼 서로서로 야비한 짓을 하는 인간들이 너무 많아 지치고 짜증 나고 환멸을 느끼다 보니 다른 대체적인 마음정화 차원에서 그런 애완동물들을 키우는 인구가 엄청나게 늘어난 것 같다. 인간들에게 상처받은 것을 반려동물에게서 치유 받으려고 말이야! 인간하고 대화하느니 차라리 애완강아지, 애완고양이와 대화하는 편이 낫다고 생각하기 때문이다.

또 인간들끼리는 서로 무슨 대화를 해 봤자 서로서로 대화도 안 통하고 대화할 때 서로 존중하지도 않고 조금만 생각이 다르면 서로 짜증 내버리는 일이 많다. 그러다 보니 인간들끼리 대화가 극도로 단절됐다.

모든 원인은 말할 때 서로가 지켜야 할 기본적인 예의를 지키지 않아서 그렇지! 서로 무시하는 듯한 말투가 그렇다. 상대의 말을 존중하지 않는다.

그 이유는 그만큼 인간이란 자기 자신만의 몸과 정신을 사랑하기 때문이다. 절대로 타인의 몸과 정신을 사랑하진 않는다. 물론 순간적으로 욕구충족수단으로 임시로 타인의 몸과 정신을 사랑하는 척 쇼를 하는 경우는 있긴 한데 이것도 그 목적을 이루면 돌변해 버린다. 결국 오로지 자기 자신만의 몸과 정신을 끔찍이 사랑한다. 이런 게 바로 인간의 한계이다. 안타깝고 서글프다.

앞으로도 이런 문제가 더욱 증폭되기에 애완강아지, 애완고양이 수요가 엄청나게 더 늘어날 것으로 생각된다. 모두 다 당신들 같은 인간들만 깔렸기 때문이다."

그렇듯, 아주 길게 고래고래 소릴 지르며 외쳤다.

이러자 5인 직장동료, 화철, 비희는 몹시 어이없고 황당하다는 표정을 드러내며 부글부글 끓어 오르는 불쾌한 감정을 지울 수 없었다.

화철이 나서서 그를 강력히 제지하기 시작했다.

"야, 너 좀 이상한 놈인데 정신이 돈 놈인 것 같다. 우리 회사 직장동료들이 왜 쓸데없이 너 같은 자식하고 종합격투기 8강 토너먼트를 해? 너 정말 정신병자 같다. 너는 정신병원에 가야겠다. 그래 그렇게 우리하고 종합격투기를 하고 싶으면 일대일로 나하고 해! 넌 그냥 내 선에서 다 끝난다. 나한테 박살 나면 더 여기 얼씬거리지 말라고 내가 널 종합격투기로 완전히 격파, 박살 내 버릴 테니까, 이 자식아, 그래 한번 덤벼봐, 자! 와 와. 이런 게 어디서 굴러먹다 온 놈이야! 야, 이리 와…."

그렇듯, 화철은 얼굴을 붉히며 또다시 광준의 멱살을 움켜쥐려 하였다. 둘은 서로 밀고 당기고 엄청난 몸싸움이 벌어졌다. 그러다가 광준은 분위기가 심상치 않다 싶어 확 뿌리치고 얼른 자신의 차 썩은 모닝을 타고 달아나 버린다.

달아나는 그를 보며 그녀는 또 속으론 못내 안타까움의 눈물을 흘려버린다. '아니, 이 낯선 남자야, 이들과 더 격렬하게 싸워야지 그렇게 어딜 도망치냐고. 어서 돌아와, 돌아와, 다시 핸들 돌려 돌아와서 이들과 맞장을 좀 떠줘!'

진짜 비희는 그렇듯, 이것도 저것도 아닌 갈대 같은 여자이다. 좋아도 좋다고 못하고 사랑의 감정을 느껴도 그렇다고도 못 하고 말이다.

이때, 김 대리는 재빨리 자신의 차, 소나타를 타고 그 뒤를 따라간다. 왜냐하면 최근에 여자 알바 대군들이 저놈의 집으로 가서 프러포즈 알바 활동을 하러 가면 계속 보이지 않는다고 말하고 있어서 혹시 다른 데로 이사를 떠났나 알아보기 위함이다.

정말, 광준은 지긋지긋하게 비희를 차지하려고 달라붙고 있고 반면에 그녀가 다니는 이곳 정천제약의 남자 직장동료들의 견제와 빗장수비도 가공할 만하다.

사실, 김 대리의 집도 행궁동이라 저 무법자의 집이 영화동이라 집도 가까운 곳이라고 알고 있으니 밀착취재만 하고 자신의 집으로 갈 생각을 하면서 운전을 하는 중인데 앞에 가는 차, 무법자의 썩은 모닝은 그곳이 아닌 지동 쪽으로 들어가고 있었다.

그래서 뒤따라가던 김 대리의 소나타도 지동 쪽으로 들어간다. 어느 정도 가다 보니 그가 지동에 있는 백호주택 2동에 차를 세우고 들어가는 것을 목격하게 된다.

김 대리는 저 무법자가 영화동에서 이곳 지동으로 이사한 사실을 알게 됐다. 이에 얼른 사진을 찍어 그 여자 알바 대군 3명에게 이곳 지동 백호주택 2동의 위치를 전송해 줬다.

그녀들은 이 위치를 포착하고 또 내일부터 프러포즈 알바 활동을 펼칠 것을 다짐한다.

"아셨죠? 희나 씨, 이놈의 집 위치입니다. 이놈이 영화동에서 지동으로 이사를 했더라고요. 지금 전송한 대로 내일부턴 이곳에 와서 프러포즈 알바를 하세요. 그리고 하나 더 이 자식이 오늘 우리 회사에 나타나서 무슨 우리 직장동료들과 자신을 포함하여 종합격투기 8강 토너먼트를 해서 우승자가 비희를 차지하는 걸로 하자는 헛소리를 늘어놓고 갔습니다. 그러니 우리 여자 알바 대군들도 그와 똑같은 전법, 방법으로 그놈을 괴롭혀 주세요. 완전히 그놈의 혼을 빼 버리게 말이죠. 노이로제에 걸리게 아셨죠?"

"아 네, 그렇게 하겠습니다. 저희는 오라버님께서 시키는 대로 할 뿐입니다. 그러니 알바비만 두둑이 주시면 됩니다. 호호호."

"아! 그럼요."

여자 알바 대군 중, 김희나는 이날 밤, 이런 통보를 받고 바로 같은 대원인 차희영, 최숙비에게 전화했다.

전화내용은 바로 내일 아침에 광준, 즉, 무법자가 이사한 집, 지동 백호주택으로 가서 찰거머리 진드기 같은 프러포즈 알바공세를 펼치자는 내용이었다. 그러자 희영, 숙비는 알겠다고 대답했다. 그녀들은 날이 밝기만을 기다리고 있다가 희나의 차, 소울을 함께 타고 지동 백호주택 2동으로 달려간다. 아침 7시 이른 시간부터 진을 쳤다.

"희나 씨 저놈의 집 앞에서부터 프러포즈를 걸어 버리면 저놈이 의심하지 않을까요? 집을 알았단 게 이상하잖아요. 그러니 그러지 말고 우리도 머리를 써야겠어요. 차 안에서 이렇게 기다리다가 저놈이 직장에 가려고 나오면 차로 그 뒤를 밟는 겁니다. 쟤가 다니는 회사를 알아 놓고 우리도 무슨 볼일로 갔다가 우연히 부딪치게 되어 또 접근하는 것처럼 하면 되지 않겠어요? 그게 무난할 것으로 보입니다."

"아 네, 숙비 씨 말이 맞는 것 같습니다. 이렇게 조용히 차 안에 있다가 저 자식이 나와서 차를 타고 출근하면 그 뒤를 따라가 회사를 알아 놓자 고요. 이히히히."

여자 알바 대군들이 호시탐탐, 그의 직장을 알아내기 위해 그의 집 앞에서 잠복하고 있다.

이윽고 시간이 흐르자 그가 출근하기 위해 집에서 나오고 있다. 그리고 자신의 차 썩은 모닝에 올라탄다.

그러자 그녀들도 뒤따라갈 만반의 태세를 갖춘다. 그의 모닝을 그 여자들의 소울은 악착같이 따라간다. 불과 얼마 떨어지지 않은 곳에 그의 썩은 모닝은 차를 세웠다.

그녀들은 그가 어디로 가는지 예의주시한다.

그랬는데 그는 팔달문 할로웨이마트로 들어갔다. 그녀들은 그가 무슨 물건을 구입하러 들어간 줄 알고 차 안에서 계속 기다리는데 실은 그게 아닌 이곳 마트의 직원이었다.

그는 할로웨이라는 글자가 새겨진 작업복 점퍼를 입고 박스를 나르고 있었다. 이 장면을 본 그녀들은 환호성과 쾌재를 불렀다. 그놈의 직장을 알아냈으니 말이다. 이따가 오후에 다시 오기로 하고 희나는 핸들을 돌리려는 순간, 그는 이곳 마트의 직원으로 보이는 어떤 여자와 밀크커피를 들고 밖으로 나오고 있었다.

그 여자도 이곳 할로웨이마트라는 글자가 새겨진 작업복을 입은 걸로 봤을 때, 직원이 확실했다. 그래서 희나는 핸들을 멈추고 차 유리문을 조금만 살짝 열고 저들이 무슨 말을 하려는지 엿듣기 시작했다.
 "광준 오빠, 오빠는 왜, 날 좋아하지 않는 거지? 난 오빠를 무작정 그렇게 좋아하고 있는데 말이야! 호호호."
 "아아, 난, 솔직히 널 그렇게 썩 마음엔 들지 않고 단지 직장동료로서 생각할 뿐이야! 물론 이렇게 출근하면 커피 한잔 하는 정도 말이야! 그 이상도 그 이하도 아니지! 남녀 간의 감정은 어쩔 수 없는 일인 것 같다. 남녀 관계란 억지로 안 되는 거지!"
 "그래도 날 좋아해 보려고 노력을 좀 해봐! 난, 오빠와 직장동료로서 이렇게 출근해서 커피나 마시는 정도의 사이는 원치 않아! 그걸 더 뛰어 넘는 것을 원한다고."
 "아니야, 안 돼. 은서 씨, 그런 무리한 요구를 하지 말라고. 은서 씨에겐 덕배 씨가 있잖아? 서로 잘해 봐."
 광준이 같은 할로웨이마트 여직원인 은서의 요구를 거부하는 말을 여자 알바 대군들은 그대로 다 엿들었다. 그녀들은 더 이상, 엿듣지 않고 이젠 핸들을 돌려 자신들의 일터로 행했다. 희나는 돌아가며 어젯밤 김 대리와 통화했던 내용이 떠올랐다.
 무법자가 정천제약에 나타나 그곳의 직장동료들에게 종합격투기로 8강 토너먼트를 하여 우승자가 비희를 차지하기로 하자고 했던 그 말에 대해서 생각하게 된다.
 희나는 또 김 대리가 '그와 똑같은 전법, 방법으로 그를 괴롭혀 주라고' 했던 말까지 머릿속을 강타하고 지나갔다. 한참을 차를 운전하고 가다가 그녀는 문득 좋은 아이디어가 떠올랐다.

그것은 바로 여자 알바 대군 3명이 이따가 오후에 할로웨이마트로 쳐들어가 광준이 다니는 직장의 여자, 즉, 아까 그와 밀크커피를 마셨던 그 여자까지 합하는 것이다.

그렇게 하여 광준 쟁탈 종합격투기 4강 토너먼트를 개최하자고 하고 우승자가 그를 차지하기로 하는 타이틀을 걸자고 하는 것이다.

이렇듯, 어제 그가 정천제약에 나타나 말했던 그 궤변에 가까운 요청을 반대로 여자 알바 대군들이 이따가 할로웨이마트에 가서 요청하는 것이다. 그렇게 되면 그는 자신의 행동이 너무 무섭고 아찔하고 섬뜩하게 느껴질 수 있을 거라고 확신하고 있다.

마치, 보이지 않는 어떤 4차원의 세계가 스스로를 훤히 다 들여다보는 듯한 공포를 느끼게 하는 것이다. 등골을 오싹하게 만든다는 전법이다. 눈에는 눈, 이에는 이, 이런 전법이 되는 셈이다.

이런 전법을 구상하면서 엑셀을 밟아 가며 돌아가는 길에 희나는 희영, 숙비에게 상황을 설명했다. 이윽고 오후가 되자 그녀들은 다시 전열을 가다듬고 무법자를 섬멸시키기 위하여 팔달문 할로웨이마트로 향하였다.

"희영 씨, 내가 아까 얘기한 대로 그렇게 하면 됩니다. 우리는 각자 볼일로 우연히 가장하여 그 마트에 들어가는 것처럼 하고 그 후에 우리 셋이서 공동으로 아까 아침에 그놈과 밀크커피를 마셨던 그 여자를 가리키면서 그렇게 합쳐 그놈을 차지하기 위한 4인 여자들의 종합격투기 4강 토너먼트를 정식으로 개최하자고 제안하는 것입니다.

우리가 공동으로 그런 토너먼트를 제안하면 그놈은 완전 정신이 얼떨떨할 거예요. 그야말로 보이지 않는 초인적인 4차원의 세계가 그놈을 완전히 훤히 들여다보고 있는 그런 공포감이 몰려올 것입니다. 엄청 무섭겠지요. 그놈 본인이 하는 전법들을 다른 사람들이 똑같이 파고들어 오니 말이에요. 그리고 마지막으로 당부는 우리가 철저하게 모르는 사이인 것 같은 느낌을 줘야 되니까, 간간이 우리는 서로 싸우는 느낌, 적대적으로 다투는 느낌을 철저하게 연극을 해야 합니다. 그래야 그놈이 완전히 겁에 질려 쓰러져 버릴 테니까요."

"알겠어요. 희나 씨."

희나의 차, 소울은 팔달문 할로웨이마트 옆 주차장에 세웠다. 3인조 여자 알바 대군은 차에서 내려 그곳으로 동시에 들어가면 의심, 오해가 생길 수 있으니 각각 1명씩 들어가기로 하였다.

"한 명씩 나눠서 들어가기로 해요. 그리고 다 들어간 다음에 우리는 서로 말다툼하는 모습을 저놈에게 보여 주는 것 잊지 마시고요. 그러다가 어느 정도 시간이 지나면 아까 얘기한 대로 저 남자 놈을 쟁취하는 그 종합격투기 4강 토너먼트를 각자 제안하십시오. 그렇게 하여 저놈의 넋을 완전히 빼 버리자고요. 이히히히히."

"그래요. 희나 씨, 우리는 그래야 정천제약 대리한테 알바비를 더 두둑이 받을 수 있으니까요. 호호호호."

지금 시각은 오후 2시가 다 됐다. 그녀들은 오늘 이 시각, 광폭 프러포즈 알바 활동을 위해 자신들의 직장엔 연가를 낼 정도이니 그 얼마나 이 문제에 혈안이 되어 있다는 것을 알 수 있는 부분이다.

2시 5분에 희나가 할로웨이마트에 1번 타자로 들어간다. 그녀가 들어오는 장면을 본 광준은 완전히 놀라 자빠질 지경이다.

2시 6분에 희영이 할로웨이마트에 2번 타자로 들어간다. 광준은 가슴이 쿵 내려앉았다.

2시 7분에 숙비가 할로웨이마트에 3번 타자로 들어간다. 광준은 몸이 너무 놀라 기절할 것처럼 후들거렸다. 그 후, 그녀들은 짜고 치는 고스톱답게 서로 얼굴을 붉히며 서로에게 왜 여기에 왔냐는 식으로 심한 언쟁이 벌어져 버렸다.

"아니, 이것 봐, 너 저번에도 매송면 정천제약 앞에도 나타나 생난리를 치더니 오늘 또 어떻게 이곳을 알고 또 와서 난리를 치는구나! 어휴~~ 이 시발년들…."

"어어어, 이거 봐라, 넌 뭔데 여기에 와서 지랄이야! 쌍년아…."

"에잇, 이걸 그냥 확…."

그녀들은 이렇듯, 난타전 하는 장면을 보이는 것에 부단히 애를 쓴다. 그러더니 결국 1번 타자 희나가 노렸던 회심의 멘트를 작렬시킨다.

"아니, 이 시발년들아, 여기서 이러지 말자고…. 우리 깨끗이 여기 마트에 있는 여직원 1명을 합쳐 4명이서 종합격투기 4강 토너먼트를 하자고…? 그래서 우승자가 저 남잘 차지하는 걸로 하자고…? 어때 이년들아?"

그러면서 희나는 아까 아침에 자신이 차 안에서 보았던 광준과 밀크커피를 함께 마시고 있었던 여직원이 어디에 있는지 찾아내어 그 여직원을 손으로 가리키며 이렇게 합쳐 낭군님 쟁탈 종합격투기 4강 토너먼트라고 개요를 설명하였다.

"저기 저 여직원까지 넣어서 4명이서 너 죽고 나 살고 식의 살인격투기 4강 토너먼트를 하여 최종 우승자가 저 남잘 차지하는 것으로 하자고 어때? 좋아? 싫어?"

"……."

나머지 여자들은 침묵을 지켰다. 광준은 순간 정신이 멍멍해져 버렸다. 무엇인가 단단히 홀리고 뭔가에 무서운 함정이 있는 듯한 공포가 몰려왔다. 어떻게 이럴 수가 있단 말인가! 내가 어제 비희를 차지하려고 정천제약 정문에 가서 그곳의 직장상사 동료들에게 비희를 차지하기 위한 종합격투기 8강 토너먼트를 개최하고 우승자가 그녀를 차지하자는 제안을 했었다.

그런데 이게 도대체 어찌된 영문인지 오늘 오후엔 이 여자들 3명이 내가 다니는 직장을 어떻게 알고 찾아와 똑같은 방식의 나를 차지하기 위한 사랑 쟁탈전 종합격투기 4강 토너먼트를 제안하고 있단 말인가!

이런 현실이 너무너무 아찔하고 무섭고 소름이 돋을 지경이었다. 뭔가가 뒤에 있는 즉, 뭔가가 위에서 다 내려다보는 듯한 그런 느낌 말이다.

"아! 도대체 이게 무슨 병고란 말인가!"

그녀들이 들어와 이런 행패를 부리는 모습을 덕배, 은서는 지켜보면서 그저 침묵만을 유지하고 있었다.

덕배는 왜 하필 은서를 그 토너먼트에 넣겠다는 건지 도무지 이해할 수가 없었다. 여자들이 꽤나 이상하고 정신이상자라고 생각하기도 하였다.

최근 일어난 은서의 행동을 잘 모르기 때문이다.

광준은 이곳에 계속 머물다간 안 되겠다 싶어 재빨리 일을 멈추고 밖으로 나가 버린다. 그 후, 차를 몰고 도망쳐 버린다. 이게 최고의 상책이라고 판단했다.

그는 차를 몰고 도망치면서 보이지 않는 그 무엇인가에 완전히 꽁꽁 묶여 곧 깊은 수렁으로 빠질 것만 같은 충격 속으로 빠져든다. 그 후, 여자 알바 대군들은 소기의 활동을 충실히 해내고 해산했다.

그녀들은 이런 소임을 다하고 자신들의 감독 격인 김 대리에게 상황을 보고했다. 그러자 김 대리는 꽤 만족스러운 기분이었다. 그런데 여기서 한 가지 문제는 김 대리를 비롯해서 정천제약 직장동료들의 심각한 고민거리가 부각되어 가고 있었다.

신규 주임 이화철이 비희를 완전히 차지해 버린 부분이다. 그저 속절없다는 반응이 주였다. 자신들이 연합하여 막을 수도 없는 처지인 것이었다. 자신들은 다 유부남들이고 신규 주임 화철은 총각이 아닌가! 이젠 화철이라는 직장동료가 한 명 추가됨으로써 그간 자신들의 공동체적 애인이었던 비희를 만나기가 무척 불편해지고 난항을 겪을 수밖에 없으리라!

즉, 엄청나게 살얼음판을 걷는 형국인 것이다. 무리해서 모험 삼아 비희를 만나게 되면 화철의 날카로운 칼날 같은 눈치를 봐야 되기 때문이다.

화철이 등장함으로써 비희를 차지하는 정글의 법칙이 어느 정도 정돈되어 가며 서서히 하나로 확립되어 가는 과정인지 지켜봐야 될 것 같다.

일단은 무법자 광준은 이 회사, 직장동료들에게 철저하게 봉쇄되어 있고 게다가 화철의 등장으로 더 차단됐고 추가로 여자 알바 대군들의 집요한 프러포즈 활동 공습까지 이어지니 몸과 마음이 지칠 대로 지쳐 버린 상태이다.

이젠 광준은 한동안 휴식기에 들어갈 것으로 보인다. 어느덧, 2월은 다 가고 춘삼월이 찾아왔다.

이화철 신규 주임은 내친김에 비희와 조기에 결혼식을 올려 버리려고 계획하고 있다.

그는 그녀를 100% 마음에 들어 하지만, 반면 그녀는 그를 30%쯤 여기고 있다.

그녀는 사실 마음속으로는 무법자 광준을 100% 마음에 들어 하고 있다.

하지만 누군지 모른다는 그 이유 하나만으로 그를 피해 버렸다.

그리고 30%밖에 마음에 들지 않는 이화철 신규 주임을 사귀고 있다. 머지않아 화철의 의견을 받아들여 결혼식까지 올리려고 마음먹는다.

신규 직장동료라는 그 이유 하나만으로 하루 만에 애인도 되어 버리고 한 달도 안 되어 결혼까지 승낙해 버리는 그녀….

사실, 그녀가 직장생활하면서 공 사장부터 시작하여 배 주임까지 총 6인과 애인으로 지냈지만 그들 6인들을 볼 때는 30%도 아닌, 10%도 채 안 된다.

이게 바로 직장동료의 놀라운 파괴력이다.

아무리 그녀가 개인적으로 느낄 때, 100%이더라도 그저 행인이고 누군지 모르면 커피 한잔 마실 수 없는 사유가 된다.

 13. 먹이사슬로 무너지는 직장동료

직장동료면 10%도 아니어도 커피도 먹고, 밥도 먹고, 술도 먹고, 모텔도 가고 이렇다. 매일 보게 되면 경계벽이 허물어지게 되어 사랑 아닌 사랑으로 들어간다.

이게 바로 이 세상의 남녀 관계의 현주소이자 현실이기도 하다. 그러면서 더 웃긴 건, 이런 걸 가리켜 열린 마음, 열린 생각, 긍정적인 사고방식이라고도 하는 사람들도 상당히 많다.

무엇이 진정한 열린 마음, 열린 생각, 긍정적인 사고방식인지 숙고해 보길 바란다.

어쨌든, 꽝꽝 굳어 있고 칙칙한 대한민국을 보면서 결국 그녀는 어정쩡하게 30% 마음에 드는 신규 주임 화철과 춘삼월 11일, 토요일에 팔달문 오릭스웨딩홀에서 번개 같은 웨딩을 올려 버렸다.

신랑은 신부를 100% 마음에 들어 하기에 좋아서 펄쩍펄쩍 뛰어다녔다. 그러나 신부는 신랑을 30% 마음에 들어 하기에 펄쩍펄쩍 뛰진 않고 그저 무덤덤했다.

그저 직장동료면서 그녀 자신보다 직속상사이니까 그렇게 하자고 하면 하는 것이다.

  커피 같이 먹자고 하면 같이 먹고

  밥 같이 먹자고 하면 같이 먹고

  술 같이 먹자고 하면 같이 먹고

  모텔 같이 가자고 하면 같이 가고

  1~4까지 또 그렇게 하자고 하면 또 그렇게 하고

이렇듯, 그녀는 주체와 주관도 없이 아무런 소신도 없이 그저 그렇게 그날, 결혼식 올리고 코가 꿰여서 그렇게 끌려갔다. 더 웃긴 것인지, 슬픈 것인지는 모르겠지만 그녀는 그와 결혼식을 거행하는 순간, 마음속으로 이런 생각을 해본다.

'아! 오늘 이 결혼식의 나의 상대방 남자가 비록 누군지는 모르지만 나의 회사에 줄곧 나타나 날 괴롭히는 그 무법스토커였다면 얼마나 좋았을까! 그 무법자는 나의 100% 마음에 드는 이상형이었으니 말이야! 그랬으면 더 황홀하고 짜릿할 것 같아! 하지만, 지금 이 순간 내 옆에 있는 신랑은 30% 마음에 드는 사람이니 말이야! 조금은 싱겁기도 해! 내키진 않아!'

이렇듯, 정비희 신부는 이런 어처구니없는 망상에 젖어 버린다. 그녀는 결혼식을 마치고 홀로 화장실로 들어가 변기에 앉아 무려 1시간 가까이 계속 흐느껴 운다. 찾는 사람들의 전화도 받지도 않고 그랬다.

왜냐하면 그 낯선 남자를 더 이상 볼 수 없단 현실과 그의 그런 무법 행동이라도 더 받을 수가 없는 상황으로 치닫는 자체가 마음이 아픈 것이다. 엄연한 품절녀의 냉혹한 현실이 드리워지기 때문이다.

아! 이처럼 정비희 같은 가련하고 곰 같은 이 세상에 수많은 여성들이여, 정신 차려라! 좋아도 좋다고 못 하고, 싫어도 싫다고 못 하고, 남들의 판단에 귀의하며 살아가는 애처로운 삶이 스스로 비참하지 않은가?

그 언제까지 그 모든 삶과 사상을 유튜브에 맡길 것인가? 아무런 주체도 주관도 소신도 없고 남들이 그렇다고 하면 그냥 그런 거고, 남들이 아니라고 하면 그냥 아닌 거다. 친구 따라 강남도 가고, 남들 따라 강북도 간다.

결국 시간 지나면 홀로 카페빈에 가서 울면서 아메리카노나 홀짝홀짝 마시고 있고 그것조차도 안 되니까, 소주, 맥주, 삼겹살, 갈비, 회, 노래방이나 가고 울적하면 도우미나 하고 왜 인생을 이렇게 사는가? 쓸데없이 정치꾼이나 좋아하고, 연예인이나 좋아하고, 스포츠선수나 좋아하고 무슨 정신적 지주로 삼고 말이다.

그러면 그럴수록 본인 스스로만 더 망가진다.

그 언제까지 그렇게 형식에 사로잡혀 1~5형식에 대입하는 인생을 살 것인가? 이 세상 그 누구도 자신 스스로의 인생을 현명한 방향으로 일깨워 주진 않는다. 정천제약 신규 주임 이화철과 동료 여직원 정비희는 3월 11일 토요일에 결혼식을 마치고 필리핀으로 7박 8일로 신혼여행을 떠나게 된다.

그녀는 신혼여행을 떠나기 전, 홀로 집에서 졸릴 때 탁자에 머릴 숙이고 잠시 잠을 자는 것처럼 그렇게 숙이고 한참 동안 흐느끼며 눈물을 펑펑 쏟는다.

약 30%밖에 마음에 들지 않는 남자와 운명이 되어 결혼식을 올리고 신혼여행을 떠난다는 현실이 너무너무 비통한 것이었고, 실제 100% 이상형은 그 낯선 남자 무법스토커였기에 그를 그리워하는 마음으로 더더욱 슬퍼지는 것이었다.

그녀가 이렇듯 결혼을 하자 김 대리가 판단할 때, 이젠 더 이상은 여자 알바 대군들이 그 낯선 무법자를 따라다니며 프러포즈 공습을 날리지 않아도 될 것이라고 생각하기에 이른다.

왜냐하면 이제부터는 자연스레 오늘부로 비희의 남편이 된 화철이 알아서 더 강력하게 무법자를 처단할 것이기 때문이다. 그래서 김 대리는 오늘부로 그 여자 알바 대군들에게 알바업무의 종결을 알렸다. 그리고 알바비는 한 푼도 빠짐없이 전부 지급했다.

광준은 자신의 사랑 게임을 한동안 휴식기를 갖고 푹 쉬었으니 자신의 짝사랑 여인, 비희가 결혼식을 해 버렸다는 사실도 모르고 더 끊임없이 찰거머리 진드기처럼 정천제약에 찾아가려고 계획하고 있다.

미련한 건지, 애처로운 건지, 잘 모르겠다.

비희가 결혼식을 올리고 난 뒤, 이틀 지나 월요일이 되자 예전에 그랬던 것처럼 광준은 또 그렇게 정천제약 정문으로 6시 퇴근 시간에 맞춰 달려간다.

광준이 그곳에서 그녀를 기다리고 있는데 오늘따라 이 회사의 남자 직장동료들이 얼굴 표정이 예전에 비해 매우 안 좋아 보였다.

사실은 자신들의 공동 애인인 비희가 한 남자의 여자가 되어 신혼여행을 떠나 버렸기 때문이다.

물론 그 한 남자도 이곳 회사의 신규 주임이지만 아무튼 더러운 기분 금할 길이 없는 것이다. 그래도 그날 웨딩홀에 가서 축하는 해 줬다. 어쩌겠는가?

공동체, 직장동료가 뭔지, 쓰기도 하고 달기도 한, 맵기도 하고 짜기도 한, 직장동료의 굴레에 갇혀 있다.

그들은 정문을 나서다 그들이 칭하는 무법스토커를 마주하게 된다. 왜 일까, 오늘따라 그들은 폭격성 멘트를 하지 않는다. 이상할 정도였다. 그러다 결국은 5인 직장동료들은 말하기 시작했다.

"이봐요. 스토커 선생님, 한동안 꽤 오래 안 보이더니 오늘 모처럼 나타났네! 근데 그쪽이 찾는 그 여직원은 엊그제 우리 회사 신규 주임 이화철이란 남자와 결혼식을 올리고 신혼여행을 떠났다고요. 이걸 어쩌지요. 스토커 교수님? 이젠 스토커 교수님은 이곳은 번지가 안 맞아, 번지를 잘못 찾았어. 그럼 그냥 돌아가 줘야지 않을까요? 어서 그냥 그렇게 돌아가 주세요. 스토커님."

5인 직장동료 중, 이 팀장이 빈정거리며 비꼬는 투로 그에게 쏘아붙인다. 그러자 이 말을 들은 광준은 순간, 머리가 띵하고 어지러웠다. 물론 승산이 높다고 생각하진 않았지만 그래도 오매불망 그녀를 그리워하고 좋아하며 따라다녔던 것을 생각하니 마음이 찢어질 듯이 아파왔다.

"어억! 뭐라고요? 그 직원분, 비희 씨가 엊그제 결혼식을 올렸단 말이야?"

그는 문득 지금 이 사람들이 나를 따돌리기 위해 거짓말을 하는 줄만 알고 있었다.

그래서 일단 그냥 돌아가는 척, 차를 몰고 다른 곳으로 떠나 버렸다.

그 후, 그들이 다 각자 갈 길로 갔을 시간에 다시 핸들 돌려 정문으로 돌아왔다. 이 회사, 정문에 수위 아저씨에게 물어보기 위함이다.

수위는 용역업체라 제3자가 거짓말을 할 필요가 없기 때문이다. 그래야 더 확실히 알 수 있을 거라고 판단했다. 수위는 그녀와 별 이해관계가 없으니 사실을 사실 그대로 말할 거라고 생각된다.

"저, 혹시 선생님, 이 회사에 정비희 씨라고 하는 여직원이 엊그제 정말 결혼식을 올렸다는 소식을 접하셨나요? 혹시 알고 계신지 여쭤보는 것입니다."

"아 예, 그렇습니다. 정비희라는 직원은 여기 회사로 입사한 지 얼마 되지 않은 신규 주임인 이화철 주임과 사내 교제를 하다가 엊그제 결혼식을 올렸다고 들었습니다."

"아아 악, 그 그 그게 사실이었군요. 아아아 아악…."

그는 참담하기 그지없었다. 한숨만 푹푹 나올 뿐이었다. 그래서 그냥 맥없이 차 안으로 들어가 멍하니 있다가 혹시 몰라 퇴근하는 다른 직원들이 보여 얼른 뛰어나가 아까 수위에게 물어본 똑같은 질문을 던졌다. 그랬는데 한결 같았다.

어떤 직원은 그 증거로 스마트폰을 열어 이 회사의 게시판에 뜬 그 사진과 기사까지 보여주기도 하였다.

유력한 증거일 수가 있었다. 쓰러질 것만 같이 힘이 쭉 빠진 채 차 안으로 들어가 엑셀을 밟는다. 사랑 게임의 패장의 뒷걸음이었다.

패자는 말이 없어야 하는가? 패자부활전도 있나? 결혼식을 올렸다면 이젠 다 끝난 게임이 아닌가? 더 머뭇거릴 수도 없는 사면초가가 아닌가?

그의 차, 썩은 모닝은 어디로 가는지도 모르게 신갈저수지로 향하고 있었다. 뭐, 특별한 위험한 순간을 맞이하는 차원은 아니고 그저 조용히 소주를 마시며 이리저리 흘러 다니는 물결을 보고 싶었는가 보다.

마음의 안정과 평화를 찾기 위함이다. 그곳에 도착하여 소주와 안주를 사서 들고 신갈저수지 벤치에 앉아 소주를 두 병이나 다 마셨다.

짚어볼 것은 그는 그녀를 한없이 아쉬워했고 자신이 직장동료가 아니라 사랑 게임에서 일방적으로 밀렸다고 생각하고 있다. 거기다 더해, 그녀가 자신을 너무 몰라주는 것에 대해 원망도 했었다.

한두 번 찾아간 것도 아니고 수도 없이 갔는데도 끝까지 누군지 몰라서 그런 건지, 그냥 마음에 안 들어 싫어서 그런 건지는 정확히 모르지만 무척 냉소적으로 이상한 남자로만 취급받은 것에 대해선 충격과 실망이 하늘을 찌른다.

사실, 그녀는 그가 누군지 몰랐기 때문에 낯설어 두려웠고 몹시 신경이 쓰였던 게 현실이었다. 그녀도 마음속으로는 그를 100% 이상형으로 생각했어도 말이다.

그런데 문제는 역으로 풀어볼 게 있다. 그렇다면 그에게 최근 들어 낯선 여자 3인이 집중적으로 따라다녔다. 그때 그도 그녀들을 볼 때, 대략 80~90% 정도는 마음에 들었다. 그리고 내심 비희에게 잘 안될 것 같으니 우회로 그 여자들을 선택해 볼까 하는 마음도 품기도 했다.

그러나 선뜻 그리하지 못했다. 까닭은 그녀들을 누군지 모르기에 몹시 신경 쓰이고 두려웠다. 결정적으로 그녀들을 피하게 됐고 무척 냉소적으로 이상한 여자들로만 취급해 버린 것에 대해선 그 무엇이라 설명을 할 것인가?

실은 정천제약 김 대리의 계략 차원이었지만 말이다. 그랬어도 이 자체는 그가 모르기에 그 문제는 차치하고 그녀들도 겉으로 표면적으론 그를 향해서 좋아한다고 따라다닌 것은 맞지 않은가?

그 낯선 여자들의 그 프러포즈 자체에 대해서도 광준 본인도 그녀들을 누군지 몰랐기 때문에 낯설어 두려워했고 몹시 신경을 썼고 이상한 여자들이라고 판단해 버리지 않았는가?

그러니 결국은 비희가 당신을 누군지 몰라 두려워한 것이나, 광준 당신을 따라다닌 여자 3명을 누군지 몰라 두려워한 것은 동일하다.

왜, 본인도 자기중심적 사고와 편협한 사고에 사로잡혀 있으면서 본인이 어떤 목적을 이루려는 부분에 있어서 그것만을 불만이 많고 직장동료가 아니라서 불리하니 뭐니, 구조적 난점이니 뭐니, 자꾸 떠드는가?

우선, 너 자신부터 깨닫기 바란다. 이런 부분들이 인간들의 한계이고 또 오로지 자기 자신 한 사람만을 너무 지나치게 숭고하다고 생각하고 타인의 판단은 틀렸다고 단정해 버리는 우를 범한다.

내가 아무리 무엇에 대해 옳고 똑똑하다고 판단하더라도 한갓 개인적인 판단으로 그친다. 왜냐하면 타인의 관점에서 보면 그 무엇이 옳지 않고 어리석다고 판단될 수도 있기 때문이다.

이처럼, 뭐든지 무조건 내가 주체가 되려고만 하지 말고, 나 자신이 객체로 바꿔서 사물을 관찰해 볼 필요가 있다고 사료된다.

인간들이라 이게 쉽진 않다. 이유는 내 몸이 네 몸이 될 수 없고, 네 몸이 내 몸이 될 수 없기 때문이다. 내 육체가 내 육체라고 생각하지 않으면 된다.

결국 돌고 돌아 자연으로 사라질 존재이니까! 내 힘이 존재할 수 없기에….

하지만, 광준은 그녀를 놓친 것에 대해서만 깊은 충격에 빠져 헤어나질 못하고 있다.

이날로부터, 약 보름이나 흘러버린 시간이 밀려왔다. 비희는 이미 화철과 신혼여행을 갔다 돌아왔고 팔달구 교동에다 신혼집을 얻었다.

어느덧, 4월이 찾아왔다.

날씨가 제법 따뜻해졌다. 그러나 광준은 마음은 그와 정반대이다. 하지만 어쩌겠는가? 이게 원래 인생인 것을…. 날씨, 자연, 사물들이 한 개인의 심정, 감정에 맞춰 동일하게 움직여 주질 않는 것인데 말이다. 그저 그렇게 홀로 이겨나가야만 하는 것인데….

홧김이었을까! 아님, 그 무엇이었을까, 모르지만 그는 자신이 다니는 팔달문 할로웨이마트에 직장동료인 여직원 차은서에게 저녁식사를 같이 하자고 제안을 한다.

직장동료 덕배의 눈치를 보지 않겠다는 초강수였다.

"은서 씨, 이따가 저녁 때 일 끝나고 밥이나 같이 먹어요?"

"그래 오빠, 호호호호. 오늘은 웬일이야? 내게 먼저 그런 말을 다 하고…. 이히히히."

"그냥 그렇지 뭐!"

이윽고 그 시간이 됐다. 그는 그녀와 할로웨이마트 주변에 있는 레스토랑으로 들어갔다. 그 후, 본론으로 들어가기 시작하였다. "은서 씨, 우리 서로 결혼 적령기인데 결혼이나 해 버릴까요? 그래 버리는 것도 좋잖아요? 그냥 그래 버립시다."

이 말에 그녀는 눈을 휘둥그레 뜬다. 왜냐하면 너무너무 역사적인 순간이자 황홀한 순간이기에 그렇다.

"아니, 우아! 그게 웬 말입니까? 광준 오빠, 내게 그런 행복선물을 주시다니요. 아니, 그런데 다 좋은데… '~이나 해 버린다.'라는 표현은 듣기에 조금 껄끄럽군요. 청혼 의사인데 '~이나 해 버린다.'라고 하면 왠지 떨이로 넘겨 버리는 느낌이 들잖아! 사실 그래도 난 그 의사 표시도 너무너무 행복해!"

"그래 우리 그럼 그렇게 조속한 시일 내에 결혼을 올려 버리자고… 은서 씨?"

"오케이."

그는 자신의 짝사랑하는 여인, 비희가 지난달에 그녀의 직장동료와 결혼을 해 버리자, 끙끙 앓아 왔다. 그러다가 급기야 오늘에 와서 할로웨이마트 자신의 직장동료인 은서에게 청혼 의사를 내비쳤다. 그러자 그녀는 너무 기뻐 날뛰었다.

얼마나 그를 좋아했으면 그럴까!

"은서 씨, 뭐, 이것저것 생각을 많이 하지 말고 최대한 빠르게 합쳐 버립시다."

"오케이, 오케이, 오케이."

은서는 뭐, 생각할 것도 없다. 그냥 무조건 광준 오빠가 하자는 대로 그대로 움직인다. 왜냐하면 그녀는 그를 100% 이상형이라고 생각하기 때문이다.

그러나 안타깝게도 그는 그녀를 볼 때, 약 30%쯤 된다.

그래도 하려고 한다.

왜냐하면 자신이 100%로 생각했던 비희가 지난달에 속절없이 한 남자를 만나 갔기 때문이다.

은서는 덕배에겐 이 사실을 알리진 않는다. 그랬지만 그녀가 그를 계속 만나지 않으려고 하자, 결국 사실을 알게 됐다. 그녀는 급기야 광준 오빠와 사귀게 됐고 결혼하게 됐다고 덕배에게 알리며 결별 의사를 밝혔다.

덕배는 심한 충격을 받았으나 최근 들어 은서가 수상하단 느낌이 들었기에 짐작은 하고 있었다. 이에 그녀에 대한 배신감에 사로잡혀 충격으로 얼굴을 붉히며 말없이 할로웨이마트에 사표를 던지고 나가 버렸다.

이렇듯, 이들은 속전속결로 최대한 빨리 결혼식을 올리는 데 합의했다.

바로 며칠 지나 4월 8일 토요일에 팔달문 오릭스웨딩홀에서 거행됐다.

할로웨이마트 직장동료인 광준, 은서가 결혼식을 올려버리자 그곳 사장은 충격에 빠진다.

왜냐하면 몰래 몰래 자신이 그녀와 만나는 사이였기 때문이다.

사실 광준도 은서가 사장과 그렇고 그런 사이라는 건, 대충 눈치는 챘지만 뭐라고 말하진 않는다.

원래 성격이 그렇기 때문이다. 그렇지만 덕배 경우는 전혀 다르다. 만약 덕배가 은서와 교제하던 중 그 사실을 알았다면 완전히 난리가 나고 큰 회오리가 일어날 것이다.

다행히 모른 상태로 넘어갔기에 큰 변고는 없었다.

그런데 공교롭게도 팔달문 오릭스웨딩홀은 지난달 11일에 비희가 화철과 결혼식을 올렸던 장소이다.

광준이 그것을 알고 그러는 것은 아닌데 어떻게 그렇게 됐다.

어쨌든, 4월 8일부로 광준은 자신의 직장, 할로웨이마트 직장동료 여직원과 부부가 됐다. 광준과 은서 부부는 제주도로 5박 6일로 신혼여행을 떠났고 돌아와 지동에 있는 홍백빌라를 새로 얻었다.

그렇게 신혼생활이 시작됐다. 이들 부부는 자신들의 직장 가까운 곳에 새로 집을 얻었기에 편했다.

그 후, 4월도 얼마 남지 않은 주말에 비희와 화철 부부는 바람을 쐬기 위해 수원천으로 나가 산책로를 걷고 있었는데 때마침 무슨 공교로움인지 모르겠으나 광준과 은서 부부도 이 주변에서 산책을 하고 있다.

비희 부부는 팔달구 교동에 살고 있고, 광준 부부는 팔달구 지동에 살고 있다. 그리 멀진 않다.

그렇기에 산책하다 보면 맞닿게 될 수도 있다. 일요일인데 시간은 오후 4시쯤 됐다.

비희 부부는 매교역 다리 아래 벤치에 앉아 얘기를 나누고 있었다.

광준 부부는 걸어서 그쪽으로 거의 다 다다랐을 때 그 벤치에 앉아 있는 비희를 보게 된다. 광준은 순간 가슴이 철렁했다. 자신의 짝사랑하는 여인이 결혼을 하여 남편과 산책하는 자연스러운 모습이긴 한데 그래도 그는 씁쓸한 충격은 지울 수가 없다.

'아! 그때, 정천제약의 수위 아저씨에게 정비희라는 여직원의 결혼 소식이 사실이냐고 물었을 때, 아저씨가 그렇다고 했는데 그때 말한 그 남자 신규 주임 직장동료가 맞긴 맞구나!'

광준이 괴롭고 씁쓸한 표정을 짓자, 은서는 왜 그러는지 영문을 모르고 남편이 갑자기 어디가 아파서 그러는 건가! 하고 생각한다.

"광준 오빠, 왜 그렇게 얼굴 표정이 갑자기 그래? 어디가 아픈가?"

"아니, 아니야! 먼지가 일어 그래, 헉헉헉 흑흑."

광준은 속으로 생각한다.

'아! 저 벤치에 앉아 있는 저 남자가 한없이 부럽다. 비희라는 여자의 남자가 되었다는 것 말이야, 그 얼마나 큰 행복이겠냐고….'

그가 속으로 이렇게 부러움을 곱씹으며 애써 그 벤치 쪽을 보지 않으려고 부단히 애를 쓴다. 보였지만 안 보려고 노력하는 수밖에 없으리라!

그가 이렇듯, 눈을 다른 방향으로 돌리며 얼른 피해 가려고 몸부림을 칠 때, 무슨 조화 속인지 비희도 그를 보게 됐다. 비희도 순간 가슴속이 쿵 내려앉았다.

'어! 저기 저 저 사람은 저 사람은 날 집요하게 따라다니며 회사 앞 정

문까지 거의 매일 나타났던 그 남자, 무법스토커잖아!'

하지만 그녀는 옆에 앉아 있는 남편에겐 지금 이 상황에 대해 말하지 않는다. 말하면 안 좋을 거라고 판단한다.

비희가 남편 화철에게 말하면 남편도 광준의 얼굴을 기억할 순 있다. 예전에 회사 정문 앞에서 심한 충돌이 있었기 때문이다. 지금 이 시각 화철은 광준을 잘 기억해 내진 못하고 있다. 눈여겨보는 게 아니라서 그렇다.

그런데 여기서 광준의 아내 은서는 남편의 손을 꼬옥 잡고 지나간다. 지금 이 순간 광준은 이 손이 그리 감미롭진 않다. 괴롭다는 생각만이 엄습한다. 그러나 광준 부부는 이렇게 손을 잡고 그 벤치를 지나가고 있는 중이다.

그때, 이것도 너무 심한 공교로움인가? 비희의 남편 화철도 아내의 손을 꽉 잡아 가며 앉아 있다.

지금 이 순간 비희는 이 손이 그리 감미롭진 않다. 회한과 서러움의 눈물만이 앞선다. 그저 그렇다는 생각만이 엄습하고 있을 뿐이다. 무감각이다.

하지만 비희 부부는 이렇게 손을 잡고 계속 그 벤치에 앉아 있는 중이다. 바로 그때, 이것도 너무 가혹한 공교로움인가?

그렇게 엇갈려 지나가는 광준, 그저 앉아 있는 비희, 두 사람의 눈가에 뭐라고 표현 불가한 서글픈 이슬이 방울방울 맺힌다.

왜, 그럴까? 그녀는 그를 볼 때, 100% 이상형이라 그렇다. 옆에 앉아 있는 남편은 30%이고….

또 다른 측은 왜, 그럴까? 그는 그녀를 볼 때, 100% 이상형이라 그렇다. 옆에 함께 걷는 아내는 30%이고….

이렇듯, 이루어지지 못했어도 겉으론 피해 다니고 두려워했지만 그럴 수밖에 없었는지도 모르겠지만 속으론 그녀도 그를 좋아하고 있는 것이었다.

속이 터진다. 답답한 관계이다. 이게 바로 이 두 사람 간의 설명 불가한 영혼적인 비망록이었다. 날이 어두워져 각자 집으로 돌아갔다. 영혼적인 철창살 비망록을 밟아가며…. 이날로부터 한 달이라는 시간이 이렇게 저렇게 흘러가 버렸다.

5월이라 나른하고 그래서 그런지, 직장동료라는 게, 원래 그런 건지는 모르겠지만 정천제약의 직장동료들은 비희가 춘삼월에 결혼을 했기에 그것도 다름 아닌 같은 직장동료와 부부가 됐기에 그녀에 대한 어떤 관심, 신경은 최대한 품지 않으려고 부단히 노력에 노력을 경주하긴 했지만 어디 그게 말처럼 쉬우면 이 세상, 인생길이 그 어떤 이가 쓰디쓴 고해라고 했던가?

그렇다. 인생길은 고해다. 왜냐하면 끊임없이 남녀 간의 애정행각이 늘 원초적으로 꿈틀거리기 때문이다.

이런 문제를 서로서로 관대하게 허물을 감싸며 넘겨주며 희생하면 아무런 문제도 없고 고해고 뭐고 존재할 것도 없다.

그렇게만 된다면 더 없는 행복일 것이다. 정말, 인생이란 고해란 말도 그 어떤 누구도 절대 말할 수 없으리라!

희생, 헌신이 동반되면 고해가 즉시 사라진다. 그러나 실상은 서로서로 불신하고 자기 자신만 득 보려고 하고, 상대방은 무시해 버리는 고질병을 저마다 인간들이 꽉 쥐고 있기에 인생은 끝없는 고해가 된다.

결국, 고해의 원인은 내 탓이기도 하고, 네 탓이기도 하다. 나는 가만히 있고 열매만 따 먹으려고 하면서, 상대에겐 짓밟고 열매를 못 먹게 한다.

자연이 존재하는 한, 이 악순환의 법칙은 변치 않을 것 같아 씁쓸하기만 하다.

원래 5월은 계절의 황제이기도 하고 여왕이기도 하다.

또 남녀 모든 이들에게 원초적인 신경, 즉, 색욕, 본능을 더욱더 강렬하게 자극하는 날씨이기도 하다.

이럴 때일수록 더욱더 인내심을 가지고 절제하고 이를 악물고 그런 욕구에 물들지 않으려고 정말 바늘로 발바닥 꾹꾹 찔러 가며 버텨 내야겠지만 정천제약 남자 직장동료들은 그렇게 하지 못하고 결국 일을 저지를 것 같은 분위기이다.

결국 일이 일어나고 말았다.

이런 문제는 정천제약 직장동료들만의 문제는 아니고 이 세상에 살고 있는 모든 인간들의 문제라고 보면 된다.

비희의 남편이자 신규 주임 화철이 출근하자마자 그에게 어디선가 전화가 걸려왔다. 어릴 적 죽마고우로부터 전화가 오는 것이었다.

오늘 이따가 저녁 퇴근 시간쯤, 수원역에서 기다릴 테니 나오라는 것이었다. 오랜만에 소주를 마시자는 것이었다. 이에 화철은 좋다고 답했다. 그는 오늘은 친구를 만나야 하니 1시간 일찍 퇴근하겠다고 하고 나갔다.

"저, 팀장님 아까 아침에 친구로부터 전화가 와서 그러는데 한 시간만 일찍 퇴근하도록 하겠습니다."

"아아, 그러세요. 이 주임."

화철이 1시간 일찍 퇴근하자, 남자 직장동료들은 속으로 환호성을 터뜨렸다. 그 틈을 타 오랜만에 과거처럼 화철 주임이 발령오기 전, 비희와 늘 그렇게 오붓하게 회식을 했던 그 애틋했던 시절로 돌아가 술도 먹고 노래방도 가고 그날 눈이 맞는 이는 그녀를 데리고 모텔로 직행하는 그 절차를 고대하고 있는 것이다.

"야, 비희야, 너 요즘 신혼생활은 재미있냐? 우하하하."

"뭐, 그저 그렇지요. 뭐!"

"야, 그저 그러면 어떻게 해! 재미있어야지, 네 남편이 지금 방금 전에 볼 일로 수원역에 간다고 갔으니 참 잘됐다. 진짜 너무너무 오랜만에 이젠 우리끼리 나가서 술 한잔하자? 음, 우하하하. 키킥킥킥."

"아 네, 그래요. 너무 좋아요. 팀장님."

정천제약의 직장동료들은 그녀의 남편이 개인적인 일로 먼저 퇴근한 시간을 최대한 활용하기 위해 재빨리 회사 주변 숯불갈빗집으로 향한다.

사장부터 시작하여 주임까지 있었다. 남자는 6명이고, 여자는 그녀가 유일했다.

한편 지금 이 시각, 그녀의 남편이자 신규 주임 화철은 수원역에서 그 친구를 만나고 있었다.

그리고 이곳 매송면에선 직장동료들의 회식이 벌어지고 있었다. 그러나 직장동료들과 그녀의 입장에선 최악의 불운이 벌어지고 있었다.

이들이 회식을 거의 다 끝내고 2차로 노래방으로 가려고 서서히 일어나고 있을 때쯤 수원역에서 절친을 만난 화철은 그 친구가 지금 이 시각 지인이 사고를 당해 응급실을 가야 할 것 같다고 말하고 황급히 자리를 떠나는 바람에 다시 돌아서 아내 비희를 만나기 위해 화성시 매송면 쪽으로 돌아오고 있었다.

지금 이 순간 시간은 저녁 6시가 다 되어간다. 화철은 빨리 회사로 가면 아직 퇴근을 하지 않을 시간이라 아내를 태우고 갈 생각을 하고 있었다.

그는 회사 사무실에 정각에 도착하였는데 사무실엔 아무도 없었다.

소스라치게 깜짝 놀랐다.

일찍 퇴근을 할 시간이 아닌데 이상하다 싶어 아내 비희에게 전화를 넣는다. 뚜르르르르 신호가 가도 받지 않는다. 이해할 수 없었지만, 단체로 어디 특별한 일이 있을 거라고 생각하고 개의치 않고 그냥 혼자 집으로 가려고 차를 타고 어느 정도 길을 지나가던 중, 그는 순간 엄청 충격적인 장면을 목격하게 된다.

인도 위에서 사장부터 시작하여 주임, 그리고 아내가 다 같이 노래방 건물로 들어가고 있었고 그중, 이 팀장이 아내의 허리를 아주 세게 움켜쥐고 들어가는 것이었다.

이를 본 화철은 완전히 속이 뒤집히는 기분이었고 심한 충격 속으로 빠져든다. 아무리 직장상사라지만 이 팀장이 그러는 장면은 도저히 이해할 수가 없었고 분한 마음까지 치솟았다.

예전에 비희와 결혼하기 전에 어떤 무법스토커가 회사 정문에 쳐들어와 회사 직장동료들이 비희의 공동 애인이니 종합격투기 8강 토너먼트를 하여 우승자가 아내를 차지하자는 궤변을 늘어놓은 게 그게 그냥 떠든 소린 아니구나! 하는 생각이 문득 세게 들었다. 다 증거와 근거가 있었다는 것으로 확신하게 된다.

그래서 화철은 재빨리 차를 세우고 그 노래방 건물로 뛰어 들어간다. 그랬는데 이미 대형 단체손님 방으로 들어가 노래를 부르고 있던 남자 직장동료 6인은 이리저리 펄쩍펄쩍 뛰고 흔들며 노래를 부르고 난리가

났는데 그중, 이 팀장이 느닷없이 아내의 입술을 향해 키스를 퍼붓고 있었다.

화철은 여기저기 그들이 어느 방으로 들어갔는지 찾던 중, 이 팀장이 아내를 향해 그러는 장면을 문 상단 쪽에 유리를 통해 목격하게 됐다.

그는 순간, 가슴이 쿵 내려앉으며 온몸이 주저앉는 그런 심정이었다.

"내가 잠시 볼일로 일찍 나간 틈에 이렇게 미친년처럼 직장상사들과 이럴 수가 있단 말인가! 다 죽여 버리겠다. 개새끼들."

가슴이 주저앉고 심장이 터질 것만 같은 심정이었지만 일단 진정하기로 마음을 가다듬으며 속으로 숫자 열만 세기로 하였다. 옛말에 참을 인자 세 번이면 살인도 면한다고 하지 않았던가! 하는 격언 같은 것도 문득 생각해 낸다.

저들은 모두 나의 직장의 일원들이 아닌가! 사장부터 시작하여 주임까지 말이다. 일단 밖으로 나가 좀 더 상황을 주시하리라! 그는 밖으로 나가 차 안으로 들어가 버린다. 그러나 착잡한 심정 가눌 길이 없다. 지금 시간은 저녁 7시 30분, 그는 차 안에서 한 시간 넘게 기다렸다.

그러던 중, 그들이 나오고 있었다. 나오자마자 사장은 다른 곳으로 걸어가고 다른 이들도 다 각자 길 길로 가고 있었다. 그런데 맨 마지막으로 이 팀장과 아내, 두 사람만이 남는다. 그러더니 또 다른 곳으로 이동하고 있었다.

"야, 비희야, 우리 이게 얼마만이냐? 네가 우리 회사 신규 주임하고 결혼을 해 버리는 바람에 내가 너무 신경 쓰여, 널 한번 제대로 안아 보지도 못했구나! 우하하하. 야, 빨리 저쪽에 있는 모텔로 들어가 한번 꽉 안아 보자."

13. 먹이사슬로 무너지는 직장동료

"그래요. 팀장님. 우후후후후."

이들이 이런 얘기를 나누며 모텔 쪽으로 향할 때, 화철은 차에서 번개같이 뛰어나와 그 뒤를 밟는다.

이들이 하츠모텔이라고 간판이 달린 것으로 손을 잡고 들어가는 순간. 그 뒤를 따라온 화철이 완전히 이성을 잃은 채 느닷없이 이들을 가로막으며 고함을 친다.

"야, 이 시발, 이게 뭐야? 내가 잠시 어디 갔다 온 사이에 술 쳐 먹고 여기 모텔로 들어가려고 해? 야, 오늘 너희들 둘은 다 죽었어! 어휴~~ 이런 시발 것들."

격분이 포화된 화철은 얼굴이 완전히 붉게 흥분되어 자신의 직속 상사이고 뭐고 또 아내이고 뭐고 그냥 막 무자비하게 마구 후려친다.

 14. 언니를 위한 핏빛 깃발

모텔 현관문 앞에서 그의 번개 같은 라이트, 레프트 훅, 스트레이트, 어퍼컷을 얻어맞은 두 사람은 피를 흘리며 그 자리에 쓰러져 기절하고 말았다.

"우리 회사이지만 이런 팀장 새끼는 죽어도 돼, 뭐! 이런 게 다 있어, 어휴~~ 그냥 확! 그리고 말이야, 너도 그렇지 적당히 피해야지! 이게 뭐냐고? 이런 팀장 새끼하고 쑥덕거리려고 이런 데까지 와. 너도 한번 죽어봐."

이 팀장과 비희는 화철한테 모텔 현관문 앞에서 엄청난 폭행을 당한 후, 비명을 지르고 있었다.

화철이 그들을 더 때리려 하자, 이 팀장은 이 집중 폭격을 모면하고자 통증 속에서도 그 화살을 다른 데로 돌리게 안간힘을 다 쓴다.

"아, 말이야, 주임 말이야, 나만 비희를 건드린 줄 알아, 나 말고도 다른 사람들도 많단 말이야. 악악악."

"아니, 뭐? 당신 말고도 내 아내를 건드린 놈들이 또 있단 거야? 이거 봐라, 그건 또 어떤 놈이야? 그때 무법스토커가 떠든 말이 그냥 한 말이 아니네! 다 뭔가가 있었네! 다 죽여 버린다. 으악."

이 팀장은 화철한테 집중 폭격을 받다 보니 죽게 생겼으니 겁에 질려 지금 이 순간 그의 분노를 다른 데로 돌리게 하려고 털어 놔선 안 되는 참으로 위험한 직장동료 간의 특급 비밀을 모두 다 발설하고 만다.

"아아아, 사장님부터 배 주임까지 다 그렇단 말이야, 나만 그런 줄 알아, 으으윽흑."

"뭐라고 사장부터 주임까지…."

이 팀장이 이렇듯 자신의 위기 탈출용으로 그 특급 비밀을 발설하자, 옆에 쓰러져 있던 비희는 깜짝 놀라며 가슴이 철렁한다.

그녀 자신에겐 더욱더 큰 약점이 아닌가! 그녀는 가슴이 바짝바짝 타들어간다. 그녀는 자신이 다니는 회사의 직장상사 동료들과 너무 무분별한 유희를 즐기다가 그만 같은 직장으로 새롭게 발령 온 신규 주임, 현재는 남편인 화철한테 제대로 들켜 엄청난 구타를 당함과 동시에 파경을 맞게 되는 순간으로 접어든다.

"아니 여기 봐, 비희야, 지금 이 팀장 새끼가 떠드는 소리가 맞는 거야? 뭐야? 어서 대답해?"

"……."

그녀는 남편이 묻는 말에 아무런 대답을 하지 못하고 계속 쓰러져 있었다. 결국 화철은 폭행을 중단하고 더 이상 볼 것도 없이 이혼 절차를 밟기로 하였다.

이게 무슨 참사인가? 직장상사 동료란 문제가 많은 집단인가 보다. 그런데 어디 이게 정천제약만의 일이겠는가? 이 세상 모든 직장동료들의 문제들인 것이고 사람이 사는 사회구조라 볼 수 있다.

어쨌든 남녀 간에는 직장상사, 동료가 가장 골치 아픈 것들이고 다음으로 몇몇이든 남녀가 모이면 꼭 서로서로 분란을 일으킨다. 일대일도 마찬가지이다.

어쩌면 인생길이 가장 까다롭고 피곤하다고 하고 고해라고 하는 것도 이런 남녀 간의 문제가 차지하는 게 100%가 아닌가 생각된다.

이 팀장은 신규 주임 화철에게 집중 폭격을 당하여 심각한 부상을 입게 됐다. 그가 이번 폭행 피해를 입고도 경찰에 신고하지 않은 까닭은 화철의 행위가 정당행위가 될 가능성이 높기 때문이다. 오래전에 이 팀장은 다른 사람들과 이와 유사한 일이 벌어졌는데 그때도 폭행 피해를 입고도 가해자가 정당행위로 판명 나 본전도 못 챙긴 일이 있어서이다.

그리고 비희도 부상도 그렇지만 남편 화철이 이혼 절차를 밟아나가게 되어 더욱더 고통 속으로 빠져든다. 급기야, 화철, 비희 부부는 그런 일이 있은 날로부터 한 달 후, 이혼 도장을 찍게 됐다.

화철은 이것으로도 분이 풀리지 않아 정천제약에 사직서를 던지고 나가 버렸다. 더 이상, 그런 무리들과는 근무를 할 수 없기 때문이었다. 정천제약의 직장상사 동료들도 사내에서 그런 불미스러운 큰 회오리가 몰아치자 몹시 당황해하며 곤혹스럽고 불안했다.

그녀는 자신의 인생살이 가시밭길의 첩첩산중이 되어 버렸다. 그녀는 결혼한 지 불과 4개월 만에 파경을 맞게 되었다. 그녀의 남편, 화철은 회사에 사직서를 던지고 나가 버렸지만 비희는 그런 생각은 없다.

그녀는 날씨도 꽤 더워진 6월의 마지막 날, 한동안 신혼집이었던 팔달구 교동에서 짐을 챙겨 원래 자신이 살던 집, 팔달구 행궁동 주택으로 돌아왔다.

무사히 돌아오긴 했지만 한 가지 격한 회오리가 일어날 수 있는 일이

터지고 있었다. 그녀는 아직까지 자신의 이혼 사유에 대해 부모는 물론 동생 라희에게도 말하지 않았었다.

하지만 언니가 이혼하고 다시 집으로 들어오자 동생 라희는 그 부분에 대해 집중적으로 캐묻기 시작하였다.

"아니, 언니 이게 어떻게 된 일이냐고? 언니가 무슨 일이 있었길래, 이혼을 한 거야? 어서 말을 해 보라고…."

라희는 언니가 이혼하고 집에 들어온 것에 대해 매우 침통했다. 그래서 계속 집요하게 묻는 것이다. 혹시 그 무법스토커 때문이 아닌가! 하는 의구심 때문이기도 하다. 만약 그렇다면 쳐들어가 그 무법자를 완전히 아작 내 버린다는 각오를 다진다.

그러자 결국 비희도 그 사실, 자초지종을 말하고 말았다.

그러자 라희는 그것은 예상치 못한 부분이라 더더욱 놀라고 충격을 받아 펄쩍펄쩍 뛰었다. 라희는 여자지만 성격이 남자보다 더 거칠고 격하다.

"아! 언니 그런 일이 있었단 말이야? 난 또 그 무법스토커인가 무법자인가 그 새끼 때문에 그렇게 된 줄 알았지! 그게 아니라 그 직장상사 동료 자식들 때문이란 말이지! 그 새끼들 한참 언니를 위해 주느니 어쩌느니 하더니 결국은 그런 거였어? 아니, 그 형부였던 놈도 그렇지 뭐, 그런 거 가지고 지랄이냐고…. 거기다가 언니를 마구 때렸단 거잖아! 이런 쓰레기 같은 자식들은 깨끗하게 쓸어 줘야 돼! 박박 쓸어 줘야겠어, 내가 알아서 해결할 거야! 이젠 그 직장상사 동료들도 끝나는 거고 그 형부였던 자식도 끝났어! 아! 이 시발…. 완전 속이 뒤집힌다. 아아! 살인의 충동을 느낀다. 아!"

또 예전에 언니를 따라왔던 광준을 전율의 넥클린치 니킥 연타로 실신

시킨 적도 있었다. 그만큼 다혈질적인 여자이다.

　라희는 또 언니가 회사생활 중, 광준이라는 무법스토커에게 시달릴 때도 열일을 제쳐두고 그를 쳐부수러 달려가지 않았던가?

　거기에다가 라희가 더 강력한 부분은 전국에서 무에타이로 가장 유명한 한국격투대학교를 졸업했고 학창시절 우승을 놓친 적이 없을 정도이니 말이다.

　그녀의 필살기인 두 손으로 상대의 뒷목을 움켜잡고 무릎으로 옆구리나 얼굴 부위를 집중적으로 찍는 기술은 정말 전율이 느껴질 정도이다. 아찔하다.

　어쨌든 라희는 언니가 이혼하게 된 가슴 아픈 사연을 들었으니 더 무엇이 필요할 것인가! 이미 답은 나왔다. 라희는 언니를 이리저리 힘들게 했던 그 직장동료들 그리고 언니를 모텔 현관문 앞에서 마구 때렸던 형부였던 화철에 대한 강력한 응징이 뒤따를 게 뻔해 보인다.

　라희는 그 사장부터 시작하여 주임까지도 그렇고 신규 주임으로 들어왔었던 형부였던 놈도 언니의 가슴에 못을 박았다고 판단했다.

　그렇다면 남은 건 차례차례 짓밟아 주는 것이었다.

　"언니, 일단 언니도 그 회사를 관둬 버려, 내가 다 책임질 거야! 그 직장 상사 동료 자식들하고 형부였던 새끼까지 차례로 확실하게 뼈를 부러뜨려 주겠어."

　"아아, 라희야, 근데 그건 너무 무리가 아닐까? 그렇게 되면 부작용이 꽤 많을 것 같은데…."

　"언니, 그것은 걱정하지 마, 언니가 그렇게 그들에게 당해서 그런 이혼이라는 결과가 나왔잖아? 그들도 입이 열 개라도 할 말이 없을 거야!"

"글쎄, 그렇게 될지. 그러다가 그 인간들이 널 폭행죄로 고소라도 하면 정말 큰일인데…."

"아아, 그건 걱정할 것 없어! 난 충분히 경찰, 검찰에게 이 상황을 설명하여 선처받을 수 있다고 생각해! 그것들이 그렇게 못 하겠다면 뭐! 그까짓 콩밥 좀 먹고 나와야지 뭐!"

라희는 결심한다. 먼저 언니를 그 회사에 사직서를 내게 하고 그다음에 직장상사 동료들을 강력하게 처단하고 마지막으로 형부였던 화철까지 깨끗하게 응징 폭격을 날리는 것이다.

라희는 지체하지 않았다. 바로 그다음 주 월요일이 되자, 실행에 옮기기 시작했다.

라희는 언니의 손을 잡고 함께 화성행궁 정류장에서 택시를 잡아타고 화성시 매송면 정천제약 회사로 향한다.

언니를 그곳에서 관두게 한 뒤, 그 회사의 사장부터 시작하여 주임까지 그놈들의 뼈를 부러뜨려 버리는 구상이다. "언니, 여기 회사에 다 왔어, 이것저것 신경 쓰지 말고 들어가 사표를 던져 버려, 그리고 긴말하지 말고 곧바로 나오라고…. 그럼 내가 들어가 언니가 이곳에서 벌어졌던 아픔과 이혼하게 된 배경 같은 것을 강하게 항의하면서 기회를 노려 아주 그 직장상사 동료 놈들을 완전 다 부러뜨려 버릴 테니까…."

"그래, 그건 그렇고 너무 신경이 쓰인다."

"아니, 언니 신경 쓸 것 하나도 없어, 저놈들도 내가 그렇게 해도 아무말도 못 할 거야! 지들이 한 잘못이 있으니 말이야! 어서 들어가 일단 사표를 던져 버려."

"그래 알겠어."

비희는 동생이 하라는 대로 회사 사무실로 들어가더니 사표를 던져 버린다. 그러자 직장상사 동료들은 깜짝 놀라며 매우 당혹스러워한다.

"아니, 야 비희야, 일단 앉아봐, 이게 무슨 일이냐? 그러지 말고 한 번 더 생각을 해 보라고…. 아아, 그 그 그럼 안 되지. 어서 근무할 준비나 해! 이건 정말 말도 안 돼!"

"아니 아닙니다. 사표를 냈으니 그만 나갑니다. 그렇게 아세요."

비희는 냉정했다.

동생 라희와의 약속이 머릿속을 지배했다. 그녀는 서둘러 사표를 던진 뒤, 사무실 밖으로 뛰쳐나간다.

그 후, 라희는 기다렸다는 듯, 번개같이 마치 표범처럼 강한 기합 소리를 크게 지르며 회사 사무실로 달려 들어간다. 라희가 기습적으로 기합을 지르며 사무실에 난입하자 직장상사 동료들은 경악, 충격, 공포 속으로 빠져든다.

"저기 저 여자는 비희의 동생이잖아! 이게 어떻게 된 거야! 동생이 여기에…."

이들 직장상사 동료들은 동생 라희를 한 번 본 적이 있기에 기억한다. 1월에 무법스토커가 이곳 회사에 왔을 때, 언니 비희를 보호하러 동생이 온 적이 있었기 때문이다.

"어어, 비희 씨, 동생이 무슨 일로 여기에 왔습니까? 아아, 언니하고 같이 온 거로군요. 지금 방금 전에 언니가 사표를 내고 달아났는데 동생이 얼른 가서 잘 설득해서 다시 데리고 어세요. 하하하. 동생이 말하면 들을 수도 있을 것 같은데…!"

"야, 이 직장상사 동료 개자식들아, 너희들은 오늘이 제삿날이다. 내가 저번에 여기 왔을 때, 너희들이 우리 언니를 보호하느니 어쩌느니 떠들더니 결국은 네놈들이 가지고 놀고 그런 문제로 우리 형부였던 놈 이화철이 언니와 갈라서는 일이 터져 버렸지. 그 당시 우리 언니는 그 화철이란 자식한테 죽도록 얻어터졌다. 이 모든 문제를 내가 깨끗하게 정리해 주겠다. 너희들은 오늘 뼈가 다 부러질 것이다. 자, 시작한다. 나에게 죽도록 얻어터지고 억울하고 분하면 112를 누르든가 말든가 알아서 해!"

라희는 엄포성 경고를 가한 후, 크게 무에타이 기합을 한 차례 넣더니 성난 표범처럼 직장상사 동료들에게 달려들기 시작했다.

그냥 막 눈에 보이는 대로 그냥 닥치는 대로, 양손으로 그들의 뒷목을 잡고 무릎으로 찍고 또 찍는다.

이것으로도 분이 풀어지지 않는 라희는 의자든 탁자든 책꽂이든 뭐든 모든 집기들을 집어 들고 마구 집어던져 버린다. 나무목재로 된 물품들은 다 박살 나 산산조각 나버렸고 사무실 유리고 유리창이 다 깨져 여기저기 파편이 튀겼다.

사무실에 있었던 부장, 팀장, 대리, 계장, 주임은 도망치려고 안간힘을 다했지만 그러다가 얻어맞은 부위에 피를 흘리며 비틀거릴 때 라희는 더 거칠게 달려들어 강력한 니킥에 이어지는 플라잉 니킥까지 작렬시키며 강하게 찍어 버린다.

그녀의 메가톤급 공격에 직장동료들은 썩은 나뭇잎이 떨어지는 듯한 추풍낙엽 같았다. 다들 쓰러져 피를 줄줄줄 흘렸다. 통증이 너무 심해 일어날 수도 없었고 비명 소리가 진동하며 바닥에 대굴대굴 뒹굴기도 했다.

바닥에 여기저기 핏물이 수북했다.

그러자 그녀는 이번엔 분이 풀리지 않아 쓰러진 그들의 얼굴을 향해 강력한 스탬핑에 이은 사커킥을 연발로 걷어찬다.

"그래 내가 너희들 죽지 않을 정도로 해 줄 테니까 그래, 마지막으로 사장 나오라고 해, 사장 새끼 어디에 있어? 사장 자식 나오라고…."

삽시간에 사무실은 핏물이 튀어 여기저기 묻게 됐다. 공광천 사장은 사장실에서 의자에 앉아 있었는데 라희가 사장실이 어딘지 여기저기 찾다가 결국 찾았다.

그녀는 발로 아주 세게 꽝 걷어차고 그곳으로 뛰어 들어갔다.

"아니, 이게 누구야, 혹시 우리 비희 씨 동생 아니야? 오우! 너무 반가워요. 어떻게 여기까지 오게 됐습니까?"

"그렇다. 그냥 왔다. 이런 시발 것들아! 에잇! 넌 죽었어. 죽도록 얻어터지고 억울하면 경찰에 신고하든가 말든가 알아서 해!"

그녀는 사장에게 달려들어 옆구리에 전율의 니킥을 작렬시켰다. 그러자 사장은 그대로 나가 떨어졌다.

그렇게 쓰러지자 그에게도 전율의 스탬핑에 이은 사커킥을 작렬시킨 뒤 라희는 나가 버렸다. 사장은 입에서 피를 토하고 있다. 삽시간에 아수라장이 되어 버렸고 여기저기에서 직장동료들이 통증으로 극심한 비명소리를 지르며 우는 소리도 들렸다.

그들은 모두 갈비뼈가 부러지고 코뼈, 턱이 부러져 나갔다. 그녀는 밖으로 나가 언니와 택시를 잡아타고 다시 팔달구 행궁동으로 돌아왔다.

대낮부터 엄청난 대형지진이 한 차례 일어났다.

정천제약의 사장부터 시작하여 주임까지 갈비뼈, 코뼈, 턱이 부러져 회사가 완전히 비상상태가 되어 버렸고 가까스로 다른 사무실에 있던 직원들에게 알려 봉담읍 쪽에 있는 화성 사랑병원으로 재빨리 119를 불러

응급실로 이송해 갔다.

진단 결과는 다들 최소 3년 이상은 치료를 받아야 하는 심각한 상황이었다. 신고를 받고 경찰들이 병원으로 들이닥쳤지만 피해자들은 다들 한결같이 아무 말도 하질 않았다.

자신들의 깊은 치부가 드러나기 때문에 우려스럽기 때문이다. 라희는 이 정도는 그냥 워밍업으로 여기고 곧바로 한때 형부였던 이화철의 집으로 달려갔다.

월요일이라 그는 집에 없었는데 그의 가족을 협박하여 어디에 있는지 알아내어 쳐들어가 화철에게 아주 크게 소리를 지른다.

"야, 이 새끼야, 네놈은 뭐 별수 있다고 우리 언니를 마구 때려, 넌 오늘 죽었어! 에잇. 나에게 죽도록 얻어터지고 억울하고 원통하면 112를 누르든가 말든가 선택하라? 시발 것아?"

"아아악악악."

그도 니킥에 이은 플라잉 니에 쓰러지자, 스탬핑과 마지막은 아주 강력한 오른발 사커킥으로 완전히 보내 버렸다.

그는 실신당해 의식을 잃었고 뼈가 부러져 나가고 계속 피를 줄줄줄 흘리고 있었다.

그 후, 라희는 돌아왔다. 이날, 라희는 언니를 위로하였고 기분 전환 차원에서 용인에버랜드로 놀러갔다.

그 후로 며칠이 지나자 라희는 자신이 다니는 무에타이 체육관의 사범을 언니에게 소개하려고 하였으나 언니는 완강히 거부했다.

"언니, 지금 언니의 스트레스를 날려 버릴 수 있는 유일한 방법은 얼른 다른 남자를 만나는 거야! 그래서 내가 다니는 체육관의 사범님을 언니에게 소개할게, 빨리 만나라고. 어때?"

"얘, 라희야, 난 지금 이혼한 지 며칠 지나지도 않았어. 근데 벌써 무슨 남잘 만난단 말이니? 난, 지금 정신이 하나도 없어! 그저 정신 요양이 절대적이야! 쉬고 싶다."

"언니, 그럴수록 더 빠르게 새로운 남잘 만나면 그 혼란스러운 심정이 해소될 거란 말이야! 어떻게 할 거야?"

"아니, 아니다. 난 지금 엄청난 스트레스와 남자에 대한 극심한 트라우마가 있다."

라희는 비희에게 그렇게 하려고 했으나 언니는 끝까지 거절했다. 지금 현재 비희의 정신 상태는 이 세상 모든 남자들에 대한 환멸 같은 게 존재하고 있다.

그녀 자신의 무분별한 문란 행위에 대해선 환멸을 느끼지 않는다. 그러나 본인의 행위로 인한 파생된, 전남편 화철의 행동에 대해선 환멸을 느낀다.

어쨌든 그녀는 그렇듯, 이번 건으로 인해 이 세상 모든 남자들에 대한 불신감이 팽배해져 버렸다.

대인기피증, 우울증도 더욱 증폭해져 가고 있었던 것이었다. 라희는 비희가 하루빨리 심적 안정을 찾을 수 있도록 여러모로 최대한 노력의 노력을 다했다.

그로부터 꽤 오랜 시간이 지난 후, 비희는 착잡한 심정 가눌 길이 없어 홀로 바람을 쐴 겸, 광교호수공원을 하기 위해 행궁동 집에서 나왔다.

7월 말이라 날씨는 몹시 무더웠다. 일요일 오후 5시 경이었다. 걸어서 경기대 후문을 통해 산길을 넘어 갈 생각이다.

한참 걸어 경기대 후문 진입하는 지점에 다다랐다. 그녀는 순간 깜짝 놀라며 매우 당황해한다.

그 이유는 실개천 바위 위에 자신을 지겹도록 따라다녔던 그 당시 자신이 다녔던 회사의 직장동료들이 칭했던 무법스토커가 혼자 앉아 있는 것이었다. 그가 앉은 바위 위에는 꽤 큰 그늘나무가 하나 있었다. 그도 해를 피하려고 그 지점에 앉은 것이었다.

그녀는 너무 놀라 어쩔 줄을 몰라 하며 다른 길로 돌아가려고 발길을 돌리려는 그 순간, 광준이 고개를 돌리다가 그녀를 보게 됐다. 그도 깜짝 놀라 어쩔 줄을 몰라 했다.

그는 바위에서 벌떡 일어나 그녀에게로 달려와 앞을 가로막는다.

하지만 뭐라고 아무 말도 하지 못한다.

그저 침묵만이 그 지점을 에워쌀 뿐이었다. 왜냐하면 그가 생각할 때 그녀의 신분도 가정이 있는 여자이기에 그렇다.

반면, 그녀는 예전부터 지금 이 순간까지 그가 누군지 모른다는 그 이유 하나가 너무 큰 심적 장애물이었기에 지금 이 시간도 예외도 아니었다.

그저, 누군지 모르니까 얼른 피해야겠다는 생각, 관념만이 엄습할 뿐이었다. 그런 관념이 그대로 움직여졌을까! 그녀는 피하기 위해 옆으로 움직인다.

그러자 그는 말을 꺼낸다.

"아, 어떻게 이곳으로 산책을 나왔습니까?"

"……."

15. 사랑은 보이지 않는 유리벽

그녀는 예나 지금이나 하나도 변한 게 없다. 그저 그가 누군지 모르니까 침묵으로 일관하고 아니면 얼른 피하려고 움직이고 그것이다. 그러나 지금 이 순간도 그녀가 그를 봤을 땐, 100% 마음에 드는 이상형임에 틀림없다.

이혼한 전남편은 30% 정도였다. 하나 더 전남편 화철은 30%도 그렇지만 성질도 무척 포악하다. 반면 지금 그녀가 느낄 때, 바로 앞에 서 있는 누군지 모르는 대상은 대화는 나누진 않았지만 그리 포악한 것 같진 않다.

그러나 핵심은 그게 문제가 아니다. 앞에 서 있는 이, 누군지 모른다. 이게 중요한 거다. 그래서 또 악착같이 피하려고만 애를 쓴다.

하지만 그녀는 예전 도망 다닐 때처럼 그렇게 막무가내로 죽기 살기 식으로 도망치진 않았다. 그녀 자신의 현재 현실이 파경을 맞은 상황이라 이런 것조차 무엇인지 모를 안식처 같은 심리가 작용하는 것만 같다.

그렇게 악착같이 피하려고만 하는 그녀에 대해, 그도 그리 악착같이 가로막고 말을 하려고 하진 못한다.

그 이유는 광준 자신도 그녀가 직장동료인 남자와 결혼을 했다는 정보를 회사 수위로부터 전해들어 확인했었기 때문이다.

그래서 그 후로는 그녀의 회사로 찾아가지 않았고 우발적인 홧김에 자신도 자기가 다니는 팔달문 할로웨이마트 여직원, 직장동료 차은서와 초고속으로 결혼식을 올려 버렸기 때문이다.

그것도 할로웨이마트 직장 내, 삼각관계를 무릅쓰고 말이다.

제3자에겐 상처와 타격까지 주면서 말이다. 그래서 자기 자신도 그녀를 따라다녔던 그 시절처럼 그리 막 접근을 못 하고 머뭇거린다. 본인도 지금 현재 유부남이라서다.

그는 방금 전 했던 그 말만을 또 한 번 되풀이할 뿐이다.

"아! 어떻게 이곳으로 산책을 나왔습니까?"

"……."

그녀는 또 침묵을 지킨다. 끝까지 변함이 없다. 누군지 모르는 사람과는 말을 할 수 없다는 철옹성 같은 관념 말이다. 그는 그녀가 끝까지 침묵으로 일관하자 더 무슨 말을 하지 않는다. 그러다가 그냥 돌아서 간다. 매우 답답한 표정으로….

지금 이 순간, 이 두 사람은 서로가 서로를 봤을 때, 느꼈을 때, 100% 이상형이고 속으로 느끼는 것이지만 성격도 그리 포악하진 않고 어느 정도 괜찮을 거라고 느끼고 있다. 그러나 그가 그녀에 대해 말을 해도 그녀는 누군지 모르니 피하고 또 그도 자신의 현재 상황, 그리고 그녀의 현재 상황을 고려하여 더 말을 안 한다.

예전에 스토커로 따라다닐 땐, 지금 이 순간처럼 말할 수 있는 일대일 상황이 좀처럼 주어지지 않아 그토록 간절히 말하고 싶어도 하지 못했는데…. 지금 이 순간은 쌓아 뒀던 간직했던 소중한 그 말을 할 수 있는 절호의 기회가 왔어도 그 말을 하지 않는다.

그녀의 신분과 상황, 그의 신분과 상황, 즉 가정이라는 게 쇠붙이 같은 유리벽을 쌓는다. 그는 고개를 숙인 채 한참을 걸어가 버렸다. 그 후, 한 번 더 그녀를 보고 싶어 뒤를 돌아다본다. 그때 그녀는 움직이지 않고 계속 그 자리에 서 있었다. 왜, 일까? 아무도 모른다. 그녀가 그냥 그 자리에 서서 움직이지 않았던 까닭은….

그녀는 그저 힘없이 옆에 있는 바위에 가서 턱 주저앉는다. 그러자 광준은 그녀가 바위에 주저앉자 잠시 멈춰 그녀를 우두커니 바라본다.

그는 다시 그녀가 앉아 있는 쪽으로 돌아갈까 말까 고민을 하고 있다. 그러다가 그쪽으로 돌아가겠다고 마음을 먹고 걸어간다. 이에 그녀도 움직이지 않고 그냥 그 바위 위에 앉아 있다. 한 걸음, 두 걸음, 걷다 보니 그 지점까지 다 왔다.

그가 먼저 말을 꺼낸다.

"날씨가 꽤 덥죠?"

"……."

그녀는 끝까지 아무런 말을 하지 않는다. 끝까지 누군지 모르는 사람과는 말해선 안 된다는 정말 엄청난 관념을 갖고 있다. 도대체 누군지 아는 사람과 누군지 모르는 사람의 차이는 그 무엇인가?

또 누군지 아는 사람을 그 언제까지 알고 있을 거라고 생각하는가? 또 누군지 아는 사람을 태어났을 때부터 알고 있었는가?

또 누군지 모르는 사람이라도 누군지 아는 사람으로 변할 수도 있지 않은가?

또 한번 모르는 사람은 영원히 모르는 사람으로 남는가?

또 누군지 아는 사람은 선한 사람이고 누군지 모르는 사람은 악한 사람인가?

또 누군지 아는 사람이 안전하다고 생각하여 마음을 열었다가 발등 찍히면 누구 책임인가?

물론, 누군지 모르는 사람이 무조건 발등 안 찍는다는 의미는 아니다.

앵커, 기자, 유튜버가 하는 말은 믿을 수 있고 일반인이 하는 말은 믿을 수 없는 말인가?

한 혹자에 대한 실제 일상은 앵커, 기자, 유튜버가 더 잘 아는가? 아니면 그 한 혹자와 이웃집에서 사는 사람이 더 잘 아는가?

그래도 곧이곧대로 앵커, 기자, 유튜버의 말에 귀의하려는 노예 심리를 가지고 있는 게 부끄럽지 않은가?

이웃집 사람들은 늘 출퇴근길이나 산책, 운동 시간, 편의점, 식당 갈 때 가끔이라도 낮이든 밤이든 보기에 현실성이 농후하다.

그래도 이웃집 사람의 말은 그저 길거리 뜬소문, 가짜 뉴스고…… 짜깁기, 편향되어 편집한 앵커, 기자, 유튜버가 진짜 뉴스인가?

무슨무슨 대화를 하다 보면 수많은 사람들은 갑자기 뜬금없이 스마트폰을 열어 상대방이 한 말이 어디 기사에 실린 것인가! 아닌가! 이것부터 확인해 보려고 든다.

말한 내용이 있으면 그래도 전부는 아니지만 자신의 취향에 입각하여 믿어주려고 애를 쓰고, 없으면 거짓말쟁이로 치부해 버리려는 악습을 품고 있다.

내용의 본질이 현실적인지 이치에 부합되는지를 음미하진 않고 그냥 무조건 막무가내로 매스컴에 맹목적 맹신하는 광신도가 돼버렸다.

앵커, 기자, 유튜버의 말이 무슨 종교가 되어 버렸다.

호랑이의 비리는 감춰주고, 사슴, 노루의 비리는 무슨 금방 전쟁이라도 난 것처럼 아주 요란하게 떠들며 악착같이 파헤치는 게 진짜 뉴스인가? 이것도 잘했다고 잘한다고 열광된 박수를 치는 인간들의 인생도 자칫 훗날 사슴, 노루 신세로 전락될 수도 있다는 냉혹한 현실은 왜 모르는가?

그 언제까지 그 지독한 선입견, 고정관념의 높은 벽, 깊은 수렁 속에서 빠져 나오지 못하고 깊은 한숨만을 쉬고 있을 것인가에 대해 답을 하라?

이 세상의 인간들의 영혼을 갈기갈기 갉아먹는 그저 그럴 것이라고만, 생각하는 그 어두운 독한 냄새가 진동하는 서로서로 불신하고 깔보는 선입견, 고정관념, 편협성의 검은색 양 날개를 절단 내야만 한다.

그저, 희망사항일 뿐이다.

그저, 소망을 해 보겠다. 더 바라진 않겠다. 가능성이 없기 때문이다. 인간들을 기대해 본다는 것은 어떤 운을 믿고 낙하산 없이 하늘 높은 공중에서 뛰어내리는 격….

어쨌든, 그녀는 끝까지 침묵으로 지독한 유리벽을 쌓다가 결국은 입이 조금씩, 조금씩 열리기 시작하고 말았다. 뭐, 그녀 자신도 착잡하고 자기 자신의 삶을 생각하니 별수 없으니 그러는 거겠지!

당신을 선입견을 사랑하는 고정관념을 먹고 사는 여자로 부르리라! 아무튼, 그녀도 입을 조금 열었다. 이렇게 연다.

"날씨가 덥네요."

"근데 왜 오늘은 악착같이 도망치지 않나요?"

"……."

이 한마디 하고 또 말없이 가만히 있다. 그 한마디가 그녀의 최선이었다. 그것도 누군지 모르는 남자에게 엄청나게 반응을 보인 것이다.

올해, 1월부터 지금 현재 7월 말인데 그가 그토록 매달리며 애원한 시간과 정열에 대해 지금 방금 전 아주 짧게 날씨가 덥다는 반응만을 살짝 보였다.

아주 전형적이고 상투적인 말들, 식사, 날씨에 대한 물음, 이런 형식화된 언어도 때론 필요하기도 하겠지만…. 그녀는 이 한마디 던지고 또 가만히 그저 그렇게 바위에 앉아 있다.

광준은 더 말을 연결하려고 엄청나게 애를 쓴다. "비희 씨, 이름이 비희 씨 맞죠? 예전에 회사에 갔을 때 그들이 그렇게 부르더라고요. 제가 이 바위 옆에 앉아도 될까요?"

"……."

그녀는 말은 없었지만 얼굴 표정은 그리 귀찮아하는 것 같진 않았다. 그러더니 끝내 고개를 끄덕였다. 그녀가 고개를 끄덕이자 그는 많이 놀라는 표정이다.

광준은 옆에 바위에 걸터앉는다. 그리고 말을 한다.

"이렇게 바위에 옆에 앉았는데도 그대가 얼른 도망치지 않으니 꿈속을 돌아다니는 것만 같습니다. 지금 이 순간 영광이고 행복합니다."

"아닙니다."

그는 지금 이 순간 행복했고 영광이었지만 순간 조심스러운 마음이 엄습했다. 그녀가 가정이 있다는 그 현실적인 자체에 대해서 말이다.

그래서 위와 같은 그런 짧은 멘트만을 남긴 채 다시 일어나려고 움직일 때 갑자기 그녀가 먼저 말을 한다.

"저번 4월에 이곳을 지나가다가 어떤 여자와 함께 지나가시던데요? 어떻게 되는 사이예요?"

그녀는 이렇게 묻는다. 그녀의 이런 질문은 해가 서쪽에서 뜰 만큼이나 어마어마한 의외였다. 무조건 무작정 도망만 다니지 않았던가?

지금 이 순간, 이러는 것을 보면 그녀 자신의 신변상황이 급격히 꺾였기에 나타나는 나약한 심리인가? 평소 그를 속으로 좋아했던 마음이 이젠 그에게 기울고 싶단 변화의 신호인가?

그는 그녀의 이 물음에 무척 얼떨떨하기만 했다. 그렇지만 매우 반갑고 행복한 마음까지 들었다. 그래서 얼굴 표정이 밝아지기 시작했다.

"어어, 그때 그 제 옆에 지나갔던 여자는 제 아내입니다. 저번 3월에 제가 비희 씨 다니는 회사에 가서 들었습니다. 비희 씨가 같은 직장동료와 결혼식을 올리셨다고 말이죠. 그 후에 전 엄청난 충격을 받았죠. 그 후, 솔직히 저도 방황했죠. 그러던 중, 제가 다니는 팔달문 할로웨이마트에 있는 직장동료와 홧김에 결혼식을 올려 버렸습니다. 그 여잘 좋아해서 그런 게 아니라 그냥 홧김에 해 버린 것이지요. 비희 씨를 만날 수 없게 된 마당에 아무려면 뭐, 어때, 이런 자포자기하는 마음이 생겨버린 거지요. 당신을 잊기 위한 도피처라고 해야 할까요. 그땐 엄청 답답했죠. 그까짓 결혼 뭐, 그렇게 해 버리면 끝이지 뭐, 이거지요."

그의 이 말에 그녀는 가슴속이 무너지는 듯한 통증이 몰려오며 무척 씁쓸한 표정을 짓는다.

"아아, 그랬군요."

그녀가 이처럼 그와 말도 하고 계속 바위 옆에 앉아 있는 것은 자신의 결혼생활의 파경의 아픔과 상처를 다른 대체 수단으로 자기 위로차원의 연장선인 것 같다. 하지만 혹시 그가 아직 혼자라면 기울려는 기대심리가 물거품이 되는 순간 앞이 캄캄해졌다.

이번엔 그가 그녀의 결혼생활에 대해 묻는다.

"비희 씨는 결혼생활 행복하시죠?"

그녀는 침통한 표정을 짓는다. 그러더니 잠시 고독의 침묵을 유지하더니 끝내 입을 연다.

"전, 이혼했습니다. 다니던 회사는 관뒀고요."

깜짝 놀라며 "예에, 이혼을 하셨다고요? 어쩌다가 그런 일이…." 그는 묻는다.

그녀는 더 말하지 않는다. 그러자 그는 괴로워하며 말을 더 연결한다.

"아아, 굉장히 힘드셨겠네요."

그녀는 그의 이름을 모른다. 왜냐하면 누군지 모르기에 이리저리 피하고 도망 다녔으니 당연히 모를 수밖에 없다. 혹시라도 이 남자에게 기울 수가 있는지 그래도 한껏 기대심도 많았지만 현실이 너무 가혹하여 아쉬움이 밀물처럼 밀려와 힘없이 말한다.

"저는 이렇게 되어 버렸지만 그쪽만이라도 결혼생활 행복하시길 바랍니다."

"……."

이번엔 그가 침묵을 지킨다. 그러면서 침통한 심정 가누질 못하고 있다. 여기서 그의 침통은 이런 것이다.

만약에 자신이 그때 홧김에 다니는 할로웨이마트 여직원이었던 은서와 우발적인 자포자기 심정으로 결혼을 올리지 않았다면 지금 이 상황, 이런 현실은 자신에게 최고로 좋은 환상적인 그림이 되기 때문이다.

까닭은 자신이 비희에게 정식으로 청혼을 할 수 있는 아주 깔끔한 상황이 되기 때문이다. 그녀가 아무리 이혼 경력이 있다 하더라도 그의 입장에선 그것조차도 감지덕지하기 때문이다.

어쩌면 지금이 그의 입장에선 그녀와 사랑을 이룰 기회라고 봐야겠다. 하지만 그는 그때 그 당시에 그녀가 남자 직장동료와 결혼을 하자, 자신도 울적한 기분에 한 달 뒤 여자 직장동료와 격정적 결혼을 해 버렸으니 말이다.

지금으로선 땅을 치며 후회되는 마음도 그의 심장을 뚫고 들어온다. '아! 그때 내가 너무 우발적으로 생각하고 판단을 해 버렸었구나! 내가 왜 그랬을까! 좀 더 깊게 생각했어야 했는데….'

그때 그 순간, 내가 100%로 여겼던 여인이 다른 남잘 만나 떠났다고 그 고통을 가눌 길 없어 다른 30%도 채 안 되는 여인을 선택해 급조된 결혼 절차를 밟았으니 말이다.

그는 지금 이 순간 후회막급이라 자신의 발등을 돌로 찍고 싶은 심정이 들 정도이다.

이렇듯, 미래의 일은 아무도 모른다. 미래를 내다볼 수가 있다면 그것은 인간이 아닐 것이다.

결국 그녀는 이번 자신이 겪은 파경 때문에 다른 제3의 사랑을 찾아 나설 생각을 완전히 접게 된다. 엄청난 공포가 덮쳤기 때문이다.

그는 조심스럽지만 그녀에게 파경 이유를 묻는다.

"혹시, 매우 실례되는 질문이지만 어쩌다가 그렇게 그런 일이 생겼습니까?"

그녀는 괴롭지만 그 이유, 즉, 자신이 다니는 정천제약의 남자 직장상사 동료들 때문이라는 사실을 털어놔 버린다.

그래야 속이 후련할 거라고 생각해서일까! 아님, 그 무엇인가? 어쨌든 털어놨다.

"아 네, 저희 회사 남자 직장상사 동료들과 너무 가깝게 밀접하게 지낸다는 그런 이유가 문제 중의 문제가 되어 버린 것이지요."

"아아, 그런 일이…."

그는 속으로 괴로워하며 생각한다. 그도 그녀를 줄기차게 따라다니던 시절에 그녀가 그 회사의 남자 직장상사 동료들과 애정행각을 끊임없이 이루었던 기억들이 주마등처럼 떠올랐다. '아, 결국 그런 일이 화근이 됐구나!'라고 생각하기에 이른다.

그는 자신의 가치관을 밝힌다. "아아, 엄청 답답하군요. 내가 예전에 비희 씨를 따라다닐 때, 그 회사의 남자 직장상사 동료들 때문에 정말 지긋지긋하게 정말 말로 다할 수 없을 정도로 고통스러웠고 저는 솔직히 괴롭고 짜증 나고 분한 기분도 들었지만 그렇긴 해도 그들의 그런 행동, 그러니까 그 사람들이 비희 씨와 과도하게 친하게 지내는 그 자체 때문에 힘들었던 것은 조금도 없었고 그런 건 아닙니다. 진짜 문제는 비희 씨가 내게 조금도 눈길을 주질 않았기 때문에 정말 미쳐 죽을 지경이었습니다. 으으윽흑."

그러자, 그녀는 가슴이 먹먹해지며 속으로 '당신이 예전에 우리 회사 정문에 찾아와 나와 직장동료들에게 애완강아지, 애완고양이만도 못하다고 했었는데 그 말 맞습니다. 난, 내가 날 생각해 봐도 정말 진짜 애완강아지, 애완고양이만도 못한 여자 같습니다. 내가 직장동료들만을 믿고 따른 것 자체가 애완강아지, 애완고양이만도 못한 행동이었습니다. 흑흑흑.' 그렇게 마음속으로 생각하며 침울해진다.

그러면서 그가 한 말에 대해서 비희는 순간, 눈시울이 뜨거워져 버린다. 왜냐하면 자신의 남편이었던 화철이란 사람은 바로 앞에 서 있는 남자와 가치관이 전혀 다르기 때문이다.

이혼한 그 남자는 비희가 남자 직장동료들과 과도하게 친밀하게 지낸 것을 문제 삼아 갈라서 버리지 않았던가? 그것도 비희가 봤을 때, 그 남잔 30%밖에 마음에 들지 않았는데도 말이다.

반면, 지금 이 순간, 바로 앞에 서 있는 남잔 100% 마음에 들었는데도 누군지 몰라 피해 버린 것을 차치하고라도 자신이 파경을 맞게 된 그 사유 자체를 들먹이지 않는다는 것이 핵심이다.

즉, 문란함을 대수롭게 생각하지 않는다는 것이다. 아마 이 부분이 핵심 중의 핵심이 될 수가 있을 것 같다. 결혼한 부부들 중 대체로 여자들은 남자들의 온갖 압박이 주는 스트레스가 거의 대부분이기 때문이다.

그녀는 순간, 이런 현실이 헤아릴 수없이 괴로웠다. 문득, 느낀다. 인생이 너무너무 어렵고 까다롭다는 것까지 말이다. 당연히 까다롭다. 불규칙적 예외들이 끊임없이 속출하기 때문이다.

절대적인 것은 존재치 않는다. 뭐든지 상대적으로 이루어져 또 속에서도 나름의 규칙을 이루고 균형을 이룬다. 아닌 것 같아도 말이다. 그녀는 힘없이 말한다.

"저는 앞으로 5년이 지나든, 10년이 지나든, 새로운 남잘 만나지 못할 것 같아요. 내 안에 깊은 두려움이 밀물처럼 몰려와 있거든요."

"……."

그는 말없이 힘없이 깊은 탄식을 내뿜는다. 지금 이 순간, 마음속으로 또 반복하며 괴로워한다. 자신이 그녀를 잡을 수 있는 절체절명의 순간이지만 자신에겐 지금 현재 홧김에 우발적으로 급조해서 결혼을 올려 버린 대상, 은서라는 아내가 있어서이다.

광준도 은서를 볼 때, 30%도 채 안 되는 느낌으로 여긴다. 비희를 볼 땐, 100%이다. 그러나 지금 몇 %냐, 이러쿵저러쿵 논할 성질이 아니다.

그의 발목을 아주 세게 꽉 동여맨 현실적인 운명의 아내, 차은서가 지금 이 시각, 집에서 기다리고 있다. 그의 고통과 번민은 지독할 만큼, 깊어질 것으로 보인다.

지금은 비희를 잡을 수 있는 절호의 기회라 하여 그렇다고 현재 아내 은서와 갈라설 수도 없지 않은가! 하고 생각한다. 그는 성격이 호방하고 낙천적인 것도 있지만 책임감도 무척 강하기 때문이다. 그렇기에 배신을 할 수가 없다.

갈등과 고민 또한 하늘을 찌를 것으로 보이지만 그런다고 뭘 어쩌겠는가? 그저, 지금 상황을 정리하고 바로 옆에 바위에 앉아 있는 여인, 비희에게 기울고 싶다는 마음은 굴뚝같다.

그는 지금 이 순간, 계속 속으로 외친다. 이렇게 말이다.

'아아, 도대체 이게 무슨 꼴인가! 이러지도 저러지도 못하는 상태로 빠져들다니, 으윽흑, 그때 그 당시, 조금만 더 시간을 갖고 생각을 해 볼걸……..'

그녀는 지금 이 상황에서 그가 〈그래요. 난 비희 씨를 열렬히 따라다녔고 100% 이상형이었고 절대적으로 좋아한 대상이었기에 난 지금 현재 아내와 이혼을 하고라도 난 당신 비희 씨를 만나겠습니다.〉라고 무작정 덤벼 주길 간절히 바라는 마음이지만 이런 부분을 겉으로 요구하진 못한다.

요구하진 못해도 그녀는 그의 얼굴을 지긋이 바라보며 '그렇게 쇄도해 주면 안 될까! 그래 주면 안 돼요? 그래 주세요.'라는 간절한 요청을 담은 표정으로 그의 얼굴을 계속 바라보고 있다.

그녀의 그 표정에 그도 어느 정도 눈치는 채고는 있지만 속이 멍들어 간다. 그는 지금 옆에 바위에 걸터앉아 있는 여인, 100% 이상형이면서 한동안 줄기차게 따라다녔던 대상, 존재인 비희에게 끝내 정말 예전에 그토록 하고 싶었던 그 의사표시를 지금은 할 수 있는 상황이 찾아왔지만 하지 못한 채, 고개를 깊게 떨군다.

그의 현재, 결혼생활이 엄청난 족쇄로 작용하는 것이기도 했다. 반면, 그녀는 한때 오로지 직장동료만을 믿고 따랐던 그 심각한 부작용의 쓴맛을 톡톡히 보게 되는 것이었다.

이들의 만남은 앞으로 5년이 지나고 10년이 지나도 이루어질 것 같지 않다. 그의 성격상 현재의 가정생활의 책임감이 무척 강해서이다.

그녀 또한 너무 무시무시한 파경의 아픔을 맛본 뒤, 극도의 불안증으로 말미암아 좀처럼 그리 쉽게 그 누구에게도 마음을 열지 못해서이다. 결국, 그냥 그대로 그렇게 남는다.

그는 그녀에게 무슨 말을 할까 말까 멈칫멈칫하다가 결국 입을 연다.

"비희 씨, 제가 마지막으로 하고픈 말은 우리 다음 생은 이렇게 되지 말고 우리 꼭 약속합시다. 그렇게 해주실지 모르겠습니다만 이 생은 이렇게 그저 길을 지나가는 행인으로 태어나 커피 한 잔도 함께 마시지도 못하고 그것도 오늘에서야 이렇게 광교산 입구 아래 개천 길, 바위 위에 앉았는데 즐거운 얘기는 하나도 없군요. 그래도 저는 한때 당신을 만나고 싶고 찾고 싶어 비희 씨가 출근하는 그 지점 화성행궁 정류장과 계셨

15. 사랑은 보이지 않는 유리벽 279

던 회사로 거침없이 찾아갈 때 그 기억이 제 인생에서 가장 행복했던 시간이었습니다. 거기 남자 직장동료들에게 얻어터져 피를 흘렸던 기억도 지금은 행복합니다. 왜냐하면 그 당시 그 순간에도 당신이 그 옆에 있었기 때문입니다. 오늘도 지금처럼 산책하다가 마주하게 된 것도 그렇고요. 아! 이제는 이 지독한 길을 지나가는 모르는 행인으로 남았던 이생은 그저 이렇게 흘려보내고 꼭 약속입니다. 우리 다음 생은 반드시 직장동료로 태어나 함께 커피도 마시고 이생에 못다 한 이야기를 나누어요. 왜냐하면 우린 이젠 더 이상 이야기를 나눠선 안 되는 상황이잖아요. 꼭, 다음에 다시 태어날 땐, 직장동료로 태어나게 염원합니다. 그것이 아니라도 하나 더 있습니다. 우리 다음에 태어날 땐, 맞선 보는 상대나 소개팅 상대로 만나기로 해요. 그래야만 손쉽고 우리가 만나는 데 장애가 없을 테니까요. 이 지긋지긋한 지독하고 지독한 구린 냄새가 나는 그저 길을 지나가는 행인으론 절대 태어나고 싶지 않습니다.

또 제가 다음에 태어날 때, 비희 씨와 누군지 모르는 순간 스치는 행인으로 거듭나오게 된다면 난, 그런 환생은 거부할 겁니다. 그 이유는 누군지 모르는 아픔, 그저 길을 지나가는 행인의 상처는 너무 깊어 이번 한 번만으로 족하니까요. 그렇게 염원하며 이제 난, 지금 이 시간, 날 기다리는 아내가 있는 집으로 가겠습니다. 마음에 완전하진 않았어도 그저 홧김에 우발적으로 그 여자와 결혼했어도 그래도 그 약속은 지켜야 하니까요. 사실, 제 100% 이상형이자 보면 볼 때마다 심장이 메고 가슴이 찢기는 듯한 사랑의 감정은 지금 내 옆에 바위에 앉아 있는 바로 그대입니다. 오늘 이 시간 후론, 이 길을 지나다 보게 되어도 그저 그렇게 고개를 숙이고 아무 말 없이 지나가겠습니다. 하나 더 끝으로 제가 예전 그대에게 찾아가 때론 도를 넘는 막말도 서슴없이 내뱉기도 했는데 다 용서를 구합니다. 죄송합니다. 그만큼 만나고 싶었고 사랑했단 것이었습니다."

그의 이 말은 회피적 절규였다. 그만큼 이런 현실이 지긋지긋하고 지독하다는 것이었다. 반면, 그녀는 겉으론 말하지 않는다.

하지만 속으로 말한다. 이렇게 말이다.

'아아, 그랬군요. 그대가 날 그 정도로 좋아했었군요. 그런 마음을 모르는 것은 아닙니다. 어쨌든 미안합니다. 나도 그대를 느꼈을 때, 100% 이상형이었습니다. 하지만 그대가 누군지 몰랐잖아요. 그래서 피했던 겁니다. 돌이켜 보면 그게 화근이었어요. 그래요. 내가 너무 직장상사 동료 남자들만을 믿고 따른 것에 대한 후회하는 맘은 어떻게 다 표현할 길 없습니다. 이름을 모르는 남자여, 그대가 우리 회사에 쳐들어왔을 때 우리 직장동료들에게 얻어터질 때, 내 마음도 무척이나 쓰리고 안타까워 속으론 눈물을 흘린 게 한두 번이 아니었답니다. 그러나 그렇지만 난 그 회사의 직장의 일원이었고 동료였기에 겉으론 그들의 비유를 맞추기 위하여 그들이 하라는 대로 한 것입니다. 지금 생각해 보면 너무너무 한심하고 후회스럽습니다.

그대가 제가 결혼하니까 홧김에 우발적으로 결혼하지 않고 지금껏 버텨 내어 만약에 지금 이 시간 이 바위에 앉아 이야기하는 이런 기회였다면……..

그땐, 제가 정말 용기를 내어 그대에게 말하리라! 누군지는 모르지만 내가 당신을 좋아합니다. 제가 당신이란 남잘 만나고 싶습니다. 이렇게 표현하며 내가 용기를 내어 내 입술을 당신의 입술에 대고 꾹꾹꾹 누르겠습니다.

누군지 모르는 남자여, 부디 행복하세요. 당신의 그 뜻대로 우리 다음에 태어날 땐, 같은 직장동료로 태어나기로 해요. 아님, 맞선 상대나 소개팅 상대로요. 저도 그렇게 염원하겠습니다. 제가 예전에 당신을 누군지 모른다고 상대해 주질 않아 아픔, 상처를 드렸으니 사죄합니다. 죄송합니다. 지금 이 시간 저를 기다리는 사람은 아무도 없지만 그저 그냥 돌아갑니다. 돌아올 수 없는 광교산 입구가 되어 버렸네요. 그래요. 잘 가요. 어어억, 윽흑흑.'

그녀도 이렇듯 아주 길게 속으로 외쳤다.

그러나 표정으로 괴로움이 드러났다. 고정관념 속에서만 살았던 자신의 관념에 대해…. 그가 그녀를 7개월간 따라다녔으나 누군지 모른다는 것이 걸림돌이었다.

그녀는 낯선 누군지 모르면 두렵다는 평소의 관념이 자신의 몸으로 드러나게 했고 그 움직임이 이런 결과로 이어졌다.

그 뒤, 집으로 들어가 예전 직장동료 화철과 결혼하고도 신혼여행을 떠나기 전에 책상에 머릴 숙이고 무법자를 그리워하며 눈물을 펑펑 쏟을 때처럼 또 그렇게 오늘도 그렇게 서글픈 눈물을 흘렸다.

정말 그리워했던 남잘 놓친 안타까움과 아쉬움과 괴로움이 동시에 밀려왔다. 결국은 누군지 모른다는 것이 그 얼마나 힘들다는 것까지….

작가의 말

　인생은 형식으로 매여 있다. 그 누구나 다양성을 지니고 있다고 자부하고 있지만 현실은 전혀 아니다.
　대화 내용도 그렇고 시간의 관념도 그렇고 생각도 그렇다. 그리고 인간과 인간의 만남도 그렇다.
　그렇다 보니 힘들어하는 이들이 너무너무 많다. 이런 고정화, 형식화된 인생에 대해 힘들어진 원인에 대해 문제점에 대한 모든 화살을 타인들에게 돌리고 있다.
　그러지 말길 바란다.
　이 세상의 그런 문제점의 원인을 깊게 분석해 보면 나일 수도 있고 너일 수도 있다.
　자기 자신은 고정화, 형식화의 길로 끊임없이 내달리고 있으면서 타인을 탓하고 있다.
　이런 문제를 조금이나마 해결하고픈 마음에 자기 자신이 노력을 해 볼까 하는 생각을 갖게 되면 문득 두렵다.
　왜냐하면 자기 자신만 손해, 피해를 볼 것 같으니 말이다.
　한갓 몸을 끼고 있어서 그렇다. 그 몸이 자기 자신 것도 아닌데도 말이다.
　이 세상에 자기 자신 것은 아무것도 없다. 또 갖고 싶어도 아무것도 가질 수도 없다.
　그런데도 모든 인간들은 고정화, 형식화의 길이 자신을 보존하는 유일한 길이라 생각하고 있다.

그런데 아쉽게도 안타깝게도 그럴 줄 알았는데 실은 그 길이 자신을 더 힘들게 하고 나락으로 빠지게 하는 유일한 불구덩이란 것을 모른다.

인간들아, 깨달아라!

당신들이 보존하는 유일한 길을 찾아 고정화, 형식화로 나가면 즉 손해, 피해 안 보려고 이리저리 몸짓을 하면 상대도 그걸 알아채고 똑같은 길을 찾아 똑같이 움직인다.

왜, 이건 생각을 못 하는가?

타인들이 봤을 땐, 너희들의 생각, 행동 때문에 사회가 정체되어 있다고 투덜거린다.

그렇다면 이것을 풀 수 있는 최종적인 답은 무엇인가?

답을 내기 어렵다.

그러나 굳이 답을 낸다면 하나가 나올 수도 있다.

내가 마음을 비우려고 노력할 테니, 당신들도 마음을 비우려고 노력하라!

이것만이 서로서로 보존하며 살아갈 수 있는 유일한 길이다.

몸을 던질 때가 됐다.

2025년 8월 12일

박종삼